Finny Ludwig

AF236655

HEARTWELL
Tales

Deal oder Liebe

Nach der Begegnung mit einem Unbekannten steht für Lilly plötzlich nicht nur das Familienunternehmen auf dem Spiel, auch ihr Herz gerät mächtig ins Wanken – und das, obwohl die Definition eines einmaligen Abenteuers dies eigentlich ausschließen sollte. Lilly ist gegen ihre Gefühle machtlos, denn Nate hat ihr Herz im Sturm erobert. Ihn nie mehr wiederzusehen, schmerzt sie genauso sehr, wie ihre Firma an den Großinvestor aus Atlanta zu verlieren. Als ihr aber bewusst wird, wer hinter *Brooks Corp.* steht, schnürt es ihr die Kehle zu. Sie wurde reingelegt und von Nathan – Nate – Brooks in eine Falle gelockt. Doch welcher Verlust schmerzt am Ende mehr?

Nate ist ein erfolgreicher Geschäftsmann mit einem ansehnlichen Vermögen und dem richtigen Gespür für gute Geschäfte. Dennoch hat es diese kleine Hexe geschafft, ihn auszutricksen, denn Lilly hat ihn nach allen Regeln der Kunst verführt und sich in sein Herz geschlichen. Jetzt, da die Bombe geplatzt ist und er weiß, dass ihrer Familie das marode Unternehmen gehört, in das er investieren möchte, besitzt sie die Frechheit, ihm zu unterstellen, die gemeinsame Nacht sei von vornherein sein perfider Plan gewesen. Wäre sie nicht so unglaublich süß, sexy und ... seufz!, hätte sie es niemals geschafft, ihn dermaßen hinters Licht zu führen. Weshalb versagte ausgerechnet bei ihr seine Menschenkenntnis? Oder hat ihn womöglich sein Herz verraten?

Finny Ludwig

HEARTWELL
Tales

Deal oder Liebe

Liebesroman

Impressum

Bibliografische Information der Deutschen Nationalbibliothek:
Die Deutsche Nationalbibliothek verzeichnet diese Publikation in
der Deutschen Nationalbibliografie; detaillierte bibliografische
Daten sind im Internet über http://dnb.dnb.de abrufbar.

Lektorat: Dorothea Kenneweg | lektorat-fuer-autoren.de
Korrektorat: SKS Heinen | sks-heinen.de
Cover-/Umschlaggestaltung: Buchgewand Coverdesign |
www.buch-gewand.de
Verwendete Grafiken:
depositphotos.com: © peshkova, © tomert, © Robertoarti
stock.adobe.com: © SeanPavonePhoto, © terovesalainen, © san-
chesnet1, © Balint Radu

Herstellung und Verlag: BoD – Books on Demand, Norderstedt
ISBN: 978-3-7534-0501-8

»Was gewesen, ist gewesen.«

Finny & Ludwig

Prolog

Die Sonne brannte heiß über Heartwell, Georgia, und brütende Hitze staute sich in den Büroräumen der *Sanders*-Firmenzentrale. Die Ventilatoren arbeiteten auf Hochtouren, und wenn man in einem der wenigen klimatisierten Büros des alten Gebäudes saß, konnte man sich stolz zu den Gewinnern zählen.

Das Büro von Elisabeth Sanders zählte leider nicht dazu. Sie hatte sich mit Müh und Not einen alten Lüfter aus dem Lager erkämpft. Allerdings empfand sie die Lautstärke des Gerätes nun störender als die Schweißperlen, die sich den Weg über ihren Rücken bahnten. Ihre sorgsam geglättete Lockenpracht kräuselte sich und auf ihrer blauen Bluse zeichneten sich die ersten Indizien dafür ab, dass sie ins Schwitzen geriet.

Gestresst blies sie sich eine Haarsträhne aus dem Gesicht. Mit einem Stift fuhr sie die Konturen des Firmenlogos an der rechten oberen Ecke des Dokuments nach, das vor ihr lag: *Brooks Corp*. Sie zog einen Strich quer durch den Schriftzug. Dann wiederholte sie das Ganze. Wieder und wieder. Schneller und schneller. Wütend. Aufgebracht. Verärgert.

»Lilly, Liebes, was tust du da?«

Sie blickte erschrocken auf, als sie die Stimme ihres Vaters hörte. Hal Sanders stand mit aufgekrempelten Ärmeln und einem gelösten Knoten seiner sonst sorgfältig gebundenen Krawatte unter dem Türrahmen und beäugte seine Tochter besorgt.

»Dad. Seit wann stehst du schon da?«, erkundigte sie sich ertappt.

Er lächelte tapfer. »Lange genug.«

Man musste kein Hellseher sein, um zu erkennen, welch zentnerschwere Last Hal mit sich herumtrug. Und jedes Mal, wenn Lilly ihren Vater sah, fühlte sie sich ein Stück schuldiger.

»Du siehst müde aus, Dad. Gönn dir eine Pause.« Lilly schob ihren Bürostuhl zurück und trat auf ihn zu.

»Diejenige, die hier dringend eine Pause benötigt, bist du. Seit wie vielen Tagen sitzt du nun schon ununterbrochen hier und arbeitest an der Präsentation für diesen Mr. Brooks? Wir sind alles schon so oft durchgegangen. Du hast einen hervorragenden Job gemacht und wir können nichts mehr tun, als den kommenden Montag abzuwarten.« Er strich besorgt über ihren Arm. »Geh nach Hause, Liebes. Oder zu Samantha. Wann warst du zuletzt in ihrer Bar? Oder bei Susan zum Shoppen in der Boutique? Lenk dich ab. Der Montag kommt früh genug und mit etwas Glück wird alles wieder gut.«

»Es tut mir unendlich leid, Dad«, versicherte Lilly traurig.

»Es ist nicht deine Schuld, Kleines.« Zärtlich küsste er ihre Schläfe. »Wir bekommen das wieder hin.«

Kapitel 1

»Du bist wirklich unglaublich«, zischte Ryan.

Nate nahm den genervten Tonfall und den vernichtenden Blick seines Bruders zur Kenntnis. Trotzig vergrub sich dieser im ledernen Beifahrersitz des schwarzen *Escalades*, nur um sich gleich darauf wiederaufzurichten. Ryan drehte sich um und musterte seine beiden Freunde auf dem Rücksitz. Logan, der angespannt auf sein *Tablet* einhämmerte, und Steve, der mit regloser Miene aus dem Fenster sah. »Lasst mich raten: Ihr wusstet es.«

»Kam am Dienstag per Mail«, war die knappe Antwort von Logan, der Ryan ansonsten keine weitere Beachtung schenkte und weiterarbeitete. Steve sah ihn kurz an, nur um sich gleich darauf wieder der vorbeiziehenden Landschaft zu widmen.

»Kommt schon. Stört es euch nicht, dass Nate uns, anstatt uns das versprochene Partywochenende zu gönnen, in die hinterste Einöde von Georgia schleift? Zum Angeln? Nach … Wie heißt dieses Kaff?«

»Heartwell.« Nate hatte den Blick geradeaus auf den Highway gerichtet und schmunzelte vor sich hin.

»Das wunderschöne und beschauliche Heartwell. Mit seinen knapp 4.500 Einwohnern und einem maroden Unternehmen, das darauf wartet, von uns gerettet zu werden.«

»Ah, langsam geht mir ein Licht auf. Diese Kunststoff-Firma, über die wir neulich sprachen und die du dir unter den Nagel reißen wolltest, hat dort seinen Sitz. *Sanders*, richtig?« Ryan richtete sich mit einem Mal interessiert auf.

»Korrekt. Und ich weiß aus sicherer Quelle, dass es in Heartwell auch eine Bar gibt. Es hält uns demnach nichts davon ab, das Geschäftliche mit ein wenig Vergnügen zu verbinden.«

»Heißt deine Quelle zufällig *Google*?«

»Ertappt.« Nate setzte den Blinker und fuhr vom Highway ab. »Im Übrigen haben wir am Montagvormittag einen Termin mit Familie Sanders.«

Ryan zog hörbar die Luft ein. »Du bist so ein …«

»Genie? Großartiger Geschäftsmann? Toller Bruder?« Nate kam nicht umhin zu schmunzeln.

»Nicht das, was ich meinte«, gab Ryan eingeschnappt von sich. »Am besten, du sagst jetzt einfach nichts mehr.«

»Komm schon! Das wird ein großartiges Wochenende. Lass dich darauf ein. Steve und Logan sind schließlich auch mitgekommen. Der Termin ist erst am Montag. Wir haben also beinahe drei Tage Zeit, um was zu erleben. Bist du dabei?« Nate hielt verschwörerisch seine Faust in die Höhe. Er war erleichtert, als sein Bruder nach kurzem Zögern dagegenschlug.

Sie beide hatten selten bis nie Urlaub. Ryan unterstützte Nate seit ein paar Jahren in allen Belangen rund um seine Firma und gab damit einen Großteil seines Privatlebens auf. Nate wusste, dass sich sein Bruder eine Auszeit verdient hatte, und er würde alles daransetzen, ihm ein unvergessliches Wochenende zu bieten. Das war er ihm schuldig.

Ein paar Minuten später fuhren sie an dem in die Jahre gekommenen und verblichenen Ortsschild von Heartwell vorbei. Während sie die Stadtgrenze überquerten, sah sich Nate das beschauliche Kleinstadtidyll an. Der Hauptstraße entlang reihte sich ein Laden nach dem anderen. Angefangen bei einem Beauty-Salon über eine Boutique, bis hin zu einer Zahnarztpraxis und einem Computer-Fachhandel – wenngleich die äußere Erscheinung der Geschäfte nicht unbedingt auf Professionalität schließen ließ. Das jedenfalls war seine Meinung als überaus erfolgreicher Unternehmer.

»Ich hoffe für dich, dass das hier nicht alles ist.« Ryan sah frustriert aus dem Fenster. »Ich schwöre, dass ich dich umbringen werde, wenn ich das langweiligste Wochenende der Welt hier verbringen muss.«

»Warte erst mal ab. Wir haben überhaupt noch nicht alles gesehen«, wandte Nate ein, der die berechtigte Kritik seines Bruders verstand.

»Selbst wenn du Ryan davon abhalten könntest, dich umzubringen, werde ich es tun, sollte ich an diesem Wochenende nicht auf meine Kosten kommen«, ätzte Logan.

»Was meinst du damit? Ich dachte, du versuchst, bei Joy zu landen? Bist wohl nicht weit gekommen, was?«, fragte Ryan alarmiert.

Nate hörte den zynischen Unterton in der Stimme seines Bruders und wunderte sich nicht darüber. Joy war über Ryan zu *Brooks Corp.* gekommen. Sie hatten sich während ihrer Studienzeit kennengelernt. Joy war ein regelrechtes Computergenie und eine ausgesprochene Bereicherung für das Unternehmen. Da Ryan seine Freundin unheimlich gern hatte, sah er es nicht gerne, dass Logan versuchte, sich ihr anzunähern. Denn ihr Freund war dafür bekannt, nichts anbrennen zu lassen und seinem Ruf als Aufreißer bei jeder Gelegenheit alle Ehre zu machen. Dieses Schicksal wollte er Joy nur zu gerne ersparen.

»Im Gegenteil. Wir gehen nächste Woche miteinander aus. Das heißt aber noch lange nicht, dass ich mich bis dahin nicht amüsieren darf. Oder?«

Nate bemerkte, wie Ryan seine Hände zu Fäusten ballte, weshalb er ihm mit einer Antwort zuvorkam. »Hör mal, Logan. Joy ist keines von deinen kleinen Dummchen, mit denen man sich amüsiert. Wenn du es nicht ernst mit ihr meinst, dann lass die Finger von ihr.«

»Du auch? Ich dachte eigentlich, dass mir nur dein kleiner Bruder in die Quere kommen könnte. Aber wie es aussieht, haben noch mehr Interesse an Joy«, blaffte Logan.

In diesem Augenblick musste sich Nate ernsthaft fragen, weshalb er mit jemandem wie Logan befreundet war. »Joy ist nicht nur eines der hellsten Köpfchen, das ich kenne, und somit eine große Bereicherung für *Brooks*, sie ist loyal, ehrlich und eine großartige Freundin. Ich gebe dir deshalb den wohlgemeinten Rat, keine Situation herbeizuführen, in der ich mich entscheiden muss. Verstanden?«

Logan stieß entnervt die Luft aus, war aber so klug, das Thema nicht weiter zu vertiefen. Ryan entspannte sich wieder und Nate folgte der Stimme des Navigationssystems, das ihn zu einem Reisebüro am Ende der Straße lotste.

Er parkte den Wagen in einer der Parkbuchten und stieg aus. Ryan folgte ihm. Ebenso wie Steve und Logan.

Die Jalousie des kleinen Reisebüros war bis zur Hälfte geschlossen. Zahlreiche vergilbte Aufsteller waren in Regalen drapiert und die Angebote waren nicht mehr aktuell. Nate drehte den Türknauf, doch die Tür war verschlossen.

»Seltsam.« Er sah auf seine teure Patek-Philippe-Uhr. »Kelly sagte mir, das Reisebüro sei durchgehend geöffnet und ich könne den Schlüssel jederzeit abholen.«

»Du willst uns jetzt aber nicht erzählen, dass du kein Hotelzimmer für uns reserviert hast? Gibt es hier überhaupt ein Hotel?«, fragte Logan genervt.

»Ich habe extra ein Haus an einem See gemietet, damit wir unsere Ruhe haben. Keine Ahnung, ob …«

»Wow …«, fiel ihm Ryan ins Wort.

Nates Blick folgte irritiert dem seines Bruders und er erkannte sofort den Grund für seine Begeisterung.

Aus dem angrenzenden Gebäude trat eine Frau. Sie war groß, hatte endlos lange Beine, blondes, langes Haar und man konnte sie zu Recht als absolute Schönheit bezeichnen.

Vielleicht hatte er ja Glück und sie konnte ihnen weiterhelfen. »Entschuldigung«, rief Nate ihr zu. »Darf ich Ihnen eine Frage stellen?«

Die Frau hielt an und drehte sich um.

»Klar. Wie kann ich helfen?«, fragte sie freundlich, wenngleich beiläufig. Anscheinend machten vier fremde Männer keinen Eindruck auf sie.

»Wie heißt du? Woher kommst du? Bist du vergeben? Darf ich dich wiedersehen?«

»Ryan«, tadelte Nate seinen Bruder umgehend. Ryan hatte zwar schon immer eine äußerst unbekümmerte Art, mit anderen Menschen umzugehen oder mit ihnen in Kontakt zu kommen – vor allem mit Frauen –, aber dieses Mal übertrieb er es. »Bitte entschuldigen Sie meinen Bruder«, bemühte er sich, die schöne Fremde zu beschwichtigen, ehe sie die Lage umriss und Reißaus vor ihnen nehmen würde.

»Kein Ding«, sie winkte ab. »Klar kann ich seine Fragen beantworten: Geht dich nichts an. Geht dich wirklich nichts an.

Geht dich absolut nichts an. Und niemals. Sonst noch was?«

»Aber ich will dich heiraten und eine Familie mit dir gründen.«

»Kannst du deinen Bruder bitte an die Leine nehmen? Das hält ja keiner aus.« Sie schüttelte den Kopf und wandte sich zum Gehen.

Nate funkelte Ryan genervt an. Er war allerdings überrascht, wie handzahm sein Bruder diese Frau anhimmelte.

»Bitte geh nicht! Ich liebe dich«, rief Ryan ihr hinterher.

Nate gab ihm einen kurzen Schlag auf den Hinterkopf und betitelte ihn wenig freundlich als »Vollidiot«, ehe er der Fremden hastig folgte.

»Warte! Und bitte entschuldige meinen Bruder. Er kann manchmal ein ganz schöner Trottel sein.«

Die Frau lachte und hielt an. Als sie sich zu Nate umdrehte, war ihr anzusehen, dass die Situation sie amüsierte.

»Was willst du denn wissen?«

»Das Reisebüro. Wir wollten dort den Schlüssel für unser Ferienhaus abholen, aber es ist geschlossen. Kannst du uns weiterhelfen?«

Ihr Gesichtsausdruck wurde ernster und sie ging einen Schritt auf Nate zu.

»Das Reisebüro ist seit letzter Woche geschlossen. Bert, der Besitzer, ist leider überraschend verstorben.«

»Oh, das tut mir leid.«

»Muss es nicht. Bert war ein Arschloch. Habt ihr sein Haus am See gemietet?«

Nate war von ihrer kompromisslosen Abneigung irritiert, nickte jedoch. »Ja. Das Haus am See. Aber wenn er tot ist, können wir es dann überhaupt …«

»Habt ihr bezahlt?«

»Natürlich.«

»Dann ist es auch noch an euch vermietet.« Sie deutete die Straße entlang. »Das Haus liegt ein wenig außerhalb der Stadt. Der Schlüssel liegt unter einem Stein neben der Haustür.«

»Im Ernst? Der Schlüssel liegt einfach neben der Haustür?«

»Ihr Stadtheinis macht wildfremden Frauen einen Heiratsantrag, kommt aber nicht damit klar, wenn man hier auf dem Land seinem Nachbarn noch vertraut?«

»Seinem Nachbarn schon, aber …«

»Wie gesagt, der Schlüssel liegt unter dem Stein«, kürzte sie das Gespräch ab. »Ich wünsche euch viel Spaß in Heartwell.«

Nate sah ihr verwundert hinterher, als sie ihn stehen ließ und weiterging. »Danke für die Infos.«

Sie winkte, ohne sich umzudrehen. »Und pass auf deinen Bruder auf. Nicht alle Frauen in Heartwell können mit Vollidioten umgehen.«

Schmunzelnd ging Nate zurück zu Ryan und seinen beiden Freunden, die sein Gespräch nur aus der Ferne beobachten konnten.

»Und? Hat sie noch was über mich gesagt?«, fragte Ryan dümmlich.

Nate sah ihn entgeistert an. »Ist das dein Ernst? Du hast dich gerade wie der letzte Hornochse aufgeführt und einer wildfremden Frau eine Liebeserklärung gemacht. Sei froh, dass sie dich nicht wegen Belästigung anzeigt.«

»Aber …«

»Nichts aber. Was ist in dich gefahren? Wenn wir *Sanders* tatsächlich übernehmen, werden wir in nächster Zeit öfter hier in Heartwell sein. Schon mal drüber nachgedacht?«

»Hast du sie dir einmal genauer angesehen?« Ryan schien aus seiner Trance zurückzukehren. »Ich schwöre dir, diese Schönheit werde ich eines Tages heiraten. Die oder keine.«

Nate schüttelte den Kopf. »Kommt, steigt ein! Der Schlüssel ist am Haus hinterlegt.«

»Am Haus?« Steve regte sich seit langer Zeit zum ersten Mal und machte seinem Job als Sicherheitschef von *Brooks Corp.* damit alle Ehre.

»Ganz ruhig, Brauner. Keiner weiß, dass wir hier sind. Ich rechne weder mit Attentätern noch mit einem Überfall. Das Einzige, wovor wir uns in Acht nehmen sollten, sind verärgerte Frauen, wenn Ryan so weitermacht.«

ᦉ❖᧧

Lilly ließ ihren Kopf zurückfallen und genoss das Gefühl der Schwerelosigkeit. Die Sonne brannte auf ihr Gesicht und sie schloss die Augen. Das Wasser in der kleinen Bucht hinter Berts Haus hatte sich zwar aufgeheizt, dennoch war es eine willkommene Erfrischung an diesem heißen Sommertag.

Ihre Arme bewegten sich langsam im Wasser und ließen ihren Körper ziellos dahintreiben. Sie erfreute sich am wirren Gezwitscher der Vögel und war gleichzeitig tieftraurig, dass sie Berts Stimme von nun an nicht mehr hören würde. Ganz Heartwell hat ihn zeit seines Lebens als mürrischen und geizigen Kerl kennengelernt. Doch als Lilly ihn vor ein paar Jahren gefragt hatte, ob er Einwände habe, wenn sie gelegentlich in der Bucht schwimmen würde, hatte er gelächelt und es ihr gestattet. Es war eine Art Freundschaft zwischen ihnen entstanden. Eine Freundschaft, die nicht vieler Worte bedurfte.

Wenn Bert im Haus nach dem Rechten sah und sie zufällig hier war, brachte er ihr gelegentlich eine Tasse Kaffee und setzte sich zu ihr auf den Steg. Sie sprachen über dies und das oder sie saßen einfach nur schweigend nebeneinander.

Traurig richtete sie sich auf und schwamm zurück zum Steg. Die Sonne spielte ihr einen Streich und zauberte einen Schatten auf die Holzplanken. Gerade so, als ob Bert dort stehen würde und auf sie wartete. Die Erinnerung an ihren Freund ließ sie schmunzeln.

Lilly hielt erschrocken inne, als sie tatsächlich eine Gestalt erkannte. Wer zur Hölle war das? Und seit wann war er schon hier? Lauerte er ihr etwa auf?

»Keine Sorge, ich tu Ihnen nichts.«

Lilly hörte die tiefe, männliche Stimme und kniff die Augen zusammen. Der Fremde stand unter den langen Ästen der Weide, die bis in den See ragten, weshalb sie ihn nicht erkennen konnte.

»Wer sind Sie und was machen Sie hier?«, fragte sie möglichst neutral.

»Das Gleiche könnte ich Sie fragen. Soweit ich weiß, habe ich das Ferienhaus inklusive eines eigenen Steges gemietet. Der Zugang zum See sollte eigentlich privat sein.«

Er war also ein Feriengast? Waren nicht alle Geschäfte nach Berts Tod eingestellt worden? »Mr. Parish ist leider verstorben, deshalb entschuldigen Sie bitte meine Verwunderung darüber, dass er aus dem Jenseits weitergearbeitet hat.«

»Entweder das oder es wurde versäumt, mir Bescheid zu geben, dass das Haus nicht mehr länger zur Verfügung steht. Wie auch immer: Ich habe bezahlt und jetzt bin ich hier.«

Lilly stieß frustriert den Atem aus. Das war es also mit ihrem entspannenden Schwimmausflug. Hätte der Kerl nicht eine Stunde später auftauchen können?

Sie schwamm enttäuscht das letzte Stück zum Steg. Vielleicht war es besser so. Sie könnte wieder zurück in die Firma fahren und weiterarbeiten, wenn ihr schon das kleinste Vergnügen versagt blieb. »Sie haben recht. Sie haben bezahlt und jetzt sind Sie nun einmal hier. Ich verschwinde am besten. Nicht, dass Ihnen nicht mehr genügend Wasser im See bleibt.«

»Nein, nein«, beschwichtigte der Fremde. »Sie verstehen mich falsch. Sie können gerne bleiben. Ich war nur irritiert, weil ich nicht mit Ihnen gerechnet habe.«

»Mit mir muss man immer rechnen«, sagte Lilly mehr zu sich selbst.

Sie hörte, wie er lachte.

»Das werde ich mir merken.«

»Sparen Sie sich die Mühe.« Lilly hatte den Holzsteg erreicht und griff nach dem obersten Querbalken. »In das Vergnügen werden wir beide so schnell nicht mehr kommen.«

Zwei warme Hände umschlossen die ihren und ehe sie sich versah, hatte er sie nach oben gezogen und sicher auf den Holzbrettern abgestellt.

Das triefende Wasser hatte auf der Jeans und dem Hemd des Fremden seine Spuren hinterlassen. Lilly legte den Kopf in den Nacken und hielt sich die Hände gegen die brütende Sonne schützend vors Gesicht. So viel stand schon einmal fest: Der Kerl war attraktiv, seiner einnehmenden Ausstrahlung konnte sie sich kaum entziehen. Und dabei roch er so gut, dass sie am liebsten an ihm geschnuppert hätte.

»Wie gesagt, ich möchte Sie keinesfalls vertreiben«, war seine dunkle Stimme zu hören.

»Schon gut«, stammelte sie und bemerkte, wie sein Blick langsam an ihr herunterglitt. Ihre Haut begann zu prickeln und ihr Herz schlug einen unvernünftigen Salto in ihrer Brust. »Ich muss wieder an die Arbeit.« Sie bückte sich und griff hastig nach dem Badetuch, das achtlos auf dem Boden lag. In Windeseile wickelte sie sich darin ein. Erst, als sie vollständig mit

Frottee bedeckt war und der Knoten des Tuches fest saß, sah sie ihn wieder an.

»Ich wünsche Ihnen noch einen schönen Aufenthalt. Genießen Sie Ihre Zeit in Heartwell.« Sie nickte zum Abschied und wollte an ihm vorbeigehen, da hielt er sie sanft am Arm zurück.

»Bitte.« Sein Blick war fest und seine Stimme rau. »Komm doch morgen wieder.«

Lillys Herz pochte aufgeregt. Hatte der Fremde sie gerade tatsächlich gebeten, morgen wieder zur Bucht zu kommen? Der Kerl war wirklich süß und sie lief tatsächlich einen Moment Gefahr, darüber nachzudenken, am nächsten Tag wieder herzukommen. Was schadete schon ein kleiner Flirt? Und außerdem liebte sie es, hier zu schwimmen.

Sie nickte verwirrt und ging. Dabei konnte sie spüren, dass er ihr hinterhersah, denn während sie zu ihrem roten Fahrrad lief, schlug ihr Herz gefährlich schnell und viel zu aufgeregt.

Kapitel 2

»Hey Jungs, wie weit seid ihr? Ich habe langsam Hunger.«
Nate stand am Ende der langen Treppe und sah nach oben.
Sein Blick musterte die Holzpaneele, die trotz ihres Alters noch
ganz ordentlich aussahen. Vielleicht war dieser Bert ja ein
Idiot, allem Anschein nach war er aber pfleglich mit seiner Im-
mobilie umgegangen, auch wenn hier seit Jahren keine Moder-
nisierung stattgefunden hatte. Dennoch war das Haus gut in
Schuss. Altbacken, aber gemütlich.

»Wo, um alles in der Welt, hast du uns hinverfrachtet? Und
überhaupt, wo warst du die ganze Zeit?« Ryan kam die Treppe
herunter, dicht gefolgt von Logan und Steve.

»Ist es sauber?«, fragte Nate nach.

»Ja, aber …«, erwiderte Ryan.

»Dann will ich nichts mehr hören.« Nate war es leid, sich
ständig wegen der Unterkunft rechtfertigen zu müssen. Er
fand das Ferienhaus trotz seines Alters und seiner in die Jahre
gekommenen Einrichtung sehr gemütlich. Hier fühlte sich alles ehrlich und bodenständig an. Und genau danach sehnte er
sich von Zeit zu Zeit: nach Normalität und Einfachheit.

Das Büro von *Brooks Corp.* war in einem modernen Hochhaus in Atlanta angesiedelt. Direkt an der Peachtree Street und in unmittelbarer Nähe des *Woodruff* Parks. Das Unternehmen nahm dort vier Stockwerke ein und die Erweiterung um eine weitere Etage war nur eine Frage der Zeit.

Die Geschäfte liefen gut, und nachdem Nate sich im Jahr zuvor entschieden hatte, selbst als Anteilseigner und Investor in Erscheinung zu treten, stieg die Entwicklungs- und Leistungskurve seiner Firma exponentiell.

»Bring mich zurück zu der blonden Schönheit und ich überlege es mir.«

Nate sah seinen Bruder an und bemerkte sein verschmitztes Grinsen. Anscheinend gefiel es Ryan doch nicht so schlecht in Heartwell. Ihm selbst im Übrigen auch nicht. Vor allem, wenn er an die süße, kleine Blondine dachte, die er beim Schwimmen in der Bucht erwischt hatte. Natürlich gehörte es sich nicht, sie heimlich zu beobachten. Doch nachdem er das Haus verlassen hatte, um sich das Grundstück näher anzuschauen, und dabei auf das achtlos, herumliegende Badetuch auf dem Steg aufmerksam wurde, hatte er sie im See entdeckt. Ihr blondes Haar leuchtete über dem Wasser und ihre kurvige Oberweite ließ sich nicht ignorieren. Je länger er dort stand, umso weniger konnte er den Blick von ihr wenden, und …

»Träumst du?« Ryan sah ihn fragend an.

»Was?«

»Ich habe dich gefragt, wo wir hingehen?«

Nate räusperte sich. »Ach ja. Kelly hat ein Stück außerhalb der Stadt ein *Steakhouse* aufgetan, das zu den besten in Georgia gehören soll. Sie hat uns einen Tisch reserviert. Irgendwelche Einwände?« Er sah in drei zufriedene Gesichter.

»Nein. Hauptsache, wir fahren endlich los. Ich sterbe vor

Hunger«, antwortete Logan und wandte sich zur Haustür.

Während Logan und Steve voraus zum Wagen gingen, bemerkte Nate, wie Ryan ihn auffällig taxierte. Ließ ihn die Erinnerung an die süße Wassernixe etwa immer noch schmunzeln? »Weshalb starrst du mich an? Habe ich was im Gesicht?«

»Ja«, Ryan lachte. »Ein ziemlich dämliches Grinsen. Es ist sogar so dämlich, dass ich sofort wissen möchte, was dahintersteckt. Und weshalb du vorhin nicht auf meine Frage reagiert hast, als ich wissen wollte, wo du dich die ganze Zeit über herumgetrieben hast.«

»Lass mir auch mal meinen Spaß und meine Geheimnisse«, antwortete Nate und war froh, dass sie den Wagen erreicht hatten und er sich hinters Steuer setzen konnte, ohne weiter auf Ryans Fragerei einzugehen. Womöglich würde sein Bruder selbst Ausschau nach der schönen Unbekannten halten. Dass er nicht die geringsten Probleme hatte, fremde Frauen auf plumpe, aber zeitweise auch sehr charmante Art und Weise anzusprechen, davon war er schon mehrfach – einschließlich dem heutigen Tag – Zeuge geworden. Sollte die hinreißende Unbekannte vom See morgen tatsächlich wieder auftauchen, musste er sie vor Ryan und vermutlich auch vor Logan in Sicherheit bringen. Steve hingegen bereitete ihm kein Kopfzerbrechen. Es blieben ihm noch ein paar Stunden Zeit, ehe er einen ausgereiften Schlachtplan zur Hand haben musste, wie er die Männer ablenken konnte. Doch unter Druck arbeitete er schließlich am besten.

Ihre Fahrt nach *Elberton* dauerte eine halbe Stunde. Kelly hatte bei ihrer Recherche hervorragende Arbeit geleistet. Das Restaurant war zwar weder hip noch modern, dafür war das Essen umso besser.

Nate aß an diesem Abend eines der besten Steaks seines

Lebens. Auch seine Begleiter ließen keinen Zweifel daran, wie gut ihnen das Essen geschmeckt hatte.

»Ganz ehrlich, langsam gefällt mir unser Ausflug. Wenn du uns in den nächsten Tagen mehr solcher Köstlichkeiten vorsetzt, bin ich glatt versucht, dir den Trip in diese Wildnis zu verzeihen.« Um seinen Worten Nachdruck zu verleihen, unterstrich Ryan seine Meinung mit einem Kopfnicken. Logan und Steve stimmten mit einem satten Brummen zu.

»Ich sagte doch, dass unser Wochenende großartig wird.«

»Hey«, unterbrach ihn Logan. »Nicht gleich übertreiben.«

»Kommt schon, Jungs. Wir hatten ein köstliches Abendessen und nachher lade ich euch in Heartwell auf ein Bier ein. Was wollt ihr mehr?«

»Definitiv mehr als ein Bier.« Ryan lachte und alle stimmten mit ein.

»Abgemacht.« Erleichtert lehnte sich Nate zurück. Endlich hatte er es geschafft: Die Jungs waren besänftigt. Obwohl er in seinem normalen Alltag tagtäglich in Verhandlungen verstrickt war, war er versucht, in diesem Fall von einer harten Nuss zu sprechen.

Bei seiner Fahrt nach *Elberton* hatte Nate festgestellt, wie einsam und ruhig die Landschaft entlang des Highways lag. Vereinzelt waren ein paar Häuser zu sehen. Es waren einige größere Farmen ausgeschildert. Ansonsten gab es nicht viel zu entdecken. In *Elberton* gab es sicherlich auch Fabriken, die die Einkommen der Bevölkerung sicherten. Doch Nate wurde sich auf seinem Weg zurück nach Heartwell bewusst, was die Schließung von *Sanders* für die Bewohner der Stadt und die Countys bedeuten würde. Die Gegend bot nicht viele verlockende Arbeitsplätze. Die Arbeitslosenquote lag hier sehr hoch. Wenn er sich entschließen würde, in das auf Kunststoffproduktion spezialisierte Unternehmen einzusteigen, bliebe die Herausforderung, einen Investor zu finden, der den Erhalt der Arbeitsplätze sicherstellen würde, oder gegebenenfalls selbst als Investor aufzutreten.

Während er seinen Gedanken um einen lukrativen Deal hinterherhing, erreichte er an diesem Tag zum zweiten Mal die Stadtgrenze von Heartwell.

Die lange Hauptstraße mit ihren Geschäften war spärlich beleuchtet. Wenn die letzten Sonnenstrahlen des Tages wenige Minuten später verschwinden würden, würde es hier ganz schön duster werden. Auf der Straße und den Gehwegen war dennoch einiges los. Eines war dabei sehr auffallend: Alle Menschen waren in dieselbe Richtung unterwegs.

»Gehen die alle in die Abendmesse?«, fragte Logan sarkastisch und lachte.

»Wohl kaum.« Ryan deutete auf zwei Frauen, deren freizügige Aufmachung jedem Priester die Schamesröte ins Gesicht getrieben hätte.

Nate näherte sich Berts Reisebüro und bemerkte verwundert, dass alle Parkplätze belegt waren. Die Bar, die an das Reisebüro anschloss, schien überaus gut im Geschäft zu sein. Er fuhr langsam an dem Gebäude vorbei und musterte kurz die beleuchteten Buchstaben, die den Namen der Bar verrieten: *Junction*.

Die laute Musik, die aus dem Gebäude drang, war bis in den Wagen zu hören. Sowohl Ryans als auch Logans Stimmung stieg rasant an. Nate hatte die beiden mit dem köstlichen Abendessen zwar schon besänftigt, doch die Aussicht, in der Bar auf ihre Kosten zu kommen, gab der Stimmung der beiden einen neuerlichen Kick. Einzig Steve zeigte wie immer keine Gefühlsregung. Aber Nate kannte ihn auch nicht anders.

Als die vier Männer die Bar wenige Minuten später betraten, waren sie sichtlich überrascht. Sowohl die Größe als auch die Musik und die Menschenansammlung standen einem guten *Club* in Atlanta in nichts nach. Nun ja, das Interieur war zwar ein wenig in die Jahre gekommen, doch das schien sich in dieser Stadt wie ein roter Faden durchzuziehen.

Es gab nur wenige freie Sitzplätze, weswegen sich die Freunde sputeten, einen Tisch zu ergattern. Nate deutete in eine der Ecken, wo sich drei Kerle aufmachten, sich nach Eroberungen für den Abend umzusehen, und ihren Platz vereinsamt zurückließen.

»Nehmt euch den Tisch«, rief er ihnen über die Musik hinweg zu. »Ich besorge uns ein Bier.«

Ryan nickte und schob Logan und Steve zu dem freien Platz.

Unterdessen bahnte sich Nate einen Weg an die Bar. Es war so voll im *Junction*, dass er ständig angerempelt wurde. Als es ihm endlich gelang, einen Platz am langen Tresen zu erkämpfen, glaubte er seinen Augen nicht zu trauen. Seit er in Heartwell eingetroffen war, hatte er nur zwei Personen kennengelernt. Die große Blondine mit den endlos langen Beinen, vor der sich Ryan zum Affen gemacht hatte. Und seine süße, kleine Wassernixe.

Exakt diese beiden Schönheiten steckten die Köpfe zusammen und redeten über den Bartresen hinweg miteinander. Wobei die große Blondine hinter der Bar stand und vermutlich hier arbeitete. Und sein reizender Engel mit den blonden Locken hatte ihr offensichtlich ziemlich viel zu erzählen.

»Hey, hast du schon bestellt?«, wurde Nate unvermittelt von einem der Barkeeper angesprochen.

»Nein. Ich bekomme vier Bier.«

»Scheinst durstig zu sein, Mann«, der Barkeeper lachte.

»Die sind nicht alle für mich.« Er nickte in die Richtung, in der sein Bruder und seine Freunde saßen, und entdeckte dabei eine Kellnerin, die offensichtlich deren Bestellung entgegennahm.

»Wusstest wohl nicht, dass wir hier auch Kellnerinnen haben. Bist neu hier, hä?«

Nate sah den Kerl mit Glatze an, der auf unangenehme Art und Weise seinen Kaugummi im Mund von einer Seite zur anderen schob.

»Willste trotzdem dein Bier?«

Nate öffnete seine Geldbörse und zog ein paar Geldscheine heraus. »Ja. Ich nehme sie trotzdem. Und den beiden Ladys da unten«, er deutete zum Ende der Bar, »würde ich gerne auch ein Bier ausgeben.«

»Wird gemacht.«

Noch ehe Nate eine Flasche in seinen Händen hielt, nahm ihm der Barkeeper die Scheine ab. Nate schmunzelte und rechnete mit keinem Rückgeld.

Er blickte erneut zum Ende der Bar und beobachtete die beiden Schönheiten. Dass die eine seinem Bruder gefiel, konnte Nate verstehen. Sie war ein richtiger Vamp. Gegen die süße Kleine aus der Bucht hatte sie jedoch keine Chance. Sie hatte ein atemberaubendes Lächeln, wenngleich sie bedrückt schien. Er seufzte. Alles in ihm sehnte sich danach, sie in seinen Armen zu halten – und die Nacht war schließlich noch jung. Weshalb sollte er sich nicht auch amüsieren?

»Hier, dein Bier.«

»Was?«

»Dein Bier, Mann.« Der Barkeeper lehnte sich schmatzend über den Tresen und winkte Nate näher zu sich. »Ganz ehrlich

Mann, bei Sam haste keine Chance. Die ist kalt wie ein Fisch. Mach dir also besser keine Hoffnungen auf sie.«

»Sam?«

»Ja, Sam. Das heiße Gefährt, dem du ein Bier ausgegeben hast. Ihr gehört die Bar hier und ich sag dir eins, wenn ihr dein Gesicht nicht passt, schmeißt sie dich im hohen Bogen raus. Also sei besser vorsichtig.«

»Klar, d-danke für den Tipp«, stottert Nate, ohne zu wissen, weshalb ihm dieser Ratschlag zuteilwurde.

Er sah dem Kerl hinterher, wie er mit beiden Bierflaschen zum Ende der Bar ging. Eine Flasche stellte er beiläufig auf dem Tresen ab. Das andere Bier reichte er Sam und deutete anschließend mit dem Finger auf ihn.

Als sich ihre Blicke trafen, lächelte ihn Sam verschwörerisch an. Sie winkte ihm kurz zu, wandte sich dann aber wieder ihrer blonden Gesprächspartnerin zu.

Irritiert kehrte der Barkeeper zurück, doch ehe Nate noch einmal in die Verlegenheit kam, mit ihm reden zu müssen, griff er nach den Bierflaschen und machte auf dem Absatz kehrt.

CB✤ЯƆ

Lilly beobachtete ihre Freundin, wie sie sich auf dem Tresen abstützte und ihr eine Flasche Bier zuschob.

»Hier.« Sam deutete auf die Flasche. »Wir wurden eingeladen.«

»Und wem haben wir die Einladung zu verdanken?«

Lilly hatte zwar Fletcher mit den beiden Bierflaschen gesehen und bemerkt, wie er auf jemandem am Tresen zeigte, doch wenn sie mit Sam zusammen war, geschah das dauernd. Weshalb sie sich nicht einmal die Mühe gemacht hatte, einen Blick auf den edlen Spender zu werfen.

»Ach, irgend so einem Typen, der das Haus von Bert gemietet hat. Ich habe ihm heute Nachmittag den Weg gezeigt.«

Lilly hielt augenblicklich den Atem an. War es möglich, dass der Kerl, den sie heute Nachmittag am See getroffen hatte, hier war? Der Kerl, der so unverschämt attraktiv war und so verdammt gut roch. Ihr Körper begann vor Aufregung zu kribbeln. Seit ihrem Aufeinandertreffen hatte sie immer wieder an ihn gedacht. Nicht zuletzt hatte sie gehofft, mit ihrem Besuch in der Bar dem Schicksal ein wenig auf die Sprünge zu helfen. Dann aber wurde ihr bewusst, was passiert war.

Der Fremde hatte *Sam* ein Bier ausgegeben. Und sie konnte es ihm nicht einmal verdenken. Wer Sam einmal begegnet war, musste dieser atemberaubend, schönen Frau einfach verfallen.

»Sam?«

Sam und sie drehten sich zu Troy um, der ängstlich und mit herabhängenden Armen in seiner Küchenschürze vor ihnen stand. »Was ist denn nun schon wieder passiert, Troy?«

Lilly schmunzelte. Ihre Freundin wusste genau, wo der Hase langlief, denn Troy war weniger für seinen Tatendrang als wegen seiner Missgeschicke berühmt oder vielmehr berüchtigt.

»Die Tacos. I-ich habe die Tacos fallen lassen«, stotterte er betrübt.

»Sammle sie einfach auf und wirf sie weg.«

»Alle?«

»Was genau meinst du, wenn du *alle* sagst?«, fragte Sam und ihre Stimme ließ bereits erahnen, dass sie die Antwort kannte.

»Ich wollte den großen Sack aus der Vorratskammer holen, weil heute so viel los ist, und dabei … also dann …«

»Ist noch etwas davon verwertbar?«

Als sich Troys Mundwinkel verzogen und Lilly befürchtete,

er könnte jeden Augenblick in Tränen ausbrechen, hatte sie Mitleid mit dem Tollpatsch.

»Na los. Geh schon!« Sam deutete zur Küche. »Wir schauen, ob wir noch was retten können.«

Troy schlurfte mit eingezogenem Kopf los, während Sam sich zu ihr umdrehte. »Ich muss dich kurz alleine lassen, Süße. Sue müsste aber in den nächsten Minuten auftauchen. Kommst du klar?«

»Geh nur. Und sei nicht zu hart zu unserem Pechvogel.«

»Ich schwöre dir, irgendwann ruiniert mich der Kerl.« Sie zog die Schultern nach oben. »Aber ich habe ihn halt gern.«

Lilly lächelte und sah ihrer Freundin hinterher. Es war unglaublich, wie loyal Sam war. Eine Chefin wie sie konnte man sich nur wünschen. Augenblicklich verfinsterte sich ihre Miene. Was würde sie dafür geben, eine ebenso gute Chefin zu sein. Wie gerne wäre sie auch so loyal zu ihren Mitarbeitern. Sie stand hingegen mit dem Rücken zur Wand und ihre einzige Hoffnung, *Sanders* noch zu retten, hieß *Brooks Corp*. Oh, wie sehr sie diesen Konzern hasste, der systematisch die kleinen Unternehmen aufkaufte, sanierte und dann an den Meistbietenden verschacherte. Wenn sie nicht irgendeine bahnbrechende Idee überkam, würde sie das gleiche Schicksal ereilen.

Sie griff nach der Bierflasche und setzte sie an die Lippen. Ihre Hoffnung, dass sie alle trüben Gedanken wegspülen konnte, verblasste angesichts des unaufhörlich näher rückenden Termins mit dem Investor aus Atlanta. Die Zukunft ihres Unternehmens und ihrer Kunststofftechnik hing von diesem einen Gespräch ab.

Gedankenverloren begann sie, am Etikett zu zupfen, als sie ein unverkennbarer Duft in der Nase kitzelte und ihr abermals den Atem raubte. Sie sah eine Hand neben sich auf dem Tresen, die eine Flasche abstellte, und spürte seinen Atem auf ihrer Haut, als er sich zu ihrem Ohr herunterbeugte.

»Ich hätte nicht gedacht, dass wir uns so schnell wiedersehen.«

»Nun, Heartwell ist eine kleine Stadt«, antwortete sie ihm und war dankbar, dass ihre Stimme nicht versagte. Dieser Mann schaffte es allein durch seine Anwesenheit, ihren Körper in Aufruhr zu versetzen.

»Stimmt. Und mit dir muss man schließlich immer rechnen.«

Sie lachte und hielt sich kurz die Hand vor die Augen. »Das ist richtig. Mit mir muss man immer …« Lilly drehte den Kopf und sah zu ihm auf, als sich ihre Blicke trafen und sie das Gefühl hatte, seine braunen Augen würden ihr direkt in die Seele schauen. Sie schluckte, wich seinem Blick aus und wiegelte ab. »Mit mir muss man immer rechnen.«

Weshalb sollte sie sich auf diesen attraktiven Mann Hoffnungen machen, wo er doch wegen Sam hier war?

»Ich bin mit Freunden hier. Wir machen ein Männer-Wochenende und wollten hier angeln. Möchtest du dich nicht zu uns setzen?«

Lilly blieb eine Antwort erspart, denn im selben Moment gesellte sich ihre Freundin Sue zu ihnen.

»Hallo Lilly. Entschuldige die Verspätung. Aber ich war noch mit der Kassenabrechnung beschäftigt und die passte einfach nicht. Ich musste eine halbe Stunde nach dem Fehler suchen, bis ich bemerkt habe, dass Beverly vergessen hatte, einen Artikel zu buchen. Ach, egal, jetzt bin ich ja da.«

Während der Fremde rechts von Lilly stand, quetschte sich Sue links von ihrer Freundin an die Bar. Dabei wurde Lilly unweigerlich an ihn gepresst und die Körperberührung ließ ihr den Atem stocken. Sie nahm seine Nähe und diesen unglaublich betörenden Duft seines Aftershaves dadurch noch viel intensiver wahr und wäre am liebsten geflüchtet.

Stattdessen räusperte sie sich und lächelte tapfer. »Schön, dass du hier bist.«

»Ich freue mich auch, dich endlich mal wieder zu sehen.« Sue reichte dem Fremden ganz selbstverständlich ihre Hand. »Ich bin Sue, eine Freundin von Lilly.«

»Ich bin Nate. Freut mich, dich kennenzulernen.« Er reichte ihr seine rechte Hand, während er die linke Hand beiläufig auf Lillys unteren Rücken legte.

»Woher kennt ihr euch?«, wollte Sue wissen.

Lilly konnte nicht denken, solange er sie berührte. Solange Nate sie berührte. *Nate*. Der Name passte zu ihm. Er sah aus wie ein Nate. Groß. Attraktiv. Männlich.

»Oh, wir kennen uns nicht. Also noch nicht. Aber ich bin sehr interessiert, dies im Laufe des Abends zu ändern«, gab Nate ganz offen zu.

»Bist du ein Serienmörder, ein Stalker, ein Perverser oder noch viel schlimmer – ein Politiker?«

»Sue«, zischte Lilly empört.

»Weder noch.« Nate lachte.

»Dann hast du meinen Segen, Nate.«

»Sue«, Lilly zischte erneut ihren Namen und deutete mit ihrem Blick unmissverständlich hinter die Bar.

Sue kniff die Augen zusammen. »Moment mal, Nate. Hast du etwa ein Auge auf meine Schwester geworfen? Unsere Lilly hier ist nämlich kein Trostpflaster.«

»Deine Schwester?« Nate war seine Verwirrung anzuhören.

»Ja, Sam. Meine Schwester.«

Lilly, die ihren Blick auf Sue gerichtet hielt, wartete vergebens auf Nates Antwort. Wohingegen Sue anscheinend in den Genuss einer tonlosen Antwort gekommen war.

»Na, dann ist doch alles klar. Und jetzt brauche ich erst einmal was zu trinken.«

»Darf ich?«, fragte Nate und streckte seine Hand nach oben, um den Barkeeper zu sich zu bitten.

Sue schmunzelte. »Vielen Dank.«

»Ich habe Lilly eben eingeladen, sich zu mir und meinen Freunden zu setzen. Hättest du vielleicht auch Lust, uns Gesellschaft zu leisten, Sue?«

»Bier?«, fragte der Barkeeper unvermittelt und Nates Blick wanderte fragend zu Sue.

»Ginger Ale, Corey.«

Corey nickte und griff gleichzeitig nach dem Geldschein, den Nate aus der Tasche gezogen hatte.

»Kann Amber es uns bitte bringen?«, bat Sue den Barkeeper. »Wo sitzt ihr?«

Nate deutete auf einen Tisch in der Ecke. »Da hinten.«

»Klar«, antwortete Corey und verschwand.

»Ich bin gespannt, deine Freunde kennenzulernen. Du nicht auch, Lilly? Weißt du, Nate, es verirren sich nicht oft Fremde zu uns nach Heartwell. Und wenn sie dann noch so nett sind wie du …« Der Rest ihres Satzes war ein einfaches Lächeln.

Nate löste seine Hand von Lillys Rücken und bedeutete Sue mit einer Geste, voranzugehen. Lilly, die sich der Möglichkeit beraubt sah, sowohl der Situation zu entfliehen als auch Sue um dezente Zurückhaltung zu bitten, ließ sich vom Barhocker gleiten und folgte ihrer Freundin stumm. Letztlich blieb ja noch offen, wie genau Sam in das Bild passte.

»Du bist so ruhig.« Nate legte abermals seine Hand auf Lillys unteren Rücken. »Habe ich etwas Falsches gesagt?«

»Nein. Es ist nichts. Nur …«

»Nur, was?«

»Weshalb hast du Sam ein Bier ausgegeben?«, fragte Lilly ihn ohne Umschweife. Was hatte sie schon zu verlieren.

Er hielt sie am Arm zurück und drehte sie zu sich um.

»Ich habe *dir* ein Bier ausgegeben. Sam stand einfach nur bei dir und ich bin nicht unhöflich. Außerdem hat sie mir heute aus einer Verlegenheit geholfen. Ein Bier war das Mindeste.«

Lilly sah ihn argwöhnisch an. Seine Augen glänzten bestechend. Seine Nase hatte einen kleinen Höcker. Er hatte eine Narbe über seiner rechten Augenbraue und leichte Geheimratsecken, die ihm gut standen. In seinem Gesicht hatte sich ein Bartschatten gebildet und Lilly musste über sich selbst den Kopf schütteln, als sie sich fragte, wie gut sich das Kratzen anfühlen würde, wenn er sie küsste.

»Nate also.« Sie streckte ihm die Hand entgegen.

»Und meine kleine Wassernixe hört auf den bezaubernden Namen Lilly.« Er nahm ihre Hand und küsste ihren Handrücken. Dann blickte er auf und sah sie fest an. »Ich kann es kaum erwarten, dich morgen für mich alleine zu haben.«

Lilly spürte, wie sie rot wurde. Es war verdammt lange her, seit ein Mann ihr derart offenkundig sein Interesse gezeigt hatte. Wenn sie genauer darüber nachdachte, eigentlich noch nie. Warf es sie vielleicht deshalb so aus der Bahn?

Kapitel 3

Nate schien kein Kerl zu sein, der lange fackelte. Er griff nach ihrer Hand und zog sie mit sich an den Tisch zu seinen Freunden. Während er sie und Sue vorstellte, betrachtete Lilly die drei Männer, die nicht unterschiedlicher hätten sein können.

Steve war ein bulliger Typ. Er war zwar sehr gepflegt und auf seine Art und Weise durchaus attraktiv, aber er war so wortkarg, dass er schon wieder langweilig war.

Logan hingegen war eher schmal – nein, schmächtig. Er machte den Eindruck, ein Wichtigtuer zu sein. Seine ganze Art kam bei Lilly nicht an, weshalb sie weder etwas mit seinen manikürten Händen noch seinen Designerklamotten geschweige denn seinen gegelten Haaren und seiner übertriebenen Meinung über sich selbst etwas anzufangen wusste.

Ryan war einfach nur perfekt und mit Abstand einer der bestaussehenden Männer, denen Lilly je begegnet war. Er war ihr unheimlich sympathisch und sein makelloses Lächeln war ansteckend.

Ohne Zweifel hätte der Mann zu ihrer Linken der aktuellen Ausgabe des GQ-Magazins entspringen können.

Trotzdem vermochte er es nicht ansatzweise, ihr Herz derart in Aufruhr zu versetzen wie Nate, der zu ihrer Rechten saß und keine Möglichkeit ausließ, sie immer wieder beiläufig zu berühren.

Die Zeit verging wie im Fluge und die Bar begann, sich langsam zu leeren, als Ryan plötzlich wie von der Tarantel gestochen auffuhr und zur Bar deutete.

»Fuck. Da ist sie ja.«

Alle drehten sich zur Bar und Lilly musste schmunzeln. Es war ja klar, um was es ging und wen Ryan meinte. Sie sah zu Sue, die lächelte und ebenfalls den Kopf schüttelte.

»Hey Ladys, kennt eine von euch zufällig meine zukünftige Frau? Sie arbeitet hinter der Bar.«

»Ryan.«

Lilly war verwundert, wie streng Nate seinen Freund zur Zurückhaltung anhielt.

»Moment. Deine zukünftige Frau?«, hakte Sue nach.

»Nun, sie hat noch nicht Ja gesagt. Aber sie weiß, dass ich sie heiraten will.«

Sue lachte. »Na dann, herzlich willkommen in der Familie, lieber Schwager.«

»Schwager?«, fragte Ryan ungläubig. »Ist sie etwa deine Schwester?«

»Ja.«

»Wie heißt meine Traumfrau?«

Sue stand auf und winkte Ryan zu sich. »Komm mit. Ich stell sie dir vor.«

Ryan stieß seinen Stuhl so schnell nach hinten weg, dass er umzukippen drohte. Lilly konnte ihn gerade noch auffangen und sicher zurückstellen. »Das muss wahre Liebe sein.« Sie lachte und sah den beiden hinterher.

In exakt diesem Augenblick war sie sich Nates voller Aufmerksamkeit bewusst und vermied es, seinen Blick zu erwidern. Noch mehr Herzklopfen würde sie an einem Abend nicht verkraften.

Lieber gönnte sie sich das Schauspiel um Ryan und Sam, denn für gewöhnlich bot Sam eine ausgezeichnete Show, indem sie jeden Kerl eiskalt abblitzen ließ. Wobei Ryan schon verdammt süß war. Vielleicht hatte der Ärmste ja doch eine Chance bei ihr?

◌❖◌

Nate schüttelte verlegen den Kopf, während er Ryans Diskussion mit Sam folgte, in der es darum ging, ob sie nun heiraten würden oder nicht. Seinem Bruder flogen schon immer die Frauenherzen zu, womöglich wurde er von ihrer Ablehnung nur noch mehr angestachelt. So hatte er ihn auf jeden Fall noch nie erlebt.

Ryan spielte mit seiner Zukunft und benutzte die Worte heiraten und Ewigkeit viel zu inflationär. Wobei er selbst schon beinahe gewillt war …

Nein. Nein. Nein. Lilly war unglaublich süß. Er musste sie einfach haben. Er wollte sie einfach haben. Alles Weitere stand in den Sternen.

Als sich das *Junction* weiter leerte und Ryan sich am Tresen vor Sam lange genug zum Affen gemacht hatte, verlagerte die muntere Gesellschaft ihr Zusammentreffen an die Bar. Niemand von ihnen wollte den amüsanten Schlagabtausch zwischen Ryan und Sam verpassen. Wobei Ryan eher zu bemitleiden war und Sam zeigte, dass sie trotz ihres extrem kurzen Rockes stets die Hosen anbehielt.

Die Eingangstür flog auf und Tumult brach aus. Auf einen Schlag war es um Sams Konzentration auf das unterhaltsame Geplänkel geschehen.

»Verdammt«, raunte sie.

»Was ist los? Wer sind die Kerle?«

»Das sind die *Pistols*. Eine Rockergang, die seit ein paar Monaten ihr Unwesen hier in der Gegend treibt. Bis jetzt haben sie mich in Ruhe gelassen. Ich hoffe, dass das auch weiterhin so bleiben wird.«

Sam sah besorgt aus und auch Sues Stirn lag in Falten. »Soll ich vorsichtshalber Brian anrufen?«, fragte Sue ihre Schwester.

»Nein. Ich will keine Polizei hier. Hoffen wir einfach das Beste«, sagte Sam entschlossen.

Lilly und Sue entschuldigten sich kurz und gingen in die Waschräume. Währenddessen kam Ryan zu Nate und zog die Augenbrauen nach oben.

»Nate, wann hattest du deinen letzten Auffrischungskurs?«

»Den brauch ich nicht. Steve und ich stehen jede Woche zwei Mal im Ring. Wie sieht es mit dir aus?«

»Schon eine Weile her. Aber ich schwöre dir, wenn einer von denen ...«

»Ryan, beruhige dich. Es nützt hier keinem, wenn du meinst, den Helden spielen zu müssen, nur um Sam zu imponieren.« Nate überblickte den Raum. Die sechs Kerle, die zuvor in ihrer schwarzen Lederkluft hereinstolziert waren, verhielten sich eher zurückhaltend. Zwei von ihnen pöbelten gelegentlich ein paar Gäste an, doch die Besucher gingen lieber, als einen Streit vom Zaun zu brechen.

Lilly und Sue kamen wieder zurück. Nate hätte sich wahrlich gewünscht, seinen wachsamen Blick ausschließlich Lilly schenken zu können. Stattdessen bemühten sich Steve und er, die Lage in der Bar im Auge zu behalten.

Die beiden Frauen zwängten sich an einer Gruppe von Gästen vorbei, als einer der Rocker unvermittelt Lilly an den Hintern fasste und sie zu sich zog. Nate fuhr auf, doch Sam war schneller.

»Hey«, rief sie dem Kerl zu. »Lass gefälligst deine hässlichen Klauen von meiner Freundin. Sonst …«

»Sonst was, Püppchen?«, entgegnete der Rocker mit dem Stiernacken. »Kommst du und versohlst mir den Hintern?« Er zog eine Schnute und blinzelte Sam herausfordernd zu.

»Sam, lass uns das …« Nate war in allerhöchster Alarmbereitschaft, zog jedoch verwundert die Augenbrauen hoch, als Sam plötzlich einen Baseballschläger in der Hand hielt. Wo zum Teufel hatte sie den so schnell herbekommen? Was versteckte sie eigentlich noch alles hinter dem Tresen?

»Oh ja«, unterbrach sie Nate, ehe er aussprechen konnte. »Und jetzt überleg dir genau, was du tust, Freundchen. Denn ich werde ganz sicher etwas finden, wo ich dir das Ding reinschieben kann.«

Hoppla. Nate riss die Augen auf. Er hatte selten eine Lady so derbe reden hören. Er richtete seinen Blick wieder auf Lilly und sah ihre Anspannung, die sich mehr und mehr in Angst verwandelte. Zudem hielt sie der Kerl jetzt auch noch am Arm fest und da der Stirnnacken Anstalten machte, sich Sams Äußerungen nicht gefallen zu lassen, blieb Nate keine andere Wahl, als zu intervenieren. Nur so konnte er den Schaden so gering wie möglich halten.

»Freunde, weshalb trinkt ihr nicht in aller Ruhe euer Bier aus und geht wieder. Keiner will hier Stress. Lass einfach meine Freundin los und wir vergessen die ganze Sache.« Nate hob beschwichtigend die Hände. Dann presste er seinen Kiefer zusammen, denn er musste mit ansehen, wie der Typ Lilly enger zu sich zog.

»Das Lockenpüppchen gehört zu dir?«, der Kerl, auf dessen Lederweste der Name *Big Mitch* aufgedruckt war, feixte.

Plötzlich klang Nates Stimme nicht mehr freundlich und um ihn herum wurde es gefährlich ruhig.

»Hör zu, Arschloch. Lass sie los oder Sam braucht dir den Baseballschläger nirgendwo mehr reinstecken, weil ich dir deinen Arsch schon aufgerissen habe.«

Ein Raunen ging durch das Lokal und mit einem Mal hatte Nate auch die Aufmerksamkeit der restlichen Gang auf sich gelenkt. Nacheinander standen sie von ihren Plätzen auf und fixierten ihn mit eisernen Blicken.

So furchteinflößend die Kerle auch aussahen, er würde es mit jedem von ihnen aufnehmen. Kein Mann durfte sich anmaßen, so mit einer Frau umzugehen. Schon gar nicht mit der zauberhaften Lilly.

Zu Nates Verwunderung war Sam die Erste, die neben ihm stand und provokativ den Schläger immer und immer wieder in ihre Hand fallen ließ. Dann erschien Steve neben ihm. Ryan folgte Steve. Selbst von den Gästen zeigten sich einige bereit, sich hinter sie zu stellen.

»Verschwindet, und zwar auf der Stelle«, warnte Sam die Männer ein letztes Mal und ließ ihren Baseballschläger mit voller Wucht auf den Tresen fallen.

»Das könnte dir so passen, du Schlampe«, mischte sich ein großer, hagerer Kerl lautstark ein. »Keiner legt sich mit den *Pistols* an.«

Dann ging alles ganz schnell. Binnen weniger Sekunden hatte sich das *Junction* in den Schauplatz einer riesigen Schlägerei verwandelt. Steve kümmerte sich ausdauernd um Big

Mitch, während Ryan sich den Kerl vornahm, der Sam beschimpft hatte.

Nate bemerkte, dass zwei weitere Bandenmitglieder die Bar betraten. Er riss Sam den Baseballschläger aus der Hand und begrüßte die beiden an der Eingangstür, noch bevor sie die Situation umreißen konnten und Gelegenheit erhielten, den anderen zu Hilfe zu eilen.

Mit einem lauten Knall ging der erste Tisch zu Bruch. Es folgte ein Stuhl.

Nate konnte zwar ein paar gute Schläge gegen die beiden Neuankömmlinge ausrichten, doch dann bekam ihn einer zu fassen und drehte ihm den Arm auf den Rücken, während der andere ihm einen harten Schlag in den Magen verpasste. Er krümmte sich schmerzerfüllt und hörte, wie Lilly mit erschrockener Stimme seinen Namen rief.

Verdammt. Reiß dich zusammen. Wie hat er deinen Arm zu fassen bekommen? Warum bist du so unkonzentriert? Dabei hatte er es doch besser gelernt. Solche Fehler sollten ihm nicht passieren. Warum sonst trainierte er zweimal die Woche mit Steve, wenn nicht, um sich vor solchen Angriffen zu schützen?

Konzentriere dich.

Nate atmete tief durch und ließ seinen Arm locker. Er machte einen großen Ausfallschritt nach vorne und drehte sich. Völlig überrumpelt ließ sein Angreifer seinen Arm los. Nate schlug mit seiner flachen Hand gegen das Brustbein des Kerls, der abrupt zusammensackte und nach Luft japste. Dann wandte er sich dem anderen zu und konnte einem Schlag in sein Gesicht gerade noch ausweichen.

Dabei traf ihn eine der schweren Ketten, die an der Lederjacke des Typen befestigt war, an der Stirn und er spürte sofort, dass die Wunde zu bluten begann.

Um keine weiteren Schläge mehr einstecken zu müssen, musste Nate jetzt schnell sein. Sein Gegner holte bereits mit der anderen Hand zu einem weiteren Schlag aus, doch Nate konnte sich rechtzeitig ducken. Er drehte sich und sein Ellbogen traf zielsicher die Magengegend des Rockers.

Zufrieden sah er mit an, wie sich die Gestalt krümmte und zu Boden ging, während der andere Kerl noch immer nach Luft japste. Wer sich an hilflosen Frauen verging, hatte es nicht besser verdient.

ᬄᬄᬄ

Aufgelöst sah sich Lilly das Chaos in Sams Bar an. Das Inventar hatte ganz schön was abbekommen. Abgesehen von den Glasscherben und dem kaputten Geschirr waren auch zwei Tische und zahlreiche Stühle zu Bruch gegangen.

Die *Pistols* waren nach ihrer Niederlage abgezogen und hatten Rache geschworen. Sam blieb dennoch ruhig und bedankte sich zunächst bei ihren Gästen, die sich für sie geprügelt hatten.

Bevor es Freibier für alle gab, half jeder mit, den angerichteten Schaden wieder aufzuräumen. Die Frauen fegten die Splitter auf und die Männer räumten das kaputte Mobiliar zur Seite. Die Mitarbeiter des *Junction* zapften kühles Bier, während Sam begann, ihre Helfer zu verarzten.

Lilly entdeckte Nate, der abseits ein paar Stühle zur Seite räumte, und bemerkte die blutige Schramme an seiner Stirn. Sie ging zum Erste-Hilfe-Kasten, den Sam auf den Tresen gestellt hatte, nahm sich das Desinfektionsspray, ein wenig Mull, ein paar Einweghandschuhe und ein Pflaster.

»Hey«, sprach sie ihn an, da er ihr den Rücken zuwandte. Er drehte sich um und lächelte. Sie bekam sofort weiche Knie.

»Hey«, antwortete er.

»Ich habe gesehen, dass du blutest.«

Nate tastete an seine Stirn und beäugte daraufhin die rote Flüssigkeit auf seinen Fingern. »Ist nicht schlimm.«

»Darf ich dich trotzdem verarzten?« Verarzten? Am liebsten hätte sie sich ihm in die Arme geworfen, so gerührt war sie von seinem Beschützerinstinkt. Wer legte sich denn schon freiwillig mit einer Rockerbande an – außer Sam natürlich. Und ihr würde Lilly zu jeder Zeit und aus Erfahrung diese Unzurechnungsfähigkeit attestieren.

»Ich weiß, was mir mehr helfen würde als Verbandsmull.«

Seine Stimme war rau und seine Augen so verlangend, dass Lilly kurz befürchtete, er hätte ihre Gedanken gelesen.

»Momentan kann ich dir nur ein Pflaster anbieten. Setz dich.« Sie deutete auf einen Tisch. Nate lehnte sich dagegen und war somit auf Augenhöhe mit ihr.

Sie streifte nervös die Handschuhe über, sprühte etwas vom Desinfektionsspray auf den Mull und tupfte die Wunde sauber. Sie waren sich dabei so nah, dass ihr wieder einmal der unwiderstehliche Duft seines Aftershaves in die Nase stieg. Seine Nähe ließ sie kaum atmen. Ihre Beine streiften seine Knie und ein wohliges Kribbeln breitete sich in ihrem Körper aus. Die Verlockung, ihn zu berühren, war so übermächtig, dass es ihr Angst machte.

»Hat dir der Kerl wehgetan?«

Sie sah seinen sorgenden Blick und hätte sich am liebsten in seinen braunen Augen verloren. Nate brachte sie echt um ihren Verstand.

»N-nein … Nein, er hat mir nicht wehgetan. Aber er stank erbärmlich nach billigem Rasierwasser und Schweiß.«

Weshalb erzählte sie ihm das?

Nate lachte. »Das tut mir leid.«

»Still halten«, wies sie ihn an und nahm das Pflaster aus der Verpackung. Sie beugte sich zu ihm und platzierte den braunen Klebestreifen an seiner Stirn. Ihre Bemühungen, seine Nähe und seine Wärme auszublenden, scheiterten ebenso kläglich, wie zu verhindern, dass er ihren sehnsüchtigen Blick mit seinem auffing. Sie räusperte sich. »Das sollte …«

Sie spürte seine Lippen auf ihren und erschrak, als sie das lustvolle Stöhnen hörte, das ihrem eigenen Mund entwich. Es fühlte sich wundervoll an, seine Lippen auf ihren zu spüren und zu wissen, wie sich die kleinen, kratzigen Bartstoppeln tatsächlich anfühlten, wenn er sie küsste. Es war ein perfekter Kuss. Nate war weder aufdringlich noch zurückhaltend. Und Lilly wünschte sich, dieser Kuss würde nie enden, so gut und richtig fühlte es sich an.

Das Ende kam leider viel zu schnell. Nate wich zurück und sah ihr mit verklärtem Blick in die Augen. Er wirkte beunruhigt, lächelte aber und flüsterte: »Verdammt, Lilly. Ich will mehr davon.«

»Kommt schon, Leute. Lasst uns darauf anstoßen, dass wir diese Armleuchter in die Flucht geschlagen haben«, brüllte Sam durch die Bar und hielt ein Glas Bier in die Höhe.

Lilly wich zurück. Es war das eine, sich dem Moment hinzugeben. Aber es waren noch viel zu viele ihrer Mitarbeiter in der Bar und sie wollte ihnen ungern Anlass für Gerede geben. Schlimm genug, wenn jemand diesen Kuss gesehen hätte.

Sie strich sich eine Strähne hinters Ohr und deutete zum Tresen. »Wir sollten rübergehen. Ich möchte nicht, dass über uns getratscht wird.«

»In Ordnung.« Nate stand auf und sah sie eindringlich an. »Aber ich bin noch lange nicht fertig mit dir.«

Kapitel 4

Es war Samstagmorgen. Trotz der frühen Uhrzeit brannte die Sonne heiß über Heartwell. Das ganze Städtchen war auf den Beinen und auch in der Bäckerei von Babette Smulders war die Schlägerei im *Junction* in aller Munde. Jedes Mal, wenn Babette eine Anekdote erzählte, zeigte sich Lilly aufs Neue überrascht. Wie aus den sechs *Pistols* plötzlich zwanzig werden konnten und wie Sam sie alleine in die Flucht geschlagen hatte, war ihr allerdings ein Rätsel.

Mit einem Schmunzeln verließ sie die Bäckerei und biss herzhaft in ihr Hefebrötchen, das mit Orangensaft und Honig getränkten Rosinen gefüllt war und das sie sich beinahe jeden Morgen hier abholte. Ihr rotes Fahrrad lehnte an der Hauswand. Sie stellte es auf und dachte ernsthaft darüber nach, in welche Richtung sie fahren sollte. In der Firma hatte sie alles vorbereitet, was für den Termin mit *Brooks Corp.* in zwei Tagen notwendig war.

Sie könnte dennoch in ihr komplett überhitztes Büro fahren und sich die Unterlagen ein weiteres Mal anschauen. Wobei sie die Präsentation zwischenzeitlich auswendig kannte. Sie hatte sie schließlich erstellt, erarbeitet und in den letzten Tagen gefühlt tausendmal gelesen.

In der anderen Richtung lag hingegen die Unvernunft. Die Unvernunft und ein kühler Badesee, in dem sie sich entspannen konnte. Sie hatte in der Nacht kaum ein Auge zugetan, weil sie unaufhörlich an diesen Kuss dachte. Den Kuss eines völlig fremden Mannes.

Und wieder einmal musste sie sich die Frage stellen, wie sie es nur hatte so weit kommen lassen können. Sie war erst seit wenigen Monaten wieder Single. Sehnte sie sich etwa so sehr nach körperlicher Nähe?

Die Antwort lag auf der Hand und genau das beunruhigte sie: Sie sehnte sich nach Nate. Nur nach ihm. Einem Wildfremden, der sich für sie geprügelt hatte.

Und wieder begann ihr Herz, aufgeregt zu pochen.

Mit Richard war sie knapp zwei Jahre liiert gewesen. Nachdem ihr Vater ihn als Abteilungsleiter bei *Sanders* eingestellt hatte, war alles sehr schnell gegangen. Sie hatte den Mistkerl geliebt – das hatte sie jedenfalls geglaubt. Doch unabhängig davon, dass er nicht nur sie, sondern auch ihre Familie und die Firma betrogen und belogen hatte, hatte er nie vermocht, ihr Herz derart in Aufruhr zu versetzen, wie Nate es tat. Und dabei kannte sie ihn nicht einmal.

Als sie in den Waldweg zum Ferienhaus einbog, lachte sie und stellte kopfschüttelnd fest, dass sie sich über ihre Gedanken hinweg unbewusst für einen Weg entschieden hatte. Weshalb sollte sie nicht auch einmal unvernünftig sein? Sie wollte Nate wiedersehen. Unbedingt. Und sie hoffte darauf, ihn noch einmal zu küssen. Er und die Jungs waren nur übers Wochenende hier zum Angeln. Ihre Unvernunft wurde demnach in einen zeitlichen Rahmen gezwängt und vermutlich würde sie ihn danach nie wiedersehen. Nate war nach den unendlich scheinenden Wochen und Monaten der Erste, der es geschafft hatte, sie von der Misere bei *Sanders* abzulenken. Und sie konnte ruhig noch mehr Ablenkung wie diese vertragen.

Kurz vor der Einfahrt zum Ferienhaus gabelte sich der Weg und Lilly folgte dem schmalen Pfad, der direkt zur Badebucht führte. Sie lehnte ihr Fahrrad gegen einen Baum und blickte in die Richtung des Ferienhauses, das man zwischen den vielen Bäumen nur erahnen konnte. Wer nicht wusste, dass dort ein Haus stand, musste sich schon sehr anstrengen, um überhaupt etwas von dem imposanten Holzhaus zu erkennen.

Lilly öffnete die Knöpfe ihres weißen Sommerkleides, das über und über mit bunten Blumen bedruckt war, und legte es sorgfältig in den Einkaufskorb, der an der Lenkstange ihres Rades befestigt war. Obwohl sie einen durchaus sittsamen hellblauen Badeanzug trug, fühlte sie sich mit einem Mal nackt. War es doch keine gute Idee, hierher zu kommen?

Was, wenn Nate nicht gefiel, was sie ihm so unverblümt präsentierte? Schließlich war sie weder ein Supermodel noch legte sie viel Wert auf diesen ganzen anderen Beauty-Kram, den es so gab. Weshalb also bereute sie in genau diesem Augenblick, dass sie sich am Morgen gegen ein Make-up entschieden hatte?

Ihr Blick glitt zum Himmel. Die Sonne brannte so heiß, dass selbst das beste Make-up bei diesem Wetter dahingeschmolzen wäre. So dahingeschmolzen, wie sie sich fühlte, wenn sie an Nate dachte und an seine Lippen, die zärtlich über ihre …

»Ich hatte Angst, du würdest nicht kommen.«

Erschrocken unterbrach Lilly ihre Gedanken und fuhr herum. Ihr Brustkorb hob und senkte sich aufgeregt. Aber was genau war schuld daran?

Sein plötzliches Auftauchen? Seine raue Stimme? Oder ihr Ausblick auf einen nackten, unglaublich männlichen Oberkörper, der ihren Mund in die Wüste Sahara verwandelte und sie gleichzeitig ihre Lippen nach ihm lecken ließ? Es wäre aber auch durchaus denkbar, dass sein aufreizender Blick, der sie in einer Art und Weise musterte und sie ein unbändiges Kribbeln verspüren ließ, der Auslöser dazu war. *Reiß dich zusammen!*

»Hattest du Zweifel?« Sie rollte innerlich mit den Augen als ihr eigenes, unsicheres Gestammel an ihr Ohr drang.

»Du warst gestern so plötzlich verschwunden. Ich konnte mich nicht einmal von dir verabschieden.«

Sein anzügliches Grinsen amüsierte sie.

»Du wolltest dich also von mir verabschieden?«

»Natürlich. So wie es sich gehört. Mit Handschlag und …«

Und was noch, fragte sie sich aufgeregt.

»… Gute-Nacht-Kuss.«

Sie schluckte.

»Aber vielleicht ergibt sich noch einmal die Gelegenheit für mich.«

»Für einen Handschlag?«, konterte sie ungewohnt kess und erkannte sich selbst nicht wieder. Wer bitte war dieses unerschrockene Wesen, das den fremden Kerl geradezu herausforderte, seinen Worten Taten folgen zu lassen.

»Nun ja, bevor wir uns verabschieden, sollten wir erst mal kommen … ähm«, er begann zu stottern. »Also nein. Ich … Ich wollte sagen …«

Lilly hätte am liebsten laut losgebrüllt vor Lachen, als Nate hilflos vor sich hin stammelte und nach einem Ausweg aus dieser missglückten Formulierung suchte.

»Vielleicht sollten wir einfach nur schwimmen gehen. Das klingt am ungefährlichsten. Was hältst du davon?«

Nate ließ den Kopf in den Nacken fallen und schloss für einen Moment seine Augen. »Ich kann nicht fassen, dass ich das gerade gesagt habe.« Er atmete tief ein und aus und sah sie dann an. »Können wir einfach noch einmal von vorne anfangen?«

Lilly wusste, es war gemein von ihr, weiter in der Wunde zu bohren. Doch die Gelegenheit war zu verführerisch. »Du meinst, als ich vorhin gekommen bin?« Ihre Augen hielten sich einen endlosen Blick lang gefangen und Lilly spürte überdeutlich das gefährliche Knistern, das in der Luft lag.

»Ich glaube, ein Sprung in den kühlen See würde uns tatsächlich ganz guttun«, befand Nate.

Dass er trotz seines Vorschlages regungslos stehen blieb und sie erneut von oben bis unten musterte, trieb Lilly einen wohligen Schauer über den Rücken. »Bitte. Nach dir«, entgegnete sie mit ersticktem Laut. Unter keinen Umständen wollte sie riskieren, dass Nate hinter ihr lief und er einen ungestörten Ausblick auf ihren Hintern erhielt.

»In Ordnung. Aber ich gehe nur voraus, wenn du mir versprichst, nicht die ganze Zeit auf meinen Hintern zu starren.«

Lilly lachte. *Ertappt.* Nate hatte ein Gespür für weibliche Selbstzweifel und war sensibel genug, darüber hinwegzusehen.

»Sorry. Das kann ich leider nicht versprechen«, sie grinste herausfordernd. Und in der Tat konnte und wollte sie es nicht versprechen. Sie würde jede Gelegenheit, die sich ihr bot, nutzen, um Nate einer ausführlichen Musterung zu unterziehen. Dafür fand sie ihn einfach viel zu attraktiv.

Er stemmte die Hände in die Hüften. »Das kann ich nicht zulassen.«

»Ach nein? Und was wirst du dagegen tun? Du kannst mir ja schlecht die Augen verbinden.«

»Auf die Geschichte mit dem *Augen verbinden* komme ich

gerne zu einem späteren Zeitpunkt zurück. Doch jetzt ...«, er trat auf Lilly zu, die automatisch zurückwich, »... gehen wir erst mal baden.«

Lilly wusste zuerst nicht, wie ihr geschah. Innerhalb des Bruchteiles einer Sekunde hatte Nate sie hochgehoben und trottete los zum See.

»Hey, ich habe Beine und kann selbst gehen«, protestierte sie wenig nachdrücklich. Denn wenn sie ehrlich zu sich selbst war, genoss sie es, von Nates starken Armen getragen zu werden und seine Hände auf ihrer Haut zu spüren.

»Da anscheinend keiner von uns beiden riskieren möchte, dass ihm der andere auf den Hintern starren kann, finde ich dies eine angemessene Alternative. Oder etwa nicht?«

Nate sah sie an und ihre Gesichter waren sich gefährlich nah.

Lilly schluckte. »Nun ja«, krächzte ihre Stimme. »Du kannst mir zwar nicht mehr auf den Hintern starren, dafür betatschst du mich jetzt an ganz anderen Stellen.«

Das Wasser am Ufer plätscherte leise unter Nates Füßen.

»Ist es dir unangenehm?«

Er sah sie ernst an und Lilly erkannte in seinem Blick, dass er ehrlich befürchtete, alles ein wenig überstürzt zu haben. Das wollte sie unter keinen Umständen.

Ihr Geplänkel vor wenigen Sekunden war so ziemlich das unterhaltsamste und witzigste Gespräch, das sie in den letzten Wochen geführt hatte. Dass die ganze Situation beinahe unwirklich erschien und ein Prickeln auf ihrer Haut und ein aufgeregtes Pochen ihres Herzens verursachte, erschien ihr wie das viel gepriesene Sahnehäubchen.

»Ich befürchte eher das Gegenteil und es macht mir ehrlich gesagt Angst«, gab sie offen zu, wenngleich sie sich für ihre

Ehrlichkeit schämte. Wer war nur diese Frau, die einem fremden Mann ohne Umschweife erklärte, dass sie ihn begehrte?

⚜

Nate stellte erschrocken fest, dass Lillys Worte ihn direkt ins Herz trafen. Dieses entzückende kleine Wesen hatte es geschafft, ihn völlig in ihren Bann zu ziehen. Schlimmer noch, aus seinen anfänglichen Absichten, sich ein kurzes Abenteuer zu gönnen, noch dazu mit einer Frau, die er unglaublich attraktiv fand, entwickelte sich nach dieser kurzen Zeit eine Art von Zuneigung, die er eigentlich verhindern sollte.

Es gab viele Frauen, die gerne bereit waren, ihm ein paar süße Stunden zu schenken. Aber keiner von ihnen ging es um ihn. Jede Einzelne wollte die Chance bekommen, die Frau an der Seite des erfolgreichen Geschäftsmannes Nathan Brooks zu sein. Jede von ihnen hoffte, sich in ein gemachtes Nest setzen zu können, und versprach sich ein Leben mit Luxus und Glamour. Dass Nate aber nicht das Geringste für übertriebenen Pomp übrighatte, davon hatten sie keine Ahnung. Wie auch? Sie interessierten sich mehr für seine Erfolge und sein Bankkonto und dafür, sich noch mehr Make-up ins Gesicht zu kleistern und die nächste Rate ihres Schönheitschirurgen zu bezahlen.

Lilly hatte hingegen keine Ahnung, wer er war. Sie wurde nicht von seinem Einfluss und seinem Vermögen geblendet. Sie wollte ihn: Nate. Und er wollte sie noch viel mehr.

»Du starrst mich an«, flüsterte Lilly verlegen.

»Doch nur, weil du so wunderschön bist.«

»Sag das nicht.« Sie schüttelte den Kopf und sah zur Seite.

Nate löste seinen Arm aus ihrer Kniekehle und stellte sie im hüfthohen Wasser ab. Er sah sie fragend an. »Warum soll ich es nicht sagen?«

»Weil …«

Er unterbrach sie, da er ahnte, was sie ihm nun zu erklären versuchte. Auch sie war eine von Selbstzweifeln zerrissene Frau, der die Medien Unzulänglichkeiten einhämmerten. Warum glaubte die Frauenwelt diesen Unfug? Weshalb schien es plötzlich so unmöglich, dass ein normaler Kerl wie er auf diesen kleinen blonden Engel stand? »Du bist so zuckersüß.«

»Nate«, entrüstete sie sich.

»Ich höre es wahnsinnig gerne, wenn du meinen Namen sagst.« Er legte seine Arme um sie und zog sie an seine Brust, was er sofort bereute. Ihr Badeanzug war geradezu ein Hauch von nichts. Ein Hauch von nichts, das seine Wirkung nicht verfehlte und sie eindeutig spüren ließ, dass sein Interesse an ihr nicht vorgespielt war.

Er streifte ihr ein paar Locken hinters Ohr. »Nur für den Fall, dass du daran zweifelst: Ich steh auf dich.«

Sie legte ihre Hände auf seine Schultern, stellte sich auf ihre Zehenspitzen und küsste seine Wange. »Das habe ich bemerkt.«

»Ach ja?« Nate schmunzelte.

»Deswegen hoffe ich, dass du mir verzeihen kannst.«

»Verzeihen? Wofür?« Alarmiert hob er die Augenbrauen.

»Hierfür.«

Noch ehe Nate die Situation umreißen konnte, spürte er, wie Lilly ihn mit beherztem Druck gegen die Brust ins Straucheln geraten ließ. Das Bein, das sie ihm stellte, tat seines dazu und er ging unvorbereitet und wenig grazil vor seiner Eroberung baden.

Als er wieder auftauchte, hatte sie lachend Reißaus vor ihm genommen. Ihre Arme schlugen wild ins Wasser und sie bewegte sich ziemlich schnell von ihm weg.

»Du Biest. Warte, wenn ich dich erwische«, rief er ihr pitschnass hinterher. Er stürzte sich ins Wasser und folgte ihr. Lilly war gut in Form, weshalb er länger als gedacht benötigte, um sie einzuholen. Kurz bevor er eines ihrer Beine zu fassen bekam, tauchte sie unter und vereitelte somit seinen Plan. Ungeduldig paddelte er mit den Armen weiter und wartete darauf, dass sie wieder auftauchte. Doch das tat sie nicht. Hilflos sah er sich um. Er hätte ihr gleich hinterhertauchen sollen, anstatt blöd auf sie zu warten. Es konnte ihr unmöglich etwas passiert sein, oder? Es war nur ein Badesee und Lilly schien eine erfahrene Schwimmerin zu sein.

Er spürte ihre Hände an seinen Knöcheln. Sie streiften zunächst über seine Waden, seine Knie, seine Oberschenkel. Mit einem erleichterten Seufzer nahm er das erlösende Wasserplatschen hinter sich wahr, als Lilly auftauchte und ihre Arme an seinen Rücken presste.

»Hast du mich vermisst?«, fragte sie ihn kokett.

»Wie um alles in der Welt hast du es geschafft, dich unbemerkt an mir vorbeizustehlen?«

Sie legte ihre rechte Hand auf seine Schulter. »Ich kann zaubern. Wusstest du das nicht?«

»Doch, das wusste ich, du kleine Hexe. Schließlich hast du ja mich …«

Ehe Nate aussprechen konnte, hatte Lilly erneut die Gunst genutzt. Sie stützte sich mit ihrem ganzen Körper auf seiner Schulter ab, sodass Nate erneut unter der Wasseroberfläche verschwand. Dieses Mal reagierte er jedoch schneller und Lilly hatte keine Chance zur Flucht. Er bekam ihren Fuß zu fassen und zog sie so rasch zu sich, dass sie unter Wasser geriet. Prustend tauchten beide wieder auf.

»Das ist nicht fair. Du bist viel …«

Mit befriedigendem Grinsen im Gesicht drückte Nate Lilly noch einmal unter Wasser.

Verdammt. Zog sie ihn gerade am Zeh? Er sah sich um und sie war erneut verschwunden. Er schmunzelte und schüttelte amüsiert den Kopf. Mit Lilly wurde es nicht langweilig. Nicht, dass er eine Sekunde daran gezweifelt hätte.

»Au.« Kniff sie ihn gerade in seinen Hintern? Nun, es könnte Schlimmeres geben, gestand er sich lachend ein, denn er fand es reizend, dass sie ihn neckte. Wenngleich er stark bezweifelte, dass sie auch nur im Geringsten eine Ahnung davon hatte, was ihre unbekümmerte Art mit ihm anrichtete.

Als sie vor ihm auftauchte, überlegte er daher nicht lange. Er schlang einen Arm um ihre Taille und zog sie zu sich. Aller Schalk und alle kindischen Neckereien waren verschwunden. Lillys Augen leuchteten im selben hellen Grün wie der naturbelassene See.

»Nate«, flüsterte sie und ihre Brust hob und senkte sich aufgeregt.

»Ja?« Er befürchtete, zu forsch in seinem Vorgehen gewesen zu sein. Unter keinen Umständen wollte er, dass sie sich unwohl oder von ihm bedrängt fühlte.

»Ich würde dich gerne küssen.«

Er spürte ihre Hände, die in seinen Nacken glitten, und ihren Körper, der sich fest an ihn presste. Und er war sich sicher: Es gab da diesen einen Kuss, den du niemals im Leben vergisst.

☙ ❖ ❧

Lilly lag auf der Wiese am Ufer der Bucht und sah dem Schattenspiel der Blätter zu, die über ihr in der heißen Sonne tanzten. Nate hatte den Arm um sie geschlungen und hielt sie fest an seine Brust gedrückt. Seine Berührung fühlte sich so gut und richtig an, dass es Lilly Angst machte. Sie war drauf und dran, sich in den Mann zu verlieben, den sie in der letzten Stunde pausenlos geküsst hatte. Der sie zärtlich berührte und der im richtigen Augenblick wusste, dass sie besser nicht weitergehen sollten. Zumindest nicht in diesem Moment und an diesem Ort.

Es gab Tausende Fragen, die sie ihm stellen wollte. Sie wollte wissen, wer er war und wo er herkam. Was er beruflich machte. Für was er sich interessierte. Sie kannte ja nicht einmal seinen vollständigen Namen und sein Alter. Womöglich war er in einer Beziehung oder sogar verheiratet und Vater?

Nein. Nate war ein anständiger Kerl. Er würde keine Frau so hinterhältig hintergehen. Oder doch?

Andererseits war es sinnvoll, ihn all diese Dinge zu fragen? Nate würde am nächsten Tag wieder abreisen und es bestand durchaus die Gefahr, dass sie mit einem gebrochenen Herzen zurückblieb. Und je mehr sie von ihm wusste, desto schlimmer wäre es vielleicht.

»Ich muss langsam los.« Sie strich zärtlich über Nates Arm und sah zu ihm auf.

»Geh nicht«, flüsterte er und küsste ihre Schläfe. »Es ist schön, dich in meinen Armen zu halten.«

Sie lächelte.

»Du könntest mir ein bisschen mehr über dich erzählen. Ich würde gerne etwas über das entzückende Geschöpf erfahren, das ich beim Fremdbaden in der Bucht erwischt habe.«

»Gar nicht wahr«, konterte sie gespielt entrüstet. »Ich hatte die Erlaubnis von Bert, hierherzukommen, wann immer ich möchte.« Sie schmiegte sich enger an seine Brust. »Außerdem wären wir uns nie begegnet, wenn ich nicht hier gewesen wäre.«

»Ich bin froh, dass wir uns begegnet sind«, er küsste ihre Wange, »und dass dieses Pseudo-Männerwochenende so eine angenehme Wendung für mich genommen hat.«

»Pseudo-Männerwochenende?«, hakte sie interessiert nach.

»Ja. Vor zehn Jahren haben die Jungs und ich spontan einen Kurztrip unternommen und was soll ich sagen: Es war die beste Zeit unseres Lebens. Deshalb glauben sie, dass wir das jedes Jahr wiederholen müssen.«

»Ihr trefft euch also einmal im Jahr und geht angeln?« Lilly kniff skeptisch die Augen zusammen. Vier so attraktive Männer verbrachten die beste Zeit ihres Lebens doch nicht beim Angeln.

Nate lachte. »Dieses Jahr sind wir das erste Mal angeln gefahren. Und glaube mir, wenn ich dir sage, die Jungs waren anfangs nicht begeistert.«

»Ich vermute, euer Programm sieht für gewöhnlich anders aus.« Zu ihrem Bedauern konnte sie sich lebhaft vorstellen, was die Jungs sonst trieben.

»Ein wenig.«

Zu Lillys Verwunderung hörte sich Nates Stimme nicht so an, als ob er der Zeit hinterhertrauern würde.

»Erzähl mir lieber etwas von dir«, forderte er sie auf. »Was tust du gerne in deiner Freizeit? Was arbeitest du?« Er lachte. »Ich kenne nicht einmal deinen Nachnamen.«

»Nate, das sollten wir nicht tun.«

»Was meinst du?«, fragte er irritiert.

»Na, das hier.« Sie zog hilflos ihre Schultern nach oben.

»Wir sollten das tun und wir werden das tun. Ich jedenfalls werde bis zu meiner Abreise keine Sekunde aufhören, dich zu küssen.« Er beugte sich zu ihr und küsste ihre Nasenspitze.

»Immer und immer wieder.«

Sie presste ihre Hände gegen seine Brust und stoppte ihn, als sie bemerkte, dass seine Lippen den ihren gefährlich nahe kamen. »Das meinte ich nicht. Nate.«

Sie richtete sich auf und blickte ihn ernst an. »Du hast eben selbst gesagt, dass du abreisen wirst. Manche Dinge sollten wir nicht verkomplizieren und ich denke, es ist besser, wenn wir nicht so viel vom anderen wissen. Dann tut es nicht so weh.«

Er sah sie betroffen an und sie spürte, wie sie immer mehr in Gefahr geriet, sich tatsächlich in ihn zu verlieben.

»Lilly, ich …«

Sie presste ihren Zeigefinger auf seinen Mund. »Keine Verpflichtungen. Keine Fragen. Nur du und ich.«

Kapitel 5

»Hm. Du bist innerhalb von zwei Abenden zweimal hier. Was ist los?«

Lilly grinste. Ihre Freundin hatte allen Grund, misstrauisch zu sein. Sie hatte sich in den letzten Wochen und Monaten nur selten im *Junction* blicken lassen. Kein Wunder also, dass Sams Alarmglocken schrillten.

»Nichts ist los. Darf ich nicht einfach meine Freundin besuchen und ein leckeres Glas Weißwein genießen?«

»Hm«, Sam schnaubte erneut. »Mir machst du nix vor. Da ist ein Kerl im Spiel und ich bin mir auch ziemlich sicher, dass ich weiß, um wen es hier geht.«

»Und wäre das so schlimm?«, fragte Lilly ernst.

»Süße.« Plötzlich schlug auch Sam sanftere Töne an. »Natürlich ist das nicht schlimm. Weshalb solltest du dich nicht auch ein wenig amüsieren? Das ganze Drama mit Richard hat dich runtergezogen. Da ist es schön zu sehen, dass ein Mann es endlich geschafft hat, dir ein Lächeln in dein wunderhübsches Gesicht zu zaubern.«

»Danke.«

»Nicht hierfür.« Sam stieß sich am Tresen ab. »Weißwein also?«, hakte sie nach.

Lilly nickte lächelnd.

Sie musste nicht lange auf ihr Getränk warten und das, obwohl die Bar wie gewohnt aus allen Nähten platzte. Selbst aus den umliegenden Gemeinden waren zahlreiche Gesichter unter den Gästen zu finden. Ebenso wie einige Mitarbeiter von *Sanders*, denen sie freundlich zunickte.

Doch je mehr Zeit verstrich, desto unruhiger wurde sie. Hatte Nate nicht gesagt, dass sie sich hier treffen wollten? Nach ihrer wilden Knutscherei am Ufer der Bucht war sie vielleicht nicht mehr ganz Herr ihrer Sinne gewesen und hatte ihn falsch verstanden. Oder hatten ihm die Jungs einen Strich durch die Rechnung gemacht? Dummerweise hatten sie ihre Nummern nicht ausgetauscht, weshalb er sich auch nicht bei ihr hätte melden können.

Entsetzt über sich selbst schüttelte Lilly den Kopf. Sie führte sich auf wie ein verliebter Teenager und sollte sich eigentlich über ganz andere Dinge den Kopf zerbrechen. Sie hatte nur noch einen Tag Zeit, um sich auf das Gespräch mit *Brooks Corp.* vorzubereiten, doch wann immer sie an die Präsentation dachte, gewannen tiefe Schuldgefühle die Oberhand. Wie hatte sie es nur so weit kommen lassen können? Hätte sie es nicht schon viel früher bemerken müssen? Richard hatte sie nie geliebt, sondern nur für den Zweck missbraucht. Seinen Zweck. Dadurch hatte er *Sanders* schließlich in den Ruin getrieben. Und nun saß sie hier und lächelte ihren Mitarbeitern zu, als ob nichts wäre.

Ein Gutes hatte das Ganze wenigstens: Es hatte noch keiner von ihnen eine Ahnung, wie schlecht es der Firma tatsächlich ging und wie viele Arbeitsplätze auf dem Spiel standen.

Lilly hatte sich so in ihre düsteren Gedanken verrannt, dass sie die Neuankömmlinge in der Bar nicht bemerkte. Erst, als ihr Körper Nates Nähe spürte und zu reagieren begann, wachte sie aus ihrem dunklen Traum auf und sah sich einem verlangenden braunen Augenpaar gegenüber.

»Hi«, Nate lächelte und beugte sich zu ihr herab, um sie zu küssen.

»Nate.« Erschrocken presste sie ihre Hände gegen seine Brust, um seinen Plan zu vereiteln. »Das geht nicht. Wir können doch nicht einfach so …«

Nate konnte und ging auf ihre Einwände erst gar nicht ein. Er grinste verschmitzt und presste seine Lippen auf ihre. Hart. Verlangend. Sehnsüchtig.

»Wenn du mit deiner Knutscherei fertig bist, könntest du uns ein Bier bestellen. Vergiss nicht, dieses Wochenende geht auf deine Rechnung.« Logan erkämpfte sich einen Weg an die Bar und klopfte ungeduldig auf den Tresen.

»Mhm.« Mit einem gepressten Laut löste Nate seinen Lippen von Lillys. »Merk dir bitte, wo wir stehen geblieben sind, denn ich beabsichtige, das heute Abend noch ein paar Mal zu wiederholen.«

»Ach ja?« Lilly strich ihm über die Narbe an seiner rechten Augenbraue. »Und wie oft genau? Ich frage nur, um es mir besser einplanen zu können.«

Nate küsste ihre Wange und wanderte dann bis zu ihrem Ohrläppchen, in das er sanft biss und leise flüsterte, damit es außer Lilly keiner hören konnte: »Ich bin heute dein einziger Plan, Liebling.«

Lilly schoss verlegene Röte ins Gesicht. Sie sah sich hektisch um, um sich zu vergewissern, dass niemand etwas von Nates Absichten mitbekommen hatte.

»Was wollt ihr zwei Turteltauben trinken?«, fragte Ryan und zwängte sich hinter Nates Rücken vorbei an die Bar. »Unglaublich, dass Logan nicht einmal eine einfache Bestellung geregelt bekommt.«

»Was möchtest du trinken?« Nates Frage nahm Lilly kaum wahr, denn seine Hand bewegte sich äußerst verführerisch über ihren Oberschenkel.

»I-ich …«, krächzte sie und musste sich räuspern. *Reiß dich zusammen!* »Ich habe noch. Danke.«

Egal wie, sie musste sich schnellstmöglich aus der Situation befreien. War es nicht paradox? Vor wenigen Augenblicken hatte sie sich noch nach ihm gesehnt und jetzt brachte sie seine Nähe derart aus dem Konzept, dass sie das Gefühl hatte, flüchten zu müssen. Was stellte der Kerl nur mit ihr an?

»Entschuldigt mich bitte kurz.« Lilly ließ sich vom Barhocker gleiten. »Ich bin gleich wieder zurück.«

Ohne sich noch einmal umzudrehen, ging sie zur Damentoilette, wo sie sich gegen die gekachelte Wand lehnte und ihr Spiegelbild auf der gegenüberliegenden Seite des Raumes betrachtete. Sie schüttelte den Kopf und schmunzelte, als sie ihre roten Wangen entdeckte.

Mach nicht mehr daraus, als es ist, sagte sie sich. Ein One-Night-Stand. Eine Nacht mit Nate. Und danach würde sie ihn nie wiedersehen.

Ihre Finger strichen über den Stoff ihrer blassrosa Bluse. Sie zupfte am Kragen und schob ein paar ihrer blonden Locken hinters Ohr. Ihren letzten prüfenden Blick in den Spiegel tat sie mit einem Kopfschütteln ab.

Wie verrückt war das hier eigentlich?

»Wüsste ich es nicht besser, würde ich glatt behaupten, dass du ein wenig zu viel für unseren kleinen Rauschgoldengel empfindest.« Ryan stieß seine Bierflasche gegen die von Nate und klopfte seinem Bruder auf die Schulter. »Dir steht die Eifersucht ins Gesicht geschrieben.«

»Schwachsinn«, zischte Nate, obwohl Ryan den Nagel auf den Kopf getroffen hatte. Sein Blick war stur geradeaus gerichtet. Dorthin, wo Lilly mit einem anderen Mann tanzte.

Seit ihrer Rückkehr von der Damentoilette wurde sie ständig von irgendwelchen Männern angesprochen. Einer von ihnen hatte sie zum Tanz aufgefordert und sie war seiner Einladung ohne Umschweife gefolgt. Ob sie ihn mit ihren Flirtoffensiven absichtlich quälte? Da sie immer wieder zu ihm hersah und ihn anlächelte, regte sich in ihm der Verdacht, dass sie keine Ahnung hatte, wie süß, heiß und sexy sie eigentlich war. Es wurde deshalb allerhöchste Zeit, dem Spuk ein Ende zu bereiten. Lilly gehörte zu ihm. Wenigstens für diese eine Nacht.

Nate zog seine Geldbörse aus der Gesäßtasche seiner Jeans. Er reichte Ryan seine Bierflasche und nahm anschließend einige Fünfzig-Dollar-Scheine aus dem schwarzen ledernen Portemonnaie.

»Das Bier geht auf mich.« Er sah auf das Bündel Scheine und legte noch zwei weitere Banknoten dazu. »Nehmt euch ein Taxi.« Auffordernd hielt er Ryan das Geld unter die Nase.

Sein Bruder grinste wissend, griff nach den Scheinen und ging davon.

Nate atmete tief durch. Zielstrebig ging er zur Tanzfläche und steuerte auf Lilly zu, die ihn kommen sah und lächelte. Er streckte seine Hand nach ihr aus und sie verstand, was er ihr ohne Worte zu sagen versuchte.

Ihrem Tanzpartner tätschelte sie entschuldigend auf den

Oberarm und wünschte ihm noch einen schönen Abend.

Kaum hatte Lilly ihre Hand in seine gelegt, umschloss er sie fest, um ihr zu signalisieren, dass es nun kein Zurück mehr gab. Sie folgte ihm schweigend auf ihrem Weg durch das Gedränge. Er hielt ihr die Tür auf und sie traten ins Freie. Es war noch immer sehr warm, doch die Luft war im Gegensatz zum dunstigen Innenraum der Bar erfrischend klar. Nates *Escalade* parkte ein paar Meter weiter die Straße hinunter. Keiner von ihnen sagte ein Wort. Erst, als Nate Lilly die Beifahrertür öffnete, hielt sie inne und sah ihn unsicher an.

»Nate?«

Er erwiderte ihren Blick und ihn überkam ein ungutes Gefühl. Hatte Lilly es sich etwa anders überlegt?

»Werden wir es irgendwann bereuen?«

Er stieß erleichtert den Atem aus, von dem er bis zu diesem Moment nicht einmal wusste, dass er ihn angehalten hatte. Wie kam sie nur auf die absurde Idee, dass sie diese Nacht jemals bereuen könnten?

»Von den vielen Entscheidungen, die ich in meinem Leben getroffen habe, weiß ich, dass dies die einzige sein wird, die ich nie bereuen werde.«

Lilly stand noch immer regungslos da und sah ihn an. Anscheinend musste er hier dringend etwas klarstellen.

»Lilly, ich sage das nicht, um dich ins Bett zu kriegen. Sondern weil ich es ganz ehrlich so meine. Wenn du Bedenken hast …« Er ließ seinen Satz unvollendet und für einen kurzen Augenblick schnürte ihm die Ungewissheit die Kehle zu.

Ihre Hand berührte seine Wange, während ihr Blick unergründlich blieb. »Ich habe Tausende Bedenken. Und genau deshalb erschreckt es mich, dass ich es mir so sehnlich wünsche.«

»Was kann ich tun, um deine Bedenken zu zerstreuen?«

»Du kannst meine Bedenken nicht zerstreuen«, wisperte sie. »Aber du kannst mir meinen Wunsch erfüllen.«

Und genau das beabsichtigte Nate zu tun. Er presste seine Lippen auf ihre und genoss es, wie leidenschaftlich sie seinen Kuss erwiderte. Jeder Zweifel schien dahin. Hätte ihm der Kuss nicht schon den Atem geraubt, wäre es allein das Wissen um das Vergnügen gewesen, das sie beide erwartete. Er liebte es, dass sie ihn gegen ihre Vernunft so sehr wollte und ihre Küsse ihm das immer wieder aufs Neue bestätigten.

»Ich will dich so sehr«, raunte er und spürte ihr Lächeln an seinen Lippen.

❦

Lilly musterte Nates Profil, das vom schwachen Licht des Armaturenbretts beleuchtet wurde. Ihr Puls hatte sich nach seiner Offenbarung immer noch nicht beruhigt. Auch wenn sie es zuvor schon gewusst hatte, es noch einmal aus seinem Mund zu hören, hatte ihre Knie weich werden lassen. Er wollte sie. Und sie wollte ihn. Bedenken hin, Zweifel her. Sie war alt genug. Weshalb sollte sie sich also nicht auch ein Abenteuer gönnen?

Sie betrachtete den leichten Höcker seiner Nase und die bereits deutlich erkennbaren Geheimratsecken. Nate entsprach keinem Schönheitsideal, schon gar nicht, wenn man ihn mit seinem Bruder verglich. Aber Lilly war noch nie zuvor in ihrem Leben einem attraktiveren Mann begegnet. Er berührte ihr Herz und seine verlangenden Augen versprachen ihr eine Nacht, die sie nie vergessen würde.

»Wir sind da.«

Nate stellte den Motor ab und es wurde stockdunkel im Wagen. Es dauerte einen Augenblick, ehe sich Lillys Augen an die

Dunkelheit gewöhnten und sie die schemenhaften Schatten der Bäume wahrnehmen konnte, die vor dem Haus am See standen. Doch was sie sofort spürte, war Nates Nervosität und sie fragte sich, ob sie ihn womöglich damit angesteckt hatte.

Sie hatte es schon so weit kommen lassen, weshalb sollte sie also nicht weiterhin den Impulsen folgen, die sie hierher gebracht hatten?

Gerade als sich Nate zu ihr beugen wollte, öffnete sie die Wagentür und die Beleuchtung erhellte das Innere. Mit einem kessen Blick über ihre Schultern fragte sie ihn: »Lust, eine Runde schwimmen zu gehen?«

Sie wartete nicht auf seine Antwort, sondern stieg aus und schloss die Tür. Ihr Herz pochte aufgeregt bis zum Hals, als sie den Pfad zum See hinunterging. Sie drehte sich nicht um, aber sie konnte hören, dass auch Nate ausgestiegen war.

Als sie am See ankam, wäre sie am liebsten direkt hineingesprungen, so heiß war ihr. Doch dieses eine Mal wäre es nicht das kühle Wasser, das ihr Abhilfe verschaffen könnte. Die Schmetterlinge in ihrem Bauch machten sich zu einem wilden Tanz auf, während sie zuerst ihre linke, dann die rechte Keilsandale von ihren Füßen schob. Sie öffnete den Knopf ihrer Jeans und stellte erschrocken fest, dass ihre Hände vor Aufregung zitterten. Überraschend grazil schlüpfte sie aus der Hose und warf sie auf ihre Schuhe.

»Kann ich dir behilflich sein«, raunte ihr Nate mit tiefer Stimme ins Ohr.

Lilly überkam ein wohliger Schauder. Sie lehnte sich zurück an seine Brust und schloss die Augen. Nates Hände glitten unter ihre Bluse und begannen zärtlich, ihren leicht gerundeten Bauch zu streicheln. Dann löste er nacheinander die Knöpfe ihrer Bluse und streifte sie über ihre Schultern. Als sein Mund seinen Fingern folgte, entwich Lilly ein erregtes Seufzen. Hätte sie deshalb nicht peinlich berührt sein sollen? *Nein.* Nicht heute. Nicht bei Nate.

Nate küsste ihren Rücken und sie spürte seine Finger am Verschluss ihres BHs. Er hatte ihn so schnell geöffnet, dass klar war, dass er über ausreichend Erfahrung verfügte. Einen Vergleich zu ihrem idiotischen, minderbemittelten und egoistischen Ex-Freund, der immer unbeholfen an den Häkchen herumgezerrt hatte, wollte sie lieber gleich gar nicht anstellen.

Seine Hände glitten unter die Träger und schoben sie über ihre Schultern und ihre Arme entlang, bis auch ihr BH achtlos zu Boden fiel.

Daran, dass Nate vorhatte, sie auch noch von ihrem letzten Kleidungsstück zu befreien, ließ er keinen Zweifel, denn seine Daumen hakten sich langsam am Bund ihres Höschens ein. Lillys Herz pochte so aufgeregt, dass sie sich sicher war, Nate würde es hören. Sie war noch nie so leichtsinnig gewesen und noch nie so erregt. Dennoch vergaß sie nicht, dass der Mann, der zärtlich ihren Nacken küsste und dessen Finger über ihre Hüften streiften, noch immer vollständig angezogen war, während sie, bis auf einen weißen Seidenslip, quasi nackt dastand.

Sie befreite sich aus seinen Armen und drehte sich zu ihm um, obwohl sie wusste, dass die sternenklare Nacht nicht schonend mit ihren Problemzonen umgehen würde. Es war ihr egal. Sein Blick fühlte sich so an, als ob sie die schönste und begehrenswerteste Frau der Welt wäre.

»Mir ist ein wenig heiß und ich sollte mich dringend abkühlen«, sie grinste frech.

»Dir ist heiß?« Sein Blick wanderte über ihren Körper. »Ich brenne.«

Lilly wich langsam rückwärts.

»Nun, vielleicht solltest du dich auch ausziehen und mir in den See folgen.«

Nate streifte seine Schuhe von den Füßen. Dann folgten seine Strümpfe und sein Hemd. Er öffnete die Knöpfe seiner Jeans und schob den blauen Stoff nach unten über seine Füße, wo er sie achtlos liegen ließ. Ebenso wie seine Shorts.

Ungeachtet der Tatsache, dass Lilly schon längst wusste, wie sehr Nate sie begehrte, bestärkte es sie in ihrem Vorhaben zu sehen, dass es unbestreitbar so war. Vergessen waren plötzlich der See, die Neckerei und die Vorstellung eines perfekten Vorspiels.

»Scheiß auf den See«, presste sie zwischen ihren staubtrockenen Lippen hervor.

»Ganz meine Meinung«, antwortete Nate und brauchte nur ein paar Schritte, um Lilly in seine Arme zu ziehen. Sie küssten sich so wild und ungestüm, als wären sie zwei Ertrinkende, die im offenen Meer in Seenot gerieten. Beide klammerten sich aneinander, als wollten sie den anderen nie wieder gehen lassen. Ihre Lippen suchten unentwegt die des anderen, während sich ihre Hände auf Wanderschaft begaben.

Lilly spürte Nates Finger, die über ihre Brustwarzen strichen, sodass sie sich unter der Berührung noch mehr aufrichteten. Sie seufzte, was Nate anscheinend als stumme Aufforderung verstand.

Er senkte seinen Kopf und küsste ihre Brüste, während seine Hände erneut unter den Bund ihres Höschens glitten. Ihre Finger krallten sich in sein Haar und folgten automatisch seinen Bewegungen. Nates Anblick hatte etwas so Erotisches, dass ihre Knie von Sekunde zu Sekunde weicher wurden.

Sie spürte, wie er ihr Höschen langsam über ihre Oberschenkel und ihre Knie streifte, und als er seinen Mund von ihren Brüsten löste, hielt sie eine Sekunde lang den Atem an. Er würde doch nicht …? Oh doch, er tat es. Lilly spürte Nates Atem an der Innenseite ihrer Oberschenkel und wich zurück.

»Du … Du musst nicht … Ich meine …«, stotterte sie aufgewühlt. Sie wollte nicht, dass Nate etwas tat, dem man nachsagte, dass die Mehrheit der Männer es nicht mochte.

Er blickte zu ihr auf und lächelte. Lüstern und sexy.

»Nichts auf der Welt könnte mich davon abhalten.«

Seine Hände umfassten ihre Handgelenke und zogen sie zu sich auf den Boden. Lilly spürte den kratzigen, unebenen Untergrund, doch es störte sie nicht.

»Ich will das ganze Programm, Lilly. Einmal alles und nicht weniger.«

☙ ❖ ❧

Gedankenverloren stocherte Lilly in ihrem Mittagessen. Ihr Magen knurrte, doch sie bekam keinen Bissen hinunter.

»Schmeckt es dir nicht?«, fragte ihr Bruder Peter, der an der gegenüberliegenden Seite des Tisches Platz genommen hatte und sich einen Nachschlag vom Gemüse nahm.

»Du siehst ein wenig blass aus um die Nase, Liebes«, stellte daraufhin ihr Vater fest, der am Kopf des langen Esstisches saß. »Lass nicht zu, dass dir der Termin mit *Brooks* zusetzt. Du hast ein großartiges Sanierungskonzept ausgearbeitet. Ich hätte das niemals so hinbekommen.« Liebevoll tätschelte Hal die Hand seiner Tochter.

»Danke, Dad.« Lilly bemühte sich um ein Lächeln, aber es wollte ihr nicht gelingen. Schuldbewusst ließ sie den Kopf sinken, denn ihre Gedanken waren bis zu diesem Augenblick ausschließlich um Nate geschwirrt. Das erste Mal seit langer Zeit war nicht *Sanders* das vorherrschende Thema, das sie umtrieb, und das, wo am nächsten Tag das wichtigste Meeting der Firmengeschichte anstand. »Habt ihr etwas dagegen, wenn ich mich eine Weile hinlege. Ich fühle mich nicht wohl.«

»Geh ruhig«, antwortete Peter und schob ein Stück Braten in den Mund. »Ich räum das hier nachher weg.«

»Das ist lieb von dir, danke.« Wenigstens darauf konnte sich Lilly verlassen: Im Sanders-Haushalt halfen alle mit. Unter anderem war das die Bedingung dafür gewesen, diese muntere Wohngemeinschaft ins Leben zu rufen. Sowohl Lilly als auch Peter waren schon früh zu Hause ausgezogen. Dass beide wieder in den Heimathafen zurückgefunden hatten, lag unter anderem am Tod ihrer Mutter vor vier Jahren und daran, dass Lillys Mietwohnung nicht rentabel war. Sie verbrachte die meiste Zeit in der Firma und war nur zum Schlafen zu Hause. Und bis vor Kurzem hatte sie noch versucht, ihre knapp bemessene Freizeit mit Richard zu verbringen, und war deshalb an den Wochenenden bei ihm gewesen.

Peter hingegen musste gezwungenermaßen wieder einziehen. Er hatte seinen Job als Lehrer aufgegeben und wollte als Autor durchstarten. Da sein erstes Buch jedoch nicht fertig wurde und er auch noch keinen Verlag gefunden hatte, sah es um seine Finanzen sehr schlecht aus.

Das Haus der Sanders bot ausreichend Platz für sie alle, weshalb sie die Situation zu ihrem Vorteil nutzten. Sie verstanden sich gut, ließen den anderen ihren Freiraum und teilten sich die Hausarbeiten gerecht auf. Das perfekte Arrangement.

Lilly stapfte in den ersten Stock des Hauses, wo sich ihr Zimmer befand. Es war ausreichend groß und bot genügend Platz für ein breites Bett, einen Schreibtisch, eine Leseecke und einen Schrank, in dem sie all ihre Kleidungsstücke – und davon hatte sie viele – problemlos unterbringen konnte. Was sie dabei am meisten genoss, war ihr eigenes Badezimmer, das sie vor ihrer Rückkehr hatte einbauen lassen. Auf diesen kleinen Luxus wollte sie nicht verzichten.

Sie ging zu einem der Lesesessel und setzte sich. Ihre tiefe Traurigkeit ließ sie sich ein paar Tränen aus den Augen wischen. Kopfschüttelnd sagte sie sich immer wieder, dass es die richtige Entscheidung gewesen war, das Haus am See am frühen Morgen zu verlassen. Während Nate schlief.

Sie hatten eine so unglaubliche Nacht miteinander verbracht, dass sie sich nicht einfach so von ihm hätte verabschieden können. Ihr Herz spürte, was ihr Verstand zu verhindern versuchte. Sie hatte sich Hals über Kopf in einen wildfremden Kerl verliebt. Einen Mann, der Heartwell in wenigen Stunden für immer Lebewohl sagen würde. Der so plötzlich aus ihrem Leben verschwand, wie er aufgetaucht war.

Was ihr blieb, war die Erinnerung. Die Erinnerung an eine Nacht, die sie niemals bereuen könnte. Sie seufzte. Nate wollte das ganze Programm. Einmal alles und nicht weniger. Er bekam alles. Und ihr Herz noch obendrauf.

Nein! Sie hatte sich richtig entschieden. Dieses unvergessliche Abenteuer würde ihr bleiben, doch jetzt war es ihre Pflicht, ihr Hauptaugenmerk auf die Rettung von *Sanders* zu richten und nicht Nate hinterherzuweinen.

Kapitel 6

Nach der wochenlangen Hitze wurde Heartwell in der Nacht von einem furchtbaren Gewitter überrollt. Der Sturm wütete über ganz Georgia. Er entwurzelte Bäume und ließ die abgerissenen Blätter auf der Straße tanzen, als wäre es Herbst. Der Wind ebbte am frühen Morgen zwar ab, dennoch hatte der Regen nicht aufgehört und peitschte kräftig gegen die Fensterfront des Besprechungsraumes im *Sanders*-Firmengebäude.

Lilly lief nervös um den großen Tisch, um die Präsentationsmappen perfekt auszurichten. Die Getränke standen bereit und selbst an frisches Gebäck hatte sie gedacht. Ihr Blick glitt zur Uhr. Ihr Pulsschlag erhöhte sich. Nur noch wenige Minuten, dann würden die Vertreter von *Brooks Corp.* an diesem Tisch sitzen und über die Zukunft von *Sanders* entscheiden.

»Hör auf zu zappeln«, tadelte Peter sie lächelnd und deutete auf den Stift, den Lilly ungeduldig zwischen ihren Fingern drehte. Auch wenn ihr Bruder früh hatte verlauten lassen, dass er an einem Arbeitsplatz im familieneigenen Unternehmen kein Interesse hatte, verhielt er sich immer solidarisch und stand seiner Schwester und seinem Vater in dieser schweren

Zeit zur Seite. Sie hakte sich bei ihm ein und lehnte sich vertrauensvoll an ihn.

»Danke, dass du hier bist.«

»Denk immer dran: Sanders heißt gemeinsam.«

Sie liebte die Firmenphilosophie ihres Vaters. Umso härter traf sie dieses ganze Chaos, für das sie sich noch immer die Schuld gab. Was würde mit den Mitarbeitern geschehen, wenn der Deal nicht zustande kam? Sie würden sie hassen. Ganz Heartwell würde sie dafür hassen. Bei dem Gedanken daran wurde ihr übel.

Das Telefon summte und ließ beide auf das Gerät blicken.

»Miss Sanders, die *Brooks*-Delegation ist eingetroffen. Ihr Vater weiß Bescheid und nimmt die Herrschaften soeben in Empfang.«

Lilly beugte sich über den Tisch und drückte einen der Knöpfe. »Vielen Dank, Theresa.« Sie drehte sich zu Peter. »Eine ganze Delegation? Na, das kann ja heiter werden.«

»Kopf hoch. Du bist bestens vorbereitet und wirst den Deal an Land ziehen.«

»Mir ist jetzt schon ganz schlecht.«

Peter lachte. »Reiß dich zusammen! Nicht, dass es denen von *Brooks* so ergeht wie deinem alten Geschichtslehrer, Mister Danza. Weißt du noch?«

»Wie könnte ich das je vergessen. Ich habe ihm vor lauter Aufregung wegen der Klausur auf seine Schuhe geko… nun ja, meinen Mageninhalt entleert.« Bei der Erinnerung daran musste auch Lilly lächeln. Sie knuffte Peter in die Seite, wobei ihr unabsichtlich der Stift aus der Hand glitt. Er fiel zu Boden und rollte unter den Tisch.

Schmunzelnd ging sie in die Hocke und tastete danach. Sie fand ihn nicht sofort, weshalb sie sich hinkniete und ein Stück unter den Tisch kriechen musste.

»Treten Sie ein, Mr. Brooks.«

Lilly hörte die Stimme ihres Vaters auf dem Flur und fluchte leise. Wie war es ihnen gelungen, so schnell hierher zu kommen? Ihrem Aufzug sagte man nicht gerade Rekordgeschwindigkeiten nach.

Sie griff hektisch nach dem Stift und wollte aufstehen, als sie spüren konnte, dass Peter und sie nicht mehr allein waren. Das konnte doch nicht tatsächlich gerade passiert sein? Welchen ersten Eindruck würde dieser Mr. Brooks von ihr haben, wenn sie hier auf dem Boden herumkroch?

»Darf ich Ihnen …«

Lilly stand hastig auf und zog den Rock ihres Kostüms zurecht. Möglichst elegant und damenhaft drehte sie sich zu ihrem Vater und den Gästen um.

»… meine Tochter vorstellen, Elisabeth Sanders. Und meinen Sohn, Peter Sanders.«

Aus Lillys Gesicht entwich jegliche Farbe und ihr Stift fiel erneut zu Boden. Spielte ihr hier jemand einen Streich? Das konnte und durfte nicht wahr sein! Vor ihr stand Nate – in einem Anzug mit Krawatte. Er trug zwar eine Brille und hatte seine Haare nach hinten gegelt, aber er war es eindeutig. Nate. Sie sah zur Tür, wo sie Ryan und Logan entdeckte, und mit einem Mal ergab alles einen Sinn.

Nate hob den Stift auf und reichte ihn ihr. Dabei entgingen ihr nicht das Funkeln seiner Augen und sein harter Gesichtsausdruck. So machte Mr. Brooks also seine Geschäfte? Indem er völlig verblödete und einsame Vollidiotinnen um den Finger wickelte und verführte, nur um sich danach ihre Firma unter den Nagel zu reißen? Aber nicht mit ihr.

Wütend schlug sie Nate den Stift aus der Hand.

»Du hinterhältiger, mieser, verlogener …«

»Lilly«, rief ihr Vater und sah sie entrüstet an.

»… Mistkerl.« Tränen brannten in ihren Augen. Wie konnte er sie nur so hintergehen und missbrauchen. Sie schluckte hart und sah ihn fest an. »Fahr zur Hölle, Nathan Brooks.« Mit ihrem letzten Funken Selbstbeherrschung durchquerte sie den Raum und schenkte weder Ryan noch Logan einen Blick, als sie das Besprechungszimmer verließ.

⁂

»Mr. Brooks. Ich weiß nicht, was in meine Tochter gefahren ist. Vermutlich nimmt sie die Situation doch mehr mit, als ich bisher vermutet hatte.« Hal Sanders war seine Verwirrung deutlich anzusehen. »Bitte warten Sie hier. Ich werde sie zurückholen. Lilly wird sich bei Ihnen entschuldigen und …«

»Ihre Tochter braucht sich nicht bei mir entschuldigen. Und wenn Sie erlauben, werde ich mit ihr reden.« Nate saß der Schock noch immer in den Knochen. Doch er war nicht umsonst für sein Pokerface berühmt und berüchtigt. Er würde Hal in Sicherheit wiegen und sich Lilly krallen. Dann würde er ihr hässliches Schmierentheater aufdecken und ihr die Quittung für diesen Komplott präsentieren. Dafür, dass sie ihn so hinterhältig austricksen wollte, um an sein Geld und an seine Firma zu kommen.

Wie konnte sie ihn nur so täuschen? Vor allem, wie konnte er es zulassen, so getäuscht zu werden? Alles, was er mit Lilly erlebt hatte, war einfach zu schön, um wahr zu sein. Er hätte schon viel früher stutzig werden müssen. Doch er war noch so blöd gewesen, darüber nachzudenken, sie in Heartwell ausfindig zu machen, nachdem sie am Morgen nach ihrer gemeinsamen Nacht einfach gegangen war und ihm nicht einmal eine Nachricht hinterlassen hatte.

Er verließ wortlos den Besprechungsraum und ging zum Fahrstuhl. Das große Uhrenpendel verriet ihm, dass Lilly im Erdgeschoss ausgestiegen war, wohin er ihr umgehend folgte. Leider war der Fahrstuhl ebenso alt wie der gesamte Gebäudekomplex, weswegen er schon wusste, dass die Fahrt länger als gewohnt dauern würde. Wenn sie ihm deshalb entwischen würde, würde er sich nicht einmal wundern.

Doch als sich die Türen im Erdgeschoss öffneten, stand Lilly im Foyer und lehnte sich gegen eine der Betonsäulen. Sie hatte den Kopf in den Nacken gelegt und hielt sich ihre Hände vor die Augen. Wie theatralisch, sagte er zu sich. Hätte er es nicht besser gewusst, ließe ihr Anblick tiefe Betroffenheit vermuten. Aber sie war nicht betroffen, dieses kleine Biest. Dessen war er sich sicher.

Sie schien ihn zu bemerken, denn ihre Hände glitten nach unten und ihr eiskalter Blick traf ihn. Mit einem abfälligen Schnauben wandte sie sich von ihm ab. Nate konnte ihren Arm gerade noch fassen und drehte sie mit festem Griff unsanft zu sich um.

»Fass mich nicht an!«, zischte sie.

»Ach, plötzlich soll ich dich nicht mehr anfassen? Ich dachte, genau das ist es, was du willst.«

»Was ich will?«, kreischte sie.

Die Köpfe der beiden Mitarbeiterinnen am Empfang schossen überrascht herum.

»Du bist wirklich das Allerletzte«, krächzte Lilly und befreite sich aus seinem Griff.

Er folgte ihr durch die Glastür ins Freie, wo ihnen der Wind entgegenfuhr. Nates sorgsam geglättete Haare standen ihm wild vom Kopf, während sich aus Lillys Dutt mehrere Haarsträhnen lösten.

»Weshalb beschimpfst ausgerechnet du mich?«, fragte Nate aufgebracht. »Ist es nicht so, dass du genau wusstest, wer ich bin, und du mich deshalb im Bett haben wolltest?«

»Was für eine Frechheit, mir das zu unterstellen. Ich würde nie … Ich würde niemals …«

Er hatte Lilly mit seiner Verdächtigung merklich getroffen.

»Ist es nicht vielmehr so, dass …«

»Guten Morgen, Ms. Sanders.«

Zwei Mitarbeiter huschten unter der schmalen Überdachung hindurch und grüßten Lilly.

»Guten Morgen, Floyd. Spencer.« Sie nickte und sah den beiden Männern abwesend hinterher. Ihr Blick glitt zu Boden und Lilly sah in diesem Augenblick so unendlich traurig aus, dass sich Nate bei dem Gedanken ertappte, sie in seine Arme zu schließen und zu trösten.

»Wir sollten den Termin so schnell wie möglich hinter uns bringen.« Ohne ihn anzusehen, machte Lilly kehrt und ging in das Firmengebäude zurück.

Nate folgte ihr, wurde aber aus der Situation nicht schlau. Keiner von ihnen sagte ein Wort. Weder im Fahrstuhl noch auf ihrem Weg in den Besprechungsraum.

Wortlos betraten sie den Raum und nahmen Platz. Sie ignorierten die fragenden Blicke der anderen und gingen ohne eine Erklärung zu den Tagesordnungspunkten über.

Mit einer beiläufigen Geste forderte Nate seinen Bruder auf, seine Präsentation zu starten. Zum ersten Mal in der erfolgreichen Geschichte von *Brooks Corp.* war Nate nicht bei der Sache. Seine Augen fixierten Lillys Profil und musterten sie ausführlich.

Die tiefe Traurigkeit in ihrem Blick war nicht zu übersehen.

Dennoch würde er ihr diesen Verrat nicht durchgehen lassen.

»Ich habe es mir anders überlegt«, unterbrach er Ryan. »Ich habe kein Interesse mehr an *Sanders*.« Er schob den Stuhl zurück und stand auf. »Sehen Sie es mir bitte nach, Mr. Sanders«, richtete er sich direkt an Hal. »Ihre Tochter kann Sie sicherlich zu den Hintergründen meiner Entscheidung ins Bild setzen. Ich für meinen Teil bin fertig.«

»Du mieses Arschloch«, fuhr Lilly aufgebracht auf. »Du besitzt tatsächlich die Frechheit, uns einen Deal zu derart miserablen Konditionen anzubieten, und dann lässt du ihn auch noch platzen?«

»Lilly«, tadelte Hal seine Tochter, dieses Mal nicht so nachdrücklich wie beim ersten Mal.

»Raus. Verschwinde!«, brüllte sie Nate an. »Wir werden *Sanders* retten. Dazu brauchen wir weder dich noch dein verdammtes Geld.«

Die Vehemenz ihrer Worte beeindruckte Nate, wenngleich sie an seinem Entschluss nichts änderte. Nicht zum ersten Mal wurde er aufgefordert, ein Meeting frühzeitig zu verlassen. Er schob seinen Stuhl in aller Ruhe zurück an den Tisch und wartete darauf, dass Ryan und Logan ebenso bereit waren, den Rückweg anzutreten.

◌❖◌

»Wenn du so weitertrinkst, solltest du als Nächstes in eine Schnapsdestillerie investieren.« Ryan lehnte sich gegen den Schreibtisch in Nates Zimmer und blickte auf den gepackten Koffer auf dem Bett. »Bist du bereit für die Rückfahrt?«

»Ich kann es nicht verstehen. Echt, Ryan. Ich kann es nicht verstehen.« Sein Bruder hatte recht. Der Whiskey hatte Nates

Zunge schwer werden lassen. Er raufte sich die Haare und sah die Flasche an, die nur noch zur Hälfte gefüllt war.

»Du glaubst also immer noch, dass Lilly dich austricksen wollte? Wieso sollte sie dann diesen Streit vom Zaun brechen? Damit hat sie sich doch alles verdorben.«

»Das gehört alles zu ihrer Masche. Das arme, kleine Mädchen, das ganz zufällig in den Schoß des Mannes fällt, der ihre Firma retten soll. Darauf hat sie es abgesehen und sonst nix. Aber das meine ich nicht.« Nate schob Ryan die Präsentation von Lilly zu und tippte auf das Deckblatt. »Ich verstehe nicht, wie ein solides und erfolgreiches Unternehmen in eine derartige Schieflage geraten konnte. *Sanders* ist in ganz Georgia eines der führenden Unternehmen in der Kunststofftechnik und lieferte jahrelang hervorragende Bilanzen. Die Umsätze passten ebenso wie die Erlöse. Ich verstehe es einfach nicht.«

»Hört sich für mich nach einer guten Investition an. Vielleicht solltest du deinen verfrühten Rückzug aus dem Deal noch einmal überdenken. Und«, er zögerte kurz, »vielleicht solltest du die ganze Geschichte noch einmal kalkulieren. Nach dem, was ich gesehen habe, hat Lilly recht. Ich an ihrer Stelle würde zu diesen Konditionen ebenfalls Nein sagen.«

»Aber …«

»Aber kannst du nicht verstehen, dass sie an der Firma hängt? Sie möchte weiterhin ein Mitspracherecht, um das Vermächtnis ihrer Familie zu wahren. Du würdest an ihrer Stelle auch dafür kämpfen.«

»Dennoch hat sie mich hintergangen.« Nate schnaubte. »Wie lange bin ich schon im Geschäft, Ryan?« Er sprach weiter, denn er forderte von Ryan keine Antwort ein. »In der ganzen Zeit wurde ich noch nie so benutzt und vorgeführt. Ich kann ihr das nicht verzeihen.«

»Das musst du auch nicht. Aber wie sagst du sonst immer so schön? Ich zitiere dich: Geschäft ist Geschäft.«

»Du meinst, wir sollten den Deal mit *Sanders* noch eine Nacht überdenken?«

»Wir werden die Sache auf jeden Fall eine Nacht überdenken und morgen früh, sobald du deinen Rausch ausgeschlafen hast, werden wir dieses Konzept gemeinsam durchgehen. Bist du der Meinung, dass es nicht das Richtige für dich ist – schön. Wir lassen die Finger davon. Wenn sich dahinter aber ein guter Deal verbirgt, schlagen wir zu. Und zwar fair. In Ordnung?«

Nate zögerte. Würde Lilly tatsächlich seinen Geschäftssinn unterwandern? »Deal.«

○❖○

»Lilly, würdest du bitte in den Besprechungsraum kommen?«

Lillys Augenbrauen verzogen sich skeptisch. Weshalb wollte ihr Vater, dass sie sich dort trafen und nicht in seinem Büro? Erwartete sie nun die Standpauke, auf die er bis jetzt verzichtet hatte? Seit der Termin mit *Brooks* am Vortag so ein unrühmliches Ende gefunden hatte, hatten sie kaum miteinander gesprochen. Bisher hatte er sie nicht gefragt, woher sie Nate kannte und weshalb sie so reagiert hatte. Vielleicht forderte er nun Antworten auf seine offenen Fragen.

»Ich bin gleich da«, antwortete sie zerknirscht in den Telefonhörer und legte auf. Sie verließ ihr Büro im zweiten Stock und ging reumütig die Flure des Firmengebäudes entlang, bis sie ihr Ziel erreichte. Noch bevor sie die Türklinke nach unten drücken konnte, hörte sie Stimmen und fragte sich, welches Meeting hier stattgefunden hatte – ohne ihr Wissen. Sie betrat den Raum und erstarrte augenblicklich zur Salzsäule.

»Was hat er hier verloren?«, fauchte Lilly, als sie Nate am anderen Ende des Raumes erblickte. Er hatte dieses Mal auf den formellen Anzug verzichtet. Auch die Krawatte fehlte. Einzig seine Brille unterschied sein Äußeres von dem Mann, in dessen Armen sie sich erst kürzlich noch gerekelt hatte.

»Bevor hier wieder ein Chaos ausbricht«, Hal deutete auf einen Stuhl, »nimm erst einmal Platz und hör dir an, was wir dir zu sagen haben.«

Das Lächeln im Gesicht ihres Vaters beunruhigte Lilly.

»Mr. Brooks und ich haben uns nichts zu sagen, Dad.« Weshalb sahen sich die beiden plötzlich so verschwörerisch an? »Dad?« Lillys Nervosität stieg von Sekunde zu Sekunde. »Was ist hier los?«

»Nun«, begann Hal zögerlich. »Es ist so …«

Weshalb druckste ihr Vater herum?

»Mr. Brooks wird in Zukunft …«

Lilly entdeckte die Papiere auf dem Tisch und stürzte sich darauf. Hastig blätterte sie zur letzten Seite und erkannte sie: die Unterschrift ihres Vaters.

Zornestränen schossen aus ihren Augen. »Nein. Nein. Dad, wie konntest du nur? Er wird alles ruinieren!« Sie blickte vorwurfsvoll zu Nate und sein siegreicher Blick bohrte sich direkt in ihr Herz. »Ich hoffe, du hast jetzt alles, was du wolltest.« Sie schluchzte und wandte müde und unendlich erschöpft ihren Blick ab. Alles, wofür sie gekämpft hatte … Alles, wofür sie gearbeitet hatte … Alles umsonst.

»Aber Liebes. Es ist …«

»Es ist aus, Dad. Ich will nicht mehr und ich kann nicht mehr. Mr. Brooks hat gewonnen.«

»Was immer zwischen euch vorgefallen ist, geht mich nichts an. Aber, Lilly, Nate hat uns ein neues Angebot gemacht. Dazu konnte ich nicht Nein sagen.« Hal deutete auf die Papiere.

Nate? Ihr Vater nannte ihn Nate?

»Ich lasse euch jetzt besser allein, Hal.« Nate nahm einen der unterzeichneten Verträge an sich und ging zur Tür.

Sein Aftershave stieg Lilly in die Nase und sofort erschienen Bilder ihrer gemeinsamen Nacht vor ihrem inneren Auge. Ihr Puls beschleunigte sich schlagartig und ihr Herz pochte verräterisch in ihrer Brust.

»Ryan und ich werden heute Nachmittag noch einmal vorbeikommen. Dann können wir alles Weitere besprechen.« Nate nickte Hal zu. Lilly schenkte er hingegen keine Beachtung.

»In Ordnung, Nate. Bis später.« Hal hob die Hand zum Gruß, obwohl Nate schon längst durch die Tür verschwunden war.

Lilly sah ihren Vater traurig und verletzt an. »Ich verstehe nicht, wie du das tun konntest.«

»Dann setz dich und ich erkläre es dir.«

Seine Stimme klang erleichtert. Als ob ihrem Vater mit der Unterzeichnung des Vertrages eine große Last abgenommen worden wäre. Doch Lilly glaubte nicht daran. Nathan Brooks war ein skrupelloser Geschäftsmann, der nichts zu verschenken beabsichtigte.

In was hatte sie ihr Vater da nur hineinmanövriert?

Kapitel 7

»Mr. Brooks?«

Nate sah vom Schreibtisch auf, als sich die Tür zu seinem Büro öffnete und seine Assistentin eintrat.

»Was gibt es, Kelly?« Dankbar für die Unterbrechung legte er seinen Stift auf seiner ledernen Schreibtischunterlage ab und lehnte sich in seinem Bürostuhl zurück.

»Ihr Bruder ist eben zurückgekommen und würde gerne mit Ihnen sprechen.«

»Am Telefon?«

»Nein. Er ist hier.«

Kelly war ein Goldstück. Sie achtete auf ihn wie eine fürsorgliche Glucke. Nicht einmal Ryan ließ sie unangemeldet zu ihm durch. Von all den Assistentinnen, die er im Laufe der vergangenen Jahre eingestellt hatte, war Kelly mit Abstand die beste. Sie war pünktlich, verlässlich, kompetent und vor allem machte die sympathische, attraktive und ledige Mittvierzigerin keine Anstalten, sich mehr von ihm zu erhoffen als einen monatlichen Gehaltsscheck.

»Schicken Sie ihn rein. Mal hören, was er uns Neues aus

Heartwell zu berichten hat.« Er fluchte in sich hinein, denn kaum hatte er die Kleinstadt erwähnt, kreisten seine Gedanken um Lilly und ihr kleines Abenteuer, das sich als dreister Verrat entpuppt hatte.

Kelly konnte sich nicht einmal umdrehen, als sich Ryan schon hinter ihr in das große, lichtdurchflutete Eckbüro schob. Er schenkte Kelly ein großzügiges Lächeln und bedankte sich mit den Worten »Merci, Chérie« bei ihr.

Kelly schmunzelte. »De rien«, antwortete sie ihm auf Französisch. Dann zog sie jedoch die Augenbrauen nach oben und ergänzte: »Ne m'appelle pas chérie, tête de bois.«

Ryan zwinkerte ihr zu. »J'adore quand tu m'appelles tête de bois, Chérie.«

Kelly stemmte die Hände in die Hüften und lachte herzhaft. »Du bist wirklich ein Holzkopf, Ryan. Mr. Brooks«, sie wandte sich an Nate, »ich kündige.«

»Ich habe zwar kein Wort verstanden, aber, Ryan, sollte Kelly kündigen, fliegst du.« Nate mochte es, dass sich sein Bruder und seine Assistentin so gut verstanden und die Art ihrer kleinen, netten Sticheleien ein Ausdruck von freundschaftlicher Zuneigung und nicht sexueller Belästigung zu werten war. Seit Kelly drei Jahre zuvor angefangen hatte, für ihn zu arbeiten, musste er nun schon die Französischfloskeln der beiden ertragen. Ryan hatte ein Semester Internationales Management in Frankreich studiert und Kelly, deren Vater Franzose war, sprach perfekt Französisch. Ihn wurmte nur, dass er kein Wort von ihrem Geplänkel verstand.

»Mon dieu. Je …«

Nate holte bereits Luft, um seinen Bruder zu unterbrechen, da kam ihm Kelly zuvor.

»Ryan, bring mich nicht dazu, zu testen, ob Mr. Brooks

seine Drohung wahr werden lässt.«

»Das würdest du mir niemals antun, Kelly.«

Sie lächelte nur milde. Kelly würde nie kündigen und Nate würde seinen Bruder niemals rauswerfen. »Wir sollten es nicht darauf ankommen lassen.«

»Aber …«

»Genug herumgealbert«, tadelte sie ihn. »Ich muss weiterarbeiten.« Kelly wandte sich noch einmal an Nate. »Mr. Brooks, bitte vergessen Sie nicht Ihren Dreizehn-Uhr-Termin. Sie sind im *Knife* zum Lunch verabredet.«

Nate sah auf seine Uhr. Es war kurz nach zwölf Uhr und zu seiner Lunch-Verabredung mit Deborah Lee wollte er unter keinen Umständen zu spät kommen. Ryan musste sich demnach sputen, wenn er etwas mit ihm besprechen wollte. »Danke, Kelly.«

Sie nickte und verließ das Büro.

»Nun, Ryan, was hast du mir zu berichten?«, fragte Nate und richtete sich in seinem Stuhl auf.

»Wovon soll ich zuerst erzählen? Von meinem heißen und atemberaubenden Stelldichein mit …«

Nates Herz setzte einen Schlag aus. Ryan hatte doch nicht tatsächlich etwas mit Lilly angefangen? Das würde er ihm nicht antun? Also … rein geschäftlich. Privat war er ja fertig mit ihr.

»… Sam?«

Erst jetzt erlaubte sich Nate, wieder zu atmen.

»Oder den unglaublichen Fortschritten bei *Sanders* und der wahnsinnig talentierten Tochter des Firmeninhabers, die mich mit ihren innovativen Ideen und ihrem Konzept völlig begeistern konnte und die mir Heartwell ein wenig nähergebracht hat?«

»Ich bin nur an geschäftlichen Informationen interessiert.«

»Alter, du hattest gerade beinahe einen Herzinfarkt. Du dachtest, ich hätte etwas mit Lilly gehabt. Gib es ruhig zu.« Ryan ging zu Nates Schreibtisch und ließ sich in einen der Besucherstühle fallen.

»Ryan …«

»Nein, Nate. Jetzt hörst du mir mal zu. Du wolltest, dass ich für den Rest der Woche in Heartwell bleibe. Das habe ich getan. Ich sollte den Sanders, einschließlich Lilly, auf die Finger schauen. Auch das habe ich getan. Dann hast du verlangt, dass Lilly für zwei Wochen nach Atlanta kommt, und Glückwunsch: Sie kommt am Montag. Jetzt verlange nicht von mir, mit meiner objektiven Meinung hinterm Berg zu halten. Lilly ist brillant. Sie ist klug. Sie lässt sich nicht blenden und sie ist mutig genug, neue Wege zu bestreiten.«

»Bist du fertig mit deinem Hohelied auf diese kleine Betrügerin?«, ätzte Nate.

»Was immer du dir da einzureden versuchst, lass es. Es hat ganz schön lange gedauert, bis sie sich mir anvertraut hat – aber ich glaube Lilly. Sie wusste nicht, wer du bist. Ich habe ihr tagelang versucht zu erklären, dass du auch nicht wusstest, wer sie ist, und dass hinter eurem Aufeinandertreffen keine Inszenierung, sondern nur Zufall steckte.«

»Ich glaube nicht an Zufälle.«

»Dann nenn es Schicksal«, Ryan schmunzelte süffisant.

Nate verdrehte die Augen. Wollte sich Ryan als Kuppler aufspielen? Hatte er nach dem Debakel bei *Sanders* nicht auch seine Zweifel an Lilly gehabt? Sie musste ihn ganz schön um den Finger gewickelt haben, diese kleine … »Lass uns lieber übers Geschäft reden.«

»Wie du meinst. Aber beschwere dich nicht. Lilly spielt in meinen Ausführungen die Hauptrolle.«

Nate drehte nachdenklich einen Stift zwischen seinen Fingern. Er saß in einem seiner geräumigen Korbsessel auf seiner Terrasse und hing seinen Gedanken nach. Es war kurz vor Mitternacht und außer dem beleuchteten Pool war alles stockfinster um ihn herum. Für gewöhnlich liebte er es, dem Wassergeplätscher zuzuhören und dabei zu entspannen. Dieses Mal wollte es ihm nicht gelingen. Lilly war viel zu präsent in seinem Kopf.

Seit dem Gespräch mit Ryan hatte er immer wieder in Erwägung gezogen, dass das Schicksal ihm tatsächlich einen üblen Streich spielen wollte. Doch selbst wenn, würde es an der Tatsache nichts ändern: Lilly und er hatten sich auf etwas Einmaliges eingelassen. Da sie jetzt auch noch Geschäftspartner waren, waren alle anderen Vergnügungen sowieso tabu.

Wütend warf er den Stift in die Dunkelheit. Die Wahrheit nicht zu kennen, zermürbte ihn auf Dauer. Er würde mit Lilly ein klärendes Gespräch führen müssen. Nur so konnte er wieder in seine Normalität zurückfinden. Eine weitere Woche dieser Ungewissheit ausgesetzt zu sein, würde ihn und seine Firma in den Ruin treiben.

Er dachte an seinen Lunch-Termin mit Deborah Lee. Die Frau war witzig, intelligent und atemberaubend schön. Während sie ihn mit Fragen zum geplanten Investitionsportfolio gelöchert hatte, gab er ihr nur halbherzige Antworten, weil sein Kopf nicht bei der Sache war. Das durfte nicht mehr passieren. Eine Frau wie Deborah Lee hatte Verbindungen und Kontakte, die ihm bisher versagt geblieben waren.

Das dreißigjährige Filmstarlet hatte mit Ernest Lee einen der reichsten Männer des Landes geheiratet. Böse Zungen behaupteten, die dralle Blondine habe dies nur aus Berechnung getan. Doch wenn Deborah über ihren kürzlich verstorbenen vierzig Jahre älteren Ehemann sprach, ließ sich eine ehrliche, große Zuneigung nicht überhören.

Ernest war trotz seiner drei Ehen kinderlos geblieben. Auch Deborah hatte keine Gelegenheit mehr, ihm einen Nachkommen zu schenken. Dafür hatte sie sein beträchtliches Millionenvermögen geerbt. Geld, von dem sie wollte, dass Nate es bestmöglich für sie investierte.

Deborah war durch die Ehe jedenfalls nicht nur an unglaublichen Reichtum gelangt, ein paar von Ernests wohlhabenden Weggefährten zählten nun auch zu ihren Freunden. Und diese Kontakte durfte sich Nate nicht durch die Lappen gehen lassen.

Wenn Lilly am Montag kommen würde, würde er ein für alle Mal für klare Fronten sorgen. Und Deborah? Deborah würde er jeden Wunsch von den Augen ablesen.

ཙ❖ཐ

»Wie findest du diese weiße Bluse?« Sue stapfte auf ihren kurzen Beinen durch ihre Boutique und hielt Lilly ein Oberteil unter die Nase. »Ich glaube, die wird richtig gut an dir aussehen, und du kannst sie mit den anderen Klamotten kombinieren.« Sie deutete auf den Kleiderstapel, der sich bereits neben der Umkleidekabine aufgetürmt hatte.

»Wozu eigentlich der ganze Aufwand?« Lilly zog die Augenbrauen zusammen. »Ich packe zwei oder drei meiner Kostüme ein und vielleicht noch den beigen Hosenanzug. Ich werde mich für den Idioten nicht verstellen.« Ihr Blick glitt zu einem roten A-Linien-Kleid. Es lag ganz oben auf dem Stapel und sie konnte sich nicht daran sattsehen.

»Du tust es nicht für ihn. Du tust es für dich«, bekräftigte Sue.

»Ich sehe das genauso«, mischte sich Sam in das Gespräch ein. »Du bist eine wunderschöne, talentierte und erfolgreiche Geschäftsfrau und jeder soll es sehen. Du brauchst dich nicht verstecken. Schon gar nicht vor einem Brooks.«

»Wie ich gehört habe, hast du dich auch nicht vor einem Brooks versteckt.« Lilly schmunzelte, denn Ryan hatte ihr bereits erzählt, dass er und Sam sich nähergekommen waren.

»Ich hätte ja viel erwartet, aber nicht, dass der Kerl ein Plappermaul ist.«

»Dann ist es also wahr?« Sue sah ihre Schwester verblüfft an.

»Ja. Ryan und ich hatten Sex. Na und? Der Kerl sieht schließlich ziemlich gut aus.«

»Er sieht ziemlich gut aus?« Sues Augen wurden immer größer. »Sam, er ist die verdammte Kirsche auf dem Törtchen.«

»Er ist die Kirsche auf Sams Törtchen«, Lilly lachte, woraufhin ihre Freundinnen in das freudige Gekicher einstimmten.

»Wollten wir nicht eigentlich über dich und Atlanta reden?« Sam verstand es, gekonnt von sich abzulenken. »Wenn wir dem Internet trauen können, hast du dir mit Nate einen ganz dicken Fisch an Land geholt.«

»Sam …«

»Geschäftlich. Natürlich nur geschäftlich.« Sam hob beschwichtigend die Hände. »Alles andere ist ja tabu, wenn ich dich richtig verstanden habe.«

»Das ist es. Absolut und ausnahmslos.« Lilly nickte bestätigend, um ihren Worten mehr Nachdruck zu verleihen. Ihre Freundinnen sollten nicht glauben, sie wäre ein Fähnchen im Wind.

Selbst wenn alles nur ein dummer Zufall war und Nate nicht wegen der Firma ihre Nähe gesucht hatte, blieb da immer noch seine böswillige Unterstellung, sie wäre im Gegenzug dazu fähig gewesen. Das würde und könnte sie ihm nicht so schnell verzeihen.

Das einzige Zugeständnis, zu dem sie bereit war, war die Anerkennung seines überarbeiteten Angebotes. Es hatte nichts mehr mit dem ursprünglichen Dokument zu tun und war mehr als fair. Wie es allerdings zu diesem plötzlichen Sinneswandel gekommen war, blieb ein Rätsel, das sie nur zu gerne lüften wollte.

Sie vermutete Ryan dahinter. Nates Bruder hatte sich von Anfang an aufgeschlossen für die Zusammenarbeit mit *Sanders* gezeigt. Von seiner Euphorie angesichts ihrer Ideen für die Sanierung und Umstrukturierung der Firma wurde Lilly regelrecht mitgerissen. Und obwohl sie sich zu Beginn noch gegen die Kontrolle durch Ryan gewehrt hatte, erkannte sie, dass es weniger um Kontrolle ging, sondern vielmehr darum, zu erkennen, welche Probleme das Unternehmen mit sich herumtrug und wie die aktuelle Krise am schnellsten, effektivsten und nachhaltigsten in eine Chance für einen Neuanfang verwandelt werden konnte.

»Wollen wir noch nach Dessous schauen? Nur zur Sicherheit«, Sam grinste frech.

Lilly schüttelte den Kopf. »Das wird nicht nötig sein.«

Sue seufzte. »Schade.«

Kapitel 8

»Brauchst du Zucker oder Milch?«

Lilly schüttelte den Kopf und schenkte Joy Miller ein Lächeln. Ryan und sie hatten Joy wenige Minuten zuvor in der Teeküche getroffen, und bevor er wieder verschwand, hatte er ihr Joy als eine wundervolle Freundin und ein absolutes Computergenie vorgestellt. Beides konnte sie ihm kaum glauben. Ryan konnte doch unmöglich mit einer Frau nur befreundet sein? Dafür eilte ihm sein Ruf als Schürzenjäger ja schon förmlich voraus. Und wie konnte dieses hübsche und sympathische Wesen tatsächlich ein *Nerd* sein? Sie widersprach allen bisher gekannten Klischees eines Strebers. Nahm Ryan sie am Ende auf den Arm?

»Ryan erzählte mir, dass du für ein paar Tage bei uns bleiben wirst. Anscheinend bist du für eines unserer neuen Projekte zuständig.«

Lilly lachte. »Als Projekt wurde ich noch nie betitelt.«

»Du gewöhnst dich daran. Bei uns sind alles Projekte, Workflows und Tasks. Selbst das Feierabendbier ist bei uns ein *Community-Event*.« Joy legte den Kopf schief. »Vielleicht hast du ja Lust, uns heute Abend zu einem *Community-Event* zu begleiten?«

»Ähm, ja. Warum nicht. Versprechen kann ich es allerdings noch nicht. Kommt drauf an, was mich hier heute erwartet.«

»Verstehe. Aller Anfang ist schwer. Aber du wirst sehen«, Joy legte Lilly ihre Hand auf den Arm, »es ist großartig, hier zu arbeiten. Konntest du denn schon ein paar Leute kennenlernen?«

»Nun, ich kenne Ryan, Logan und Steve.« Sei ehrlich Lilly, sagte sie zu sich selbst. »Und natürlich kenne ich Mr. Brooks. Er hat ja schließlich den Deal verhandelt.«

»Dann kennst du ja schon die wichtigsten Personen bei *Brooks Corp.*«

»Wenn das mal nicht unser Sonnenschein aus Heartwell ist.«

Lilly drehte sich zur Tür und entdeckte Logan, der dämlich grinsend im Türrahmen lehnte. Ihr Nervositätspegel stieg merklich an. Logan war einer der wenigen, die von ihrem Abenteuer mit Nate wussten. Als Anwalt sollte er sich eigentlich auf Verschwiegenheit verstehen. Doch so, wie ihn Lilly kennengelernt hatte und ihn einschätzte, würde sie wahrscheinlich vergeblich darauf hoffen. Das würde gerade noch fehlen. Unter keinen Umständen durfte jemand von ihr und Nate erfahren. Welches Licht würde das auf sie und den Vertragsabschluss werfen? Ihr Ruf wäre ruiniert, denn wer würde ihr schon glauben.

»Logan. Wer hätte gedacht, dass wir uns jemals wiedersehen.«

Er stieß sich vom Türrahmen ab und ging durch den kleinen Raum.

»Nachdem Nate mir mein Wochenende versaut hat und ich noch zwei weitere Tage in Heartwell für die Anpassung der Verträge versauern musste, war mir durchaus klar, dass wir uns wieder über den Weg laufen würden.« Mit einer besitzergreifenden Geste zog er Joy an ihrer Taille zu sich und küsste sie.

»Verdammt. Sag mir, dass das nicht dein Ernst ist, *Honeypuff.*« Ryan kam mit Steve im Schlepptau in die Küche getrottet. Die Augen von Nates Bruder hatten sich zu schmalen Schlitzen verformt und sein Blick war vorwurfsvoll auf Logan gerichtet. »Joy ist für dich tabu. Habe ich mich nicht verständlich ausgedrückt?«

»Sollten wir die Entscheidung nicht lieber ihr überlassen?«, konterte Logan in einem arroganten und siegesgewissen Ton, während er Joy noch näher zu sich zog.

»*Honeypuff.*«

Ryan sah besorgt aus. Lilly vermutete unweigerlich mehr hinter seiner vorgegebenen Freundschaft zu Joy. Weshalb sonst sollte er seine Freundin *Honeypuff* nennen?

Sie wollte jedenfalls nicht in das Kreuzfeuer zwischen den beiden Männern geraten und begrüßte stattdessen Steve. »Hallo Steve.«

Steves Mundwinkel deutete ein Lächeln an, als er ihr zunickte. Im gleichen Augenblick fiel Lilly auf, dass sie den ein Meter neunzig Hünen noch nie hatte reden hören.

»Was ist hier los? Ein Meeting, von dem ich nichts weiß? Weshalb wurde ich nicht eingeladen?«

Es war Nates Stimme, die an Lillys Ohr drang und die ihr Herz urplötzlich zu Hochleistungen antrieb. Er stand hinter Steve und hatte sie in der kleinen Gruppe noch nicht entdeckt.

»Wir haben Lilly gerade bei uns begrüßt«, Joy lächelte und schien dankbar, dass sie die Aufmerksamkeit von sich und Logan ablenken konnte.

Vielleicht bildete es sich Lilly nur ein, aber sie hätte schwören können, dass es urplötzlich einen Temperaturabfall in der

Teeküche gab. Sie sah sich um und bemerkte Steves mitleidigen Blick. Auch Logan sah sie betreten an. Ryan stemmte genervt seine Hände in die Hüften und Joy verstand plötzlich die Welt nicht mehr.

»Habe ich etwas Falsches gesagt?«, fragte sie verwundert.

»Wir sollten uns besser wieder an die Arbeit machen«, intervenierte Logan und schob Joy aus der Küche. Er nickte Lilly beiläufig zu. »Lilly.«

»Logan«, antwortete sie und erwiderte sein Nicken. Auch Steve nickte ihr zu.

»War schön, dich wiederzusehen, Steve.«

Steve verließ ohne ein Wort die Küche. Seine Flucht aus der Szenerie erlaubte Lilly einen Blick auf Nate, der einmal mehr ganz formell im Anzug dastand, seine Brille über den Nasenrücken nach oben schob und sie finster musterte.

»Bye, Lilly. Bis heute Abend«, rief Joy noch einmal zurück, um sie an ihre Verabredung zu erinnern. Lilly antwortete nicht, denn sie hätte kein Wort herausgebracht. Ihre Kehle war staubtrocken.

Es war beängstigend ruhig in dem kleinen Raum. Ryan fühlte sich sichtlich unwohl. »Soll ich euch beide …«

»Ich dachte, wir hätten einen Termin. Ich muss mich darauf verlassen können, dass meine Vorgaben eingehalten werden, ich habe schließlich noch andere Dinge zu tun«, blaffte Nate und sah auf seine Uhr.

»Aber wir haben doch erst …«

Nates Ausbruch schürte Lillys Zorn, weshalb sie Ryan unterbrach und Nate wissen lassen wollte, dass er so nicht mit ihr zu reden hatte.

»Ich kann sehr wohl die Uhr lesen, Mr. Brooks. Und selbstverständlich werden Ryan und ich den Weg in den verbleibenden vier Minuten in den Besprechungsraum finden. Einem pünktlichen Beginn unserer Unterredung sollte nichts im Wege stehen.«

Nate schnaubte und drehte sich auf dem Absatz um.

Ryan sah sie überrascht an und lächelte. »Mach den Löwen nicht wütend, Lilly.«

»Auch wenn er das Kleingeld besitzt, lass ich noch lange nicht zu, dass er so mit mir redet. Er kann ruhig wissen, dass ich bewaffnet bin – sei es auch nur mit Worten.«

»Du gefällst mir immer besser.« Er deutete auf die Wanduhr über der Tür. »Aber um dein Versprechen zu halten, sollten wir uns sputen. Der Besprechungsraum ist am anderen Ende des Korridors.«

Erschrocken stellte Lilly ihre Tasse in die Spüle.

»Diese Genugtuung werde ich ihm nicht geben.« Sie verließ die Küche und sah nach rechts, wo Nate gerade in einem Raum verschwand. »Ich nehme mal an, da liegt der Besprechungs-raum?« Sie wartete Ryans Antwort nicht ab, sondern stapfte in ihren neuen roten High Heels davon.

Ryan folgte ihr. Seine Schritte unterbrachen das Klackern ihrer Absätze auf dem gefliesten Boden. Es beruhigte sie unge-mein, ihn an ihrer Seite zu wissen. Sie hatte Ryan bei ihrer ge-meinsamen Arbeit schon gut kennenlernen dürfen und sah das Potenzial seines Ideenreichtums und seiner Aufgeschlossen-heit. Jeder Chef konnte sich so einen Mitarbeiter an seiner Seite nur wünschen. Kein Wunder also, dass Nate seinem Bruder die stellvertretende Leitung des Konzerns übertragen hatte. Ryan hatte es vermocht, Lillys Ungehaltenheit über die Koope-ration und das erste vermeintlich unangemessene Angebot ge-radezurücken. Auch seine Erzählungen über *Brooks Corp.* und die wohltätigen Arbeiten seines Bruders stimmten sie milder.

Nate hingegen hatte mit seinem Auftritt ihre absurde Fantasie über einen normalen Umgang zwischen ihnen zerplatzen lassen. Sich derartige Auftritte anzumaßen, passte exakt in das Bild, das Ryan versucht hatte, in ihrem Kopf verblassen zu lassen.

Als Lilly den Raum betrat, saß Nate an der Stirnseite des Tisches und starrte auf sein Smartphone. Sie wartete, bis Ryan ebenfalls eingetreten war und ihr zeigte, wo sie Platz nehmen sollte. Ryan schloss die Tür, während sie sich im sicheren Abstand zu Nate setzte.

Es herrschte eisiges Schweigen. Die Uhr an der Wand zählte unaufhörlich die Sekunden herunter, bis ihr Termin beginnen sollte. Doch nichts geschah. Nates völlige Aufmerksamkeit, war noch immer auf das Display seines Handys gerichtet.

Eine Minute verstrich.

Die zweite Minute verstrich.

Als die dritte Minute anbrach, verlor Lilly die Geduld. Die zwei Gesichter von Nate warfen sie völlig aus der Bahn. In Heartwell am See war er völlig anders gewesen … Da hat er dir auch nur etwas vorgespielt, gestand sie sich traurig ein. Ryan hatte zwar immer wieder versucht, sie vom Gegenteil zu überzeugen, doch ein Restzweifel und ein bitterer Beigeschmack blieben einfach. Nichtsdestotrotz musste sie sich bei ihm für die Chance bedanken. Die Chance, die er ihr und *Sanders* gab, um die Firma wieder auf ein stabiles Fundament zu stellen. Doch nicht um jeden Preis. Den letzten Rest ihrer Selbstachtung würde er ihr nicht rauben.

Lilly schob ihren Stuhl zurück und stand auf. »Rufen Sie mich einfach, Mr. Brooks, wenn Sie die Freundlichkeit finden, sich auf ein Gespräch mit mir herabzulassen.«

Sie verließ den Raum, ohne die traumhafte Aussicht auf Atlanta aus dem vierundzwanzigsten Stock des Gebäudes zu beachten oder Nathan Brooks ihre weitere Aufmerksamkeit zu schenken. Niemand würde so mit ihr umgehen. Keiner. Auch er nicht.

Nate kochte vor Wut. Auf wen er allerdings wütend war, hatte er noch nicht entschieden. Am meisten hätte er es auf jeden Fall verdient, auf sich selbst wütend zu sein.

Was dachte sich Lilly, so mit ihm zu reden? Sie hatte ihn sitzen lassen wie einen kleinen, ungezogenen Jungen. Dabei war er es, der ihren Hintern vor dem Ruin rettete.

Und dann dieses Geplänkel in der Teeküche. Reichte es nicht, dass sie es geschafft hatte, ihn um den Finger zu wickeln? Musste sie seine Freunde nun auch noch für sich einnehmen? Sie war gerade mal eine Stunde hier und Joy lud sie schon auf ein Feierabendbier ein?

Und zu allem Überfluss auch noch ihr Aufzug? Wer bitte erschien derart aufreizend zur Arbeit? Was hatte sie sich nur gedacht, als sie dieses rote Kleid und diese sexy Schuhe angezogen hatte. So ging doch niemand arbeiten.

Sie wollte ihn reizen und er musste sich selbst eingestehen, sie hatte es geschafft. Als sie ihn mit Mr. Brooks angeredet hatte, war es um seine Selbstbeherrschung geschehen.

Das ganze Wochenende lang hatte er über sein Gespräch mit Ryan nachgedacht. Er war zwischenzeitlich durchaus willens zu glauben, dass Lilly ihn nicht absichtlich in eine Falle gelockt hatte. Doch ihn im Besprechungsraum sitzen zu lassen, brachte das Fass wieder zum Überlaufen.

Eine halbe Stunde nach dem Zwischenfall hatte sich Nates Puls immer noch nicht normalisiert. Er war aufgebracht an

Kelly vorbeigerauscht und knurrte sie an, dass er nicht gestört werden wolle. Daraufhin war er unzählige Male an der Fensterfront in seinem Büro auf und ab gegangen. Nichts vermochte ihn abzulenken oder ihn dazu zu bewegen, sich wieder an die Arbeit zu machen. Fluchend durchquerte er sein Büro, riss die Tür auf und rauschte kommentarlos an seiner Assistentin vorbei.

Seine Mitarbeiter schauten ihm verstört hinterher, als er über die Flure ging. Kaum verwunderlich – keiner von ihnen kannte ihn so in Rage. Das Büro von Ryan lag auf der gegenüberliegenden Seite der Etage und der Raum, den sein Bruder Lilly zugedacht hatte, lag direkt daneben. Er war zu Interimszwecken eingerichtet worden, denn *Sanders* war nicht das erste Unternehmen, das sie vor der Pleite retteten. Und dass ein Mitarbeiter des Unternehmens zu ihnen beordert wurde, deshalb keine Seltenheit. Nate hatte nicht die Zeit, sich im vollen Umfang um die einzelnen Projekte zu kümmern, weshalb ein Teil der Aufgaben in Ryans Tätigkeitsfeld fiel.

Wie so oft war Ryans Assistentin nicht an ihrem Platz, was es Nate nur leichter machte, durch das Vorzimmer hindurchzuspazieren. Obgleich ihn auch eine Assistentin niemals hätte aufhalten können.

Die Türen beider Büros waren geöffnet und Nate folgte den Stimmen in das Übergangsbüro. Lilly saß auf ihrem Schreibtisch und hatte ihre Beine übereinandergeschlagen, während Ryan auf einem der Stühle Platz genommen hatte und einen ungehinderten Ausblick auf ihre Schenkel erhaschen konnte, da sich der Stoff ihres Kleides automatisch höher geschoben hatte. Nate schnaubte. Er war normalerweise nicht eifersüchtig, schon gar nicht auf Ryan. Aber das, was Lilly hier abzog, konnte er nicht ertragen.

»Raus«, zischte Nate.

Ryan schüttelte den Kopf. Er erhob sich und ging zur Tür. Als er auf gleicher Höhe mit seinem Bruder war, raunte er ihm zu: »Mach es nicht noch schlimmer.«

Die Tür fiel ins Schloss und Nate war mit Lilly allein. Sie ließ sich vom Schreibtisch gleiten und verschränkte ihre Arme vor der Brust.

War das eine Taktik von ihr? Sie musste doch wissen, dass ihre wunderschönen, vollen Brü… Er räusperte sich.

Seine Stimme klang gefährlich und sein wütender Unterton war nicht zu überhören. »Es ist unverzeihlich, mich während eines Meetings sitzen zu lassen.«

Lilly hob störrisch ihr Kinn. »Sie haben auf einen pünktlichen Beginn des Meetings bestanden, Mr. Brooks. Da Sie selbst nichts dazu beigetragen haben, ging ich davon aus, dass sich der Anlass der Besprechung erledigt hat.«

»Hör gefälligst auf, mich Mr. Brooks zu nennen.« Es traf ihn, dass Lilly ihn ununterbrochen so förmlich anredete.

»Dann hör du gefälligst auf, dich wie ein Arschloch aufzuführen.«

»Ich führe mich wie ein Arschloch auf?« Er ging einen Schritt auf sie zu und hob den Finger. »Du hast mich hintergangen. Du hast mich angelogen und vorgeführt.«

Auch sie ging provokativ einen Schritt auf ihn zu. Sie wollte einer Konfrontation nicht ausweichen. Im Gegenteil. »Wer hat hier wen hintergangen?«

Sie wirkte so stark und gleichzeitig so zerbrechlich, dass Nate etwas tat, was er sich nie zu träumen gewagt hatte: Er trat den Rückzug an.

»Ich habe dich nicht hintergangen. In keiner Sekunde und in keinem Augenblick. Ich wusste nicht, wer du warst, Elisabeth Sanders. Hätte ich es gewusst, hätte ich es nie so weit kommen lassen.«

Es herrschte betretenes Schweigen zwischen ihnen.

Er hatte nicht gelogen. Er hätte Lilly nie angefasst, wenn er gewusst hätte, wer sie war. Aber vermutlich hätte er es den Rest seines Lebens bereut. Die Nacht mit ihr war eines der größten Abenteuer seines Lebens gewesen. Und tief in seinem Herzen wusste er, sie würde ihn nie benutzen. Kein Geld der Welt könnte Lilly dazu bringen, ihre Moral und ihre Integrität zu verraten.

»Ich hoffe, du glaubst mir. Ich jedenfalls werde dir glauben. Manchmal spielt uns das Schicksal einen Streich. Es liegt an uns, das Beste daraus zu machen. Also, für *Sanders* natürlich …«, stotterte Nate. Wie weit konnte er an einem Tag denn noch sinken?

Nicht weiter, beschloss er und verließ ohne ein weiteres Wort das Büro.

Lilly hielt ihn nicht auf. Sie sagte nichts und sie kam ihm nicht hinterher. In ihm paarte sich hilflose Leere mit Traurigkeit und Enttäuschung.

Während er zurückging, sprach ihn keiner seiner Mitarbeiter an. Auch Kelly duckte sich hinter ihrem Schreibtisch, als er an ihr vorbeiging. Er schloss die Tür seines Büros und ließ sich kraftlos dagegen fallen. Hätte ihm jemand vor Kurzem gesagt, dass eine Frau so eine Wirkung auf ihn haben würde, er hätte es nicht geglaubt. Lilly wirbelte sein ganzes Leben durcheinander und erschreckenderweise brachen dabei nicht nur seine Prinzipien.

Lilly stützte sich auf der Arbeitsplatte ihres Schreibtisches ab und ließ die letzten Minuten Revue passieren. Zuerst war Nate in ihr Büro gestürmt und hatte sie erneut mit seinen Unterstellungen konfrontiert. Und dann – ganz plötzlich – entschuldigte er sich bei ihr und appellierte an sie, ihm ebenfalls zu glauben, und schob dem Schicksal den schwarzen Peter zu? Ryan hatte doch schon längst Zweifel in ihr gesät, was ihre Unterstellung betraf. Das Einzige, was sie wollte, war, dass Nate ihr ebenfalls glaubte, was er anscheinend tat. Weshalb fühlte sie sich dann immer noch so leer? Warum lief er einfach vor ihr weg? Sollten sie das Missverständnis nicht klären, damit sie sich ungehindert von ihren persönlichen Querelen an die Arbeit machen konnten? War es überhaupt möglich, dass sie zu einer Tagesordnung übergehen konnten? Sie mussten beide diesen Zwischenfall aus ihrem Gedächtnis streichen. Nur so war eine erfolgreiche Zusammenarbeit möglich. Nur so könnten sie *Sanders* retten.

»Geht es dir gut?«, fragte Ryan und warf einen Blick in das Büro.

Lilly richtete sich auf und strich den Stoff ihres Kleides glatt. »Ich muss mit deinem Bruder dringend ein paar Dinge klären. Andernfalls wird diese Kooperation nicht funktionieren.«

»Du machst dich also auf den Weg in die Höhle des Löwen?« Ryan schmunzelte, als Lilly an ihm vorbeiging.

Sie nickte. »Wünsch mir Glück.«

Sie hatte das Büro schon verlassen, als sie hörte, wie Ryan ihr amüsiert hinterherrief: »Mach ihn fertig!«

Doch sie wollte ihn nicht fertigmachen. Dafür hatte sie keine Kraft und mittlerweile bezweifelte sie, dass er es verdient hatte. Immerhin hatte er sich bei ihr entschuldigt. Wenn sie sich jetzt noch bei ihm bedankte, hätten beide ihre Schuldigkeit erfüllt und sie könnten endlich mit der Arbeit beginnen.

Die Absätze ihrer Schuhe klackerten auf den Fliesen und bescherten ihr zahlreiche Blicke von Mitarbeitern, die keine Ahnung hatten, wer sie war. Ebenso wie die adrette und durchaus attraktive Assistentin, die Nates Büro bewachte.

»Kann ich Ihnen helfen?«, wurde sie von der Frau gefragt, die sie argwöhnisch anschaute und bereits auf dem Sprung war, sich ihr in den Weg zu stellen.

»Ich möchte zu Mr. Brooks.« Lilly ging unaufhaltsam auf die doppelflüglige Holztür zu.

»Mr. Brooks will nicht gestört werden. Er …«

»Das ist mir egal«, antwortete Lilly wenig beeindruckt. Sie drückte die Klinke nach unten und rannte mit voller Wucht gegen die Bürotür, die verschlossen blieb.

»Verdammt«, stöhnte sie qualvoll auf. Sie verzog ihr Gesicht schmerzverzerrt, als plötzlich Nate vor ihr stand. Wo kam er auf einmal her? Hatte er sich womöglich von innen gegen die Tür gelehnt?

»Hast du dir wehgetan?«, fragte er sie ehrlich besorgt.

»Geht schon«, kam Lillys knappe Antwort.

»Kelly bringen Sie Ms. Sanders bitte Eis zum Kühlen.«

»Nein«, rief Lilly. Das wäre ja noch schöner. Es war schon peinlich genug, dass sie gegen die Tür gerannt war.

»Also kein Eis für Ms. Sanders«, nahm Nate seine Bitte zurück. Kelly sah ihn verwirrt und fragend an.

»Ist schon gut, Kelly. Gehen Sie wieder an die Arbeit. Ms. Sanders und ich haben ein paar Dinge zu besprechen.«

»Wie Sie wünschen, Mr. Brooks. Möchten Sie Kaffee?«

Lilly bemerkte Nates fragenden Blick und schüttelte den Kopf.

»Nein, danke. Und bitte stellen Sie keine Telefonate durch.«

Kelly nickte und ging zurück zu ihrem Schreibtisch.

Lilly, die glaubte, dass die ganze Szenerie nicht mehr unangenehmer werden könnte, erlebte einen herben Rückschlag, als Nate seine Hand an ihre Taille legte und sie in sein Büro führte. Das Kribbeln, das seine Berührung hervorrief, wertete sie als völlig unangebracht und erschreckend vertraut.

Er deutete zu einer Sitzecke in seinem Büro, doch Lilly wollte sich nicht länger als nötig in diesem Raum aufhalten, wenngleich die Aussicht atemberaubend und die Einrichtung des Eckbüros einladend waren.

»Ich möchte mich nicht setzen«, raunzte sie ihn aggressiver an, als sie geplant hatte.

Nate wich sofort einen Schritt zurück und seine besorgte Miene versteinerte sich wieder.

»Tut mir leid. Ich … ich wollte nicht …« Ihr fehlten die passenden Worte.

»Was genau wolltest du nicht?« Seine Frage klang beiläufig und tonlos.

»Ich wollte dich nicht so anfahren. Wirklich. Ich bin nur gekommen, weil ich … Ich …«

»Verdammt, Lilly, rede mit mir!«, schoss es aus ihm heraus.

Überrascht sah sie ihn an. Seine emotionale Reaktion traf sie unvorbereitet. »Deswegen bin ich hier. Also ich bin hier, weil …« *Nicht schon wieder*, schalt sie sich, *und hör auf zu stottern.* »Ich bin hier, weil ich mich bei dir bedanken möchte.«

Nate zog skeptisch die Augenbrauen nach oben und sie hätte beinahe gelächelt, als sie seine Narbe – die ihr schon so vertraut war – unter dem Gestell seiner Brille erkannte.

»Danke für die Chance, die du *Sanders* gibst. Es bedeutet uns sehr viel, dass du dein Angebot noch einmal überdacht hast. Durch deine Hilfe werden wir alle Arbeitsplätze retten können.«

»Ryan erzählte mir, dass dein Ex-Verlobter die Lage verschuldet hätte. Stimmt das?«

Lilly war völlig überrumpelt von Nates Frage. Sie hatte Ryan kein Sterbenswörtchen von Richard erzählt, sondern stets ihrer eigenen Unzulänglichkeit die Schuld zugeschrieben. »Woher … Wieso …?« *Hör auf zu stottern,* wies sie sich erbarmungslos zurecht. »Ich selbst trage Schuld an der Situation. Niemand sonst.«

»Langsam verstehe ich das Ganze.« Nate kam einen Schritt auf sie zu und sah sie prüfend an. »Ein Kerl hat dich mit *Sanders* schon einmal reingelegt, weshalb solltest du also dem anderen glauben. Ist es das?«

Lilly blinzelte gegen die Tränen an, die sich uneingeladen ihren Weg in die Freiheit erkämpften. »Ich bin gekommen, um mich zu bedanken. Das habe ich getan. Der Rest geht Sie nichts mehr an, Mr. Brooks.«

Sie sah ihm tapfer in die Augen und ließ keinen Zweifel daran, dass das Thema für sie damit beendet war.

Nate schnaubte. »Willst du mich von jetzt an immer Mr. Brooks nennen?«

»Ja«, kam ihre knappe Antwort.

»Weshalb?«

»Weil es mir in der Situation angemessen erscheint. Alles andere würde für Gerede sorgen.«

»Ryan, Logan und Steve nennst du doch auch nicht beim Nachnamen.«

»Das ist etwas vollkommen anderes. Mit ihnen hatte ich schließlich keinen …«

»Ja?«

»Ich hatte mit keinem von ihnen Sex.«

Nate lachte.

»Weshalb lachst du?«

»Weil ich nun weiß, was es bedeutet, wenn du einen von ihnen plötzlich förmlich anredest.«

»Das ist nicht witzig, Nate.«

»Nein, das ist es nicht.« Er kam einen Schritt näher. Seine Hand glitt über ihren Hals zu ihrer Wange. »Denn wenn dich einer von ihnen anfasst, würde ich für nichts mehr garantieren.«

Lilly spürte, wie sie rot wurde. Ihr Herz pochte aufgeregt in ihrer Brust. Es war ein Fluch, wie sehr ihr Körper, ihre Seele und ihr Geist auf seine Berührung reagierten. Auf seine Berührung und auf seine Worte. Es schien gerade so, als wollte er sie ganz für sich alleine haben.

»Das sollten wir nicht tun, bitte«, flehte sie ihn an.

»Weshalb nicht?«

Seine raue Stimme trieb ihr einen wohligen Schauer über den Rücken.

»Weil sich durch *Sanders* alles geändert hat.« Sie griff nach seiner Hand, die sich warm und vertraut anfühlte. »Wir waren uns darüber einig, dass das zwischen uns eine einmalige Sache ist, und so soll es auch bleiben.« Ihre Hände glitten nach unten. »Ich bin zwar froh, dass wir die Situation klären und das Schicksal für alle Missverständnisse verantwortlich machen konnten, aber das ändert nichts an meiner Entscheidung.«

»Aber wenn es etwas an meiner Entscheidung geändert hat? Lilly …«

»Bitte, Nate. Ich bin hier, um mich um *Sanders* zu kümmern und um den Schaden, den ich der Firma zugefügt habe, wiedergutzumachen. Darauf *will* ich mich konzentrieren. Darauf *muss* ich mich konzentrieren. Ich bin es meinem Vater und unseren Mitarbeitern schuldig, alles zu tun, um das Unternehmen in eine gesunde Zukunft zu führen.«

»Du bürdest dir ziemlich viel auf. Du weißt, dass die Klauseln der Firmensanierung nicht zwingend für die finanzielle Sicherheitslegung sind.«

»Du hast mir die Möglichkeit eingeräumt, unsere Firma wieder mehrheitlich in unsere Hände zurückzuführen. Diese Chance werde ich nicht vergeben.« Sie lächelte tapfer und dankbar.

Nate beugte sich zu ihr. »Lilly, ich will meine Chance auch nicht vergeben …«

Kapitel 9

Lillys Arbeitstage in Atlanta waren vollgepackt mit Kalkulationen, Besprechungen, Konzeptentwicklungen und Strategiemeetings. Sie wusste kaum noch, wo ihr der Kopf stand. Doch die Arbeit gefiel ihr und sie kam ihrem Ziel immer näher.

In Ryans hübschem Köpfchen verbarg sich bei Weitem mehr, als sie gedacht hätte. Sie spielten sich gekonnt ihre Bälle zu, als ob sie schon immer ein Team gebildet hätten, und hatten unglaublich viel Spaß bei ihrer Zusammenarbeit.

Ihre Tage begannen am frühen Morgen und endeten meist, wenn die Sonne bereits unterging. Doch das störte sie nicht. Die Arbeit schürte ihre Motivation und lenkte sie ab, denn Nate schlich sich leider viel zu oft in ihre Gedanken.

Seit ihrer Aussprache am Wochenbeginn war sie ihm ein paarmal begegnet. Jedes ihrer Treffen verlief unterkühlt, denn beide versuchten, die professionelle Distanz zu wahren. Dabei schwebten Nates Worte noch immer unkommentiert im Raum.

Auch er wollte seine Chance nicht vergeben. Doch wo genau lag seine Definition einer Chance? Wollte er womöglich nur ihr Abenteuer aufwärmen? Oder war es nur die Aussicht, den größtmöglichen Profit aus seiner Investition zu schlagen?

Selbstredend wollte er als finanzieller Gewinner aus dem Deal hervorgehen – das war schließlich die Basis seines Unternehmens. Aber dafür wäre es nicht notwendig gewesen, sie zu küssen. Und das wollte er eindeutig. Wobei sie ihm einen Kuss verwehrt hatte. Einen Kuss, nach dem sie sich fatalerweise sehnte.

Sie sah aus dem Fenster. Es war Freitag. Ryan hatte sie eingeladen, den Abend in illustrer Runde bei einem Feierabendbier ausklingen zu lassen. Eine Einladung, die Lilly gerne annahm. Die Abende in ihrem Hotelzimmer waren einsam und sie hatte dort viel zu viel Zeit, sich mit ihren Gedanken zu beschäftigen.

Gleich am ersten Tag ihrer Ankunft in Atlanta war sie Joys Einladung gefolgt. Es war ein sehr unterhaltsamer Abend geworden, bei dem Lilly Joy besser kennenlernen durfte, weshalb sie darauf hoffte, dass die sympathische Computerspezialistin auch dieses Mal wieder mit von der Partie sein würde.

Ihr Handy klingelte. Wieder einmal war der Anrufer als anonym gekennzeichnet. Langsam hatte sie keine Lust mehr auf diese Spielchen. Was sie zunächst als harmlosen Streich abgetan hatte, ging ihr zwischenzeitlich ganz gehörig auf die Nerven. Seit Wochen erhielt sie nun schon diese Anrufe. Aber gerade in den letzten Tagen häuften sie sich. Selbst in der Nacht klingelte das Telefon. Wann immer sie abhob, meldete sich niemand am anderen Ende der Leitung.

Zunächst hatte sie Richard hinter den Anrufen vermutet. Doch würde sich der Möchtegernganove tatsächlich zu Telefonstreichen herablassen? Noch dazu hatte sie ihn wegen Veruntreuung angezeigt, weshalb er bis zum Prozess in Untersuchungshaft saß. Sie hatte also mehr Angst davor, dass er ihr mit Schlimmerem drohen könnte als mit Telefonaten.

Sie nahm das Gerät in die Hand und bewegte den grünen Balken auf dem Display. »Richard, bist du das?«, fragte sie genervt.

Es knackte in der Leitung. Der Anrufer hatte aufgelegt.

Meist blieb der Anrufer so lange in der Leitung, bis Lilly keine Lust mehr hatte und selbst das Telefonat beendete. Dass er dieses Mal auflegte, ließ ihr den Atem stocken. War es tatsächlich Richard, der sie belästigte? Das konnte doch nicht sein? Wie sollte er an ein Telefon gelangen? Ob sie Scott Westing anrufen sollte? Immerhin war er ihr Anwalt und konnte doch in Erfahrung bringen, ob Richard in der Untersuchungshaft ein Telefon haben durfte.

»Wie sieht's aus, Lilly? Bist du bereit für ein Date mit mir?« Ryans Stimme riss Lilly aus dem Sumpf ihrer trüben Gedanken. Sie sah zur gegenüberliegenden Seite des Büros, wo Ryan lässig im Türrahmen lehnte.

»Ein Date mit dir? Wird die halbe Frauenwelt von Atlanta da nicht neidisch?«

»Nur die Hälfte?« Ryan hob seine Augenbrauen und grinste amüsiert.

Lilly lachte. Sie hatte Ryan wirklich gern. Sie mochte seinen Humor und seine unbekümmerte Art.

»Wird Joy uns begleiten?«, fragte sie ihn und hoffte gleichzeitig darauf.

»Sie wartet schon.« Er stieß sich vom Türrahmen ab und winkte sie zu sich. »Und nun komm endlich, sonst sind die besten Plätze im Pub schon vergeben.«

Lilly sperrte ihren Rechner, nahm ihr Telefon und ließ es in ihrer Handtasche verschwinden. Ebenso, wie sie ihre trüben Gedanken über Bord warf. Um den ungebetenen Anrufer konnte sie sich auch später noch kümmern.

Jetzt wollte sie einfach nur entspannen und eine gute Zeit

mit ihren neuen Freunden verbringen.

Ryan und sie durchquerten die Büroetage und trafen Joy am Fahrstuhl, wo sie sich angeregt mit Nate unterhielt.

Auch wenn Lilly eine Sekunde lang darauf gehofft hatte, Nate würde sie begleiten, wurde die Vorstellung von seiner Aufmachung zunichtegemacht. Ihr stockte der Atem. Denn Nate trug einen Smoking und sah darin umwerfend aus. Ihr Herz machte einen kleinen Sprung und in ihrem Bauch schien sich ein Schmetterlingsschwarm aufgemacht zu haben.

Ryan musterte seinen Bruder. »Bist du nicht zu protzig gekleidet für das *Callaghans*?«

»Heute müsst ihr leider auf mich verzichten«, antwortete er.

Die Fahrstuhltür öffnete sich und Nate bat alle mit einer Geste, einzusteigen. Als Lilly an ihm vorbeiging, kitzelte sein unverwechselbares Aftershave ihre Nase und wieder einmal holten sie die Erinnerungen an ihre gemeinsame Nacht ein. Wie er sie berührte. Wie er sie küsste. Wie er sie … *Andere Gedanken. Andere Gedanken. Andere Gedanken,* maßregelte sie sich.

»Nun spann uns nicht länger auf die Folter«, bettelte Joy. »Verrate uns endlich, was du heute Abend machst.«

Nate trat als Letzter in den Fahrstuhl. Die Türen schlossen sich. »Ich gehe heute Abend in die Oper.«

»Mit wem?«, platzte es verwundert aus Ryan.

Lilly schluckte. Es war einer der Augenblicke, der ihre naive Seite zum Vorschein brachte. Hatte sie allen Ernstes gedacht, er hätte sich so rausgeputzt, damit er ihr seinen Smoking vor dem Aufzug vorführen konnte? Nate ging aus. Er hatte ein Date. Was sonst hätte seine Aufmachung vermuten lassen.

»Mit Deborah Lee.«

Joy kreischte.

»Ich werde verrückt. Du hast ein Date mit Deborah Lee?«

Nate fing Lillys Blick auf und ihr Herz zog sich verräterisch zusammen. Er hatte also nicht nur ein Date. Er hatte ein Date mit Deborah Lee. Dem wunderschönen Filmstar, der bezaubernden Wohltäterin und der stinkreichen Witwe Deborah Lee.

»Date würde ich es nicht nennen«, beschwichtigte Nate. »Es ist vielmehr ein Geschäftstermin. Deborah möchte, dass wir uns ihres überschüssigen Kapitals annehmen.«

»Das glaube ich gerne«, giggelte Joy und stieß Nate in die Seite. »Du alter Schwerenöter.«

Erst jetzt fiel Lilly auf, wie vertraut Joy und Nate miteinander umgingen. Es gab nur wenige Mitarbeiter bei *Brooks Corp.*, die in das Vergnügen kamen, ihren Chef beim Vornamen zu nennen. Joy war eine davon.

»Jetzt beruhigt euch mal wieder. Es ist nur ein Geschäftstermin. Nichts weiter.«

»Ja klar, ein Geschäftstermin. In der Oper. Willst du uns verkohlen?«

»Ryan«, maßregelte Nate seinen Bruder.

»Seit wann läuft da was zwischen dir und …«

»Ryan.« Nate hob seine Stimme und unterbrach ihn, ehe er seine Frage zu Ende formulieren konnte.

Lilly, die ihren Blick auf den Boden richtete, wusste, dass er es wegen ihr getan hatte. Sie machte Ryan keinen Vorwurf, obwohl er mit seinen Sticheleien automatisch in ihrer Wunde gebohrt hatte. Vielmehr ärgerte sie sich darüber, dass die Möglichkeit bestand, dass Nate mit einer anderen Frau etwas am Laufen gehabt hatte, während er in Heartwell war. Bei ihr.

Im Fahrstuhl herrschte betretenes Schweigen. Weder Ryan noch Joy machten Anstalten, die Verabredung von Nate erneut zu kommentieren, und als sich die Türen öffneten, stürmte Nate ohne ein weiteres Wort hinaus.

Das *Callaghans* war bis auf den letzten Platz besetzt. Lilly hatte größte Mühe, sich durch die Menschenmenge zu bewegen, und fragte sich, weshalb Ryan glaubte, dass es im letzten Winkel noch einen Tisch für sie geben sollte.

»Wollen wir nicht woanders hingehen?«, rief sie Joy über den Tumult hinweg zu, da Ryan schon vorausgestürmt war.

»Niemals. Die Freitagabende im *Callaghans* sind legendär.«

»Legendär?« Was an einem mit Schlipsträgern und Frauen in Businesskostümen bevölkerten Pub legendär sein sollte, erschloss sich Lilly nicht.

»Wart's ab.« Joy griff nach Lillys Hand und zog sie hinter sich her.

Die Stimmung in der Kneipe schien ausgezeichnet. Die Gäste waren gut gelaunt und es floss reichlich Alkohol.

Lilly zeigte sich überrascht, wie groß die Bar war. Während sie immer weiter nach hinten durchgingen, wurde Ryan einige Male von Frauen angesprochen. Sie musste schmunzeln, denn sie kannte niemanden, dem das Flirten so leicht fiel wie ihm. Dennoch beschränkte er sich darauf, ihnen nur ein Lächeln oder ein Augenzwinkern zu schenken und weiterzugehen. Ihm lagen die Frauen zu Füßen. Bis auf die eine: Sam, die ihn, wie er Lilly anvertraut hatte, nach ihrer gemeinsamen Nacht immer wieder eiskalt abblitzen ließ.

Allmählich lichtete sich die Menschenmenge. Sie entdeckte Logan und Steve, die einen Tisch hatten ergattern können. Logan winkte ihnen zu und griff sofort nach Joys Hand, um sie zu sich zu ziehen.

Lilly musste sich ernstlich fragen, was Joy an dem Kerl fand. Bis jetzt hatte sich nichts ereignet, was sie zu einem Umdenken in Bezug auf Logan bewegen konnte. Er war noch immer arrogant, schmierig und ein unglaublicher Macho. Weshalb Nate und Ryan mit ihm befreundet waren, war ihr ein Rätsel.

»Endlich«, entfuhr es Logan, während er seine Lippen auf die von Joy presste.

»Komm schon, Logan. Keiner will das sehen.« Ryan rümpfte die Nase. Er zog einen Stuhl zurück und bedeutete Lilly, Platz zu nehmen.

»Danke«, sie lächelte und nickte Steve zu, der wieder einmal stumm dasaß und seine soziale Kompetenz nicht durch Worte demonstrierte.

Als alle am Tisch saßen, kam eine Kellnerin und nahm die Bestellung entgegen. Ihren auswendig vorgetragenen Vorschlag zum Tages-Special nahm Lilly gerne an. Anders als sonst begnügte sie sich dieses Mal nicht mit einem Glas Wein oder einem kühlen Bier. Sie wählte einen Cocktail, und zwar einen, der es in sich hatte. Vielleicht ließ der sie ja vergessen, wie Nate seinen Abend verbrachte.

Kaum wurde ihr das Getränk an den Tisch gebracht, trank sie einen kräftigen Schluck. Dann einen zweiten. Und einen dritten.

»Hey, hey«, flüsterte Ryan besorgt. »Nicht so hastig. Ist alles in Ordnung?«

»Ich bin nur durstig.«

»Du bist nicht durstig. Du bist traurig.« Ryan beugte sich zu ihr. »Mein gedankenloser Ausbruch vorhin im Fahrstuhl tut mir übrigens sehr leid. Verzeih mir bitte.«

Lilly stieß ihr Glas gegen Ryans Bierflasche. »Nur, wenn du mir einen tollen Abend versprichst, bei dem dein Bruder und *Sanders* absolute Tabuthemen sind.«

Ryan beugte sich zu ihr und küsste ihre Wange. »Das verspreche ich dir, Süße.«

»Lass das mal besser nicht Nate sehen und hören«, mischte

sich Logan ein. »Was glaubst du, wie er reagieren würde, wenn du und Lilly …«

»Halt deine verdammte Klappe, Logan.«

Lilly sah Steve fassungslos an. Sie hatte ihn gerade das erste Mal reden gehört und das nur, um ihr aus einer Verlegenheit zu helfen.

»Moment«, hakte Joy nach und sah Lilly mit weit aufgerissenen Augen an. »Du und Nate? Aber weshalb geht er dann mit Deborah Lee aus?«

Ryan schob Lilly ihr Cocktailglas zu, als diese den Kopf hängen ließ. Sie nahm einen großen Schluck und sah dann in die Runde. »Nate kann ausgehen, mit wem er will. Es geht mich nichts an. Und damit ist das Thema erledigt. Bitte.« Lilly sah Joy eindringlich an und war dankbar für das verständnisvolle Lächeln, das ihr ihre neue Freundin schenkte. »Das gilt auch für dich, Logan.«

Logan schnaubte und trank einen Schluck Bier.

»Hast du Lust auf ein Spiel?« Ryan blinzelte ihr aufmunternd zu.

»Ein Spiel?«, hakte Lilly argwöhnisch nach.

»Aber natürlich.« Joys Hand schnellte nach oben und ihr Zeigefinger tanzte einen Kreis. »Du musst mitmachen. Das ist so lustig.«

»Sind wir nicht zu alt für den Scheiß?«, fragte Logan genervt.

»Oh, oh, oh. Das kenn ich.« Lilly, die davon ausging, dass das Spiel begonnen hatte, wandte sofort ein: »Lethal Weapon. Sr. Roger Murtaugh.«

Ryan und Joy begannen loszubrüllen vor Lachen. Selbst Steves Mundwinkel zuckte verdächtig.

»Was?« War die Antwort etwa so falsch? Aber es war doch immer Sergeant Murtaugh, der in den Lethal-Weapon-Filmen sagte »Ich bin zu alt für diesen Scheiß«.

Während ihre Freunde sich erst wieder beruhigen mussten, stellte eine weitere Kellnerin fünf Shots auf dem Tisch ab. An jedem klebte ein Zettel.

»Nun, Sr. Murtaugh«, lachte Ryan. »Das ist das eigentliche Spiel.« Er deutete auf die Gläser vor sich.

»Ich verstehe nicht.« Lilly zuckte mit den Schultern. »Wir betrinken uns nur? Wo bleibt da der Witz?«

Ryan lehnte sich amüsiert auf seinem Stuhl zurück und nickte Joy verschwörerisch zu. »Erklär du es ihr, *Honeypuff*.«

»Also, immer wenn du freitags im *Callaghans* Shots bestellst, hast du die Möglichkeit beim Glücksrad mitzuspielen.« Joy deutete auf eine Holzscheibe, die mitten in der Bar hing und von der Lilly bis zu diesem Augenblick vermutet hatte, dass es sich um eine etwas seltsame Uhr handelte, die die Zeit nicht korrekt anzeigte.

»Und was kann ich gewinnen?«

»Es geht eigentlich nicht ums Gewinnen. Vielmehr stehen auf dem Rad Aufgaben, die du zu bewältigen hast.«

Lilly lachte. »Dann wäre ich ja schön blöd, bei dem Spiel mitzumachen.«

»Nein, du wärst schön blöd, deinen Namen auf den Zettel zu schreiben.« Ryans dreckiges Lachen ging ihr durch und durch, zumal sie erst jetzt realisierte, um was es bei dem Spiel ging. Du konntest vielleicht nichts gewinnen, dafür konntest du mit deinem Zettel dazu beitragen, dass sich jemand richtig zum Affen machen musste. Ihre Gesichtszüge entgleisten. Sie wollten, dass sie sich blamierte.

»Ohne mich.« Sie schob das Glas weit von sich.

»Zu spät.«

Joy grinste und schob das Glas wieder zu ihr zurück.

Es war gerade mal zweiundzwanzig Uhr, als Lilly ihren fünften Shot herunterschluckte. Sie spürte bereits, wie der Alkohol ihr die Sinne zu vernebeln begann. Doch je mehr sie von dem bitteren Gebräu trank, desto lustiger fand sie das Spiel.

»Wann geht es denn los?«, fragte sie Joy.

Joy sah auf ihr Handy. »In ungefähr einer Stunde.«

»In einer Stunde?«, entfuhr es Lilly überrascht. »Keine Ahnung, ob ich dann überhaupt noch stehen kann.«

Sie konnte. Eine Stunde später trank sie ihren achten Shot und knabberte dazu etwas Salzgebäck.

»Joy?« Sie stieß ihre Freundin an.

»Ja?«

»Was ist eigentlich mit Steve? Er scheint mir nicht der Typ, der bei so etwas mitmacht.«

Joy riss die Augen auf. »Steve macht auch nicht mit. Er wirft immer leere Zettel in die Lostrommel. Jeder weiß, dass man Steve nicht nominieren darf. Verdammt, das hätten wir dir sagen sollen. Du hast doch nicht etwa …?«

»Oh mein Gott.« Lilly wurde kreidebleich. Und ob sie das getan hatte. »Was soll ich jetzt tun?«

»Dir bleibt wohl nichts anderes übrig, als ihn freizukaufen.«

»Ich soll was tun? Ihn freikaufen?«

»Du kannst eine Nominierung ausschlagen oder abgeben. Dafür musst du aber eine Lokalrunde ausgeben. Die kann hier aber sehr viel Geld kosten.«

»Euer Spiel ist ganz schön nervig.«

Lilly verschränkte die Arme vor der Brust und überschlug kurz die Anzahl der Gäste. Es waren sicher um die zweihundert Menschen hier. Sie hatte Steves Namen mindestens viermal notiert. Das würde … Wenn sie so überschlug … *Mist!* Das könnten locker an die zweitausend Dollar werden.

»Aufgepasst.« Ryan stieß sie an und deutete zur Bar. »Es geht los.«

Lillys Puls raste, als ob sie an einem Marathon teilgenommen hätte.

Einer der Barkeeper läutete eine goldene Glocke. Dann nahm er ein Mikrofon in die Hand und erklärte die Spiele für eröffnet. Er griff in die Lostrommel, zog einen Zettel heraus, öffnete ihn und las laut den Namen *Irene* vor. Die Menge grölte, während Irene an die Bar trat und nach der Holzscheibe griff. Schwungvoll begann sich das Rad zu drehen.

Lilly nippte erleichtert an ihrem Cocktail. »Ich hatte schon Angst, dass einer von uns gezogen wird.«

»Süße, zu jeder halben Stunde wird jemand gezogen.« Ryan lachte.

»Was?« Lilly stand ihr Entsetzen ins Gesicht geschrieben.

»Lip Synccccc«, brüllte der Barkeeper ins Mikrofon.

Nun okay, Lip Sync wäre ja gar nicht mal so schlecht. Ob Steve den Spaß mitmachen würde? Leider konnte Lilly auf die Entfernung nicht lesen, was sonst alles auf dem Rad geschrieben stand.

Der hübschen Irene wurde in ihrem Kostüm auf den Tresen geholfen. Als die Klänge zu Blanco Browns *The Git Up*-Song ertönten, gab es in der Bar kein Halten mehr. Während Irene auf dem Tresen ihre Lippen zu dem Lied bewegte und ihr Taktgefühl bewies, fingen auch weitere Gäste an, die Schrittabfolge des populären Songs mitzutanzen.

Als das Lied endete, wurde Irene mit tosendem Beifall und einer Flasche Sekt beschenkt.

Joy lehnte sich zu Lilly. »Siehst du, das macht Spaß.«

»Und wenn Steves Name gezogen wird?«

»Dann hat deine Kreditkarte hoffentlich ausreichend Limit«, sie lachte mitleidig.

An einen entspannten Abend war ab diesem Moment nicht mehr zu denken. Lilly rutschte nervös auf ihrem Stuhl herum, während Ryan dieses Mal die Hand in die Höhe streckte und eine weitere Runde Shots orderte.

»Ich will nach Hause«, hörte sich Lilly sagen und dabei hatte sie sich fest vorgenommen, an diesem Abend Spaß zu haben. Ihr Blick glitt immer wieder zu Ryans Armbanduhr, auf der sie die Uhrzeit ablesen konnte. Verzweifelt beobachtete sie, wie sich die Zeiger unaufhaltsam bewegten.

Dann hörte sie es: das Signal für die zweite Runde.

»Hey, willst du nicht wieder reinkommen? Gleich wird der letzte Name gezogen.« Ryan schob sich an ein paar Betrunkenen Besuchern des *Callaghans* vorbei und lehnte sich neben Lilly an die Hauswand.

»Steve wird mich umbringen, wenn sein Name gezogen wird.« Lilly barg ihr Gesicht in beiden Händen und schüttelte den Kopf.

»Das ist durchaus möglich«, Ryan lachte und stieß mit seiner Schulter gegen ihre. »Lass uns reingehen und es hinter uns bringen. Vielleicht hast du ja Glück und bleibst verschont.«

Lilly hakte sich bei Ryan ein. Die frische Luft hatte ihr zwar gutgetan, doch ließ es sie auch erkennen, wie viel Alkohol sie den Abend über getrunken hatte.

Die Stimmung war ausgelassen. Jeder schien dem letzten Griff in die Lostrommel entgegenzufiebern. Es hatte sich eine Menschentraube um die Bar gebildet, weshalb Ryans und Lillys Weg zurück zu ihren Freunden länger dauerte als gedacht.

Als sie mitten im Geschehen standen, läutete es abermals.

Wieder einmal hielt die Hand des Barkeepers ein Mikrofon fest und wieder einmal kündigte er die nächste und damit auch letzte Ziehung des Abends an. Es wurde mucksmäuschenstill. Alle beobachteten gebannt die Bewegung des Barkeepers, der in das durchsichtige Gefäß fasste und einen Zettel herauszog.

Er öffnete ihn und verzog seinen Mund zu einer Schnute.

»Mir scheint, unter uns gibt es einen Lebensmüden.«

»Scheiße«, brummte Ryan und Lilly überkam ein kalter Schauer.

Der Zettel wurde unter Protest der Gäste zurück in die Lostrommel geworfen.

»Leute, bleibt ruhig«, besänftigte der Barkeeper die Menge. »Es gibt nicht viele Personen, bei denen ich das tue, und glaubt mir, ich weiß warum. Sollte also einer von euch jemals wieder den Namen *Steve* notieren, werde ich für nichts mehr garantieren. Im Übrigen erwarte ich dafür eine Runde für mich und all meine Freunde.«

Während die Menge jubelte, hielt Lilly den Atem an. Eine Runde würde ihre Kreditkarte verschmerzen. Sie brauchte sich auch nicht einreden, dass Steve nicht ahnte, wer seinen Namen in den Lostopf geworfen hatte. Er sah sie bereits mit einem warnenden Blick an.

»Neue Chance, neues Glück«, machte der Barkeeper fröhlich weiter und nahm einen weiteren Zettel aus dem Gefäß.

ෆ✤ᨠ

Nate betrat das *Callaghans* kurz nach ein Uhr nachts. Die Stimmung schien den Höhepunkt erreicht zu haben, denn die Gäste grölten lautstark. Vermutlich machte sich gerade wieder irgendein Bürohengst zum Affen. Er selbst war hier schon einmal zum Karaoke genötigt worden. Seitdem galt die eiserne Regel: keine Nominierungen mit seinem Namen. Auch Steve hielt es so.

»Lilly. Lilly. Lilly.«

Als die Menge begann, Lillys Namen zu rufen, beschlich Nate ein ungutes Gefühl. Alarmiert ging er zur Bar und blickte den Tresen entlang, wo er sie neben der sich drehenden Holzscheibe entdeckte. Sie hielt ihre Augen geschlossen und sah verzweifelt aus.

Die Bewegung des Rades wurde immer langsamer, bis es schließlich anhielt.

»Männer, fangt zu bieten an, wir haben eine Kuss-Versteigerung«, verkündete der Barkeeper lautstark.

»Ein Cocktail für die Süße«, rief ein dicklicher Mann jenseits der fünfzig.

»Drei Cocktails für den kleinen Engel«, wurde der Kerl von einem pickligen Mittzwanziger überboten.

Lilly sah sich hilfesuchend um. Das blanke Entsetzen war ihr ins Gesicht geschrieben.

»'ne Runde für sie und ihre Freunde«, brüllte Logan und kassierte sofort böse Blicke von Joy und Steve.

Nate hätte seinem Freund in diesem Augenblick am liebsten eine gescheuert. Doch wo war in dem ganzen Durcheinander Ryan geblieben? Nate konnte seinen Bruder nirgendwo entdecken, weshalb er seine Ellbogen ausfuhr und sich durch die aufgeheizte Meute kämpfte. Keiner würde sich einen Kuss bei Lilly erkaufen, dafür würde er schon sorgen. Auch wenn er …

»Freibier für alle bis Zapfenstreich«, kam ihm jemand zuvor.

»Verkauft«, brüllte der Barkeeper und Nates Herz blieb stehen. Es war Ryan. Ryan hatte sich soeben einen Kuss von Lilly erkauft.

Wütend schob er sich durch die jubelnden Menschen, die an die Bar strömten und ihr Freibier verlangten. Als er Lilly endlich erreichte, fand er sie in Ryans Armen. Sie wirkte erleichtert und lachte glücklich.

»Nate.« Als sie ihn entdeckte, wich sie zurück und sah ihn überrascht an. »Was machst du hier?«

Ertappt, dachte er sich nur und strafte sie mit einem eisigen Blick. »Ich wollte noch einen Absacker trinken. Und so, wie ich es sehe, gibt es heute Freibier.« Er hätte überschäumen können vor Wut und brachte es nicht über sich, seinem Bruder auch nur einen Blick zu schenken. Dennoch fauchte er ihn an: »Wie konntest du nur?«

»Echt jetzt?«, kam Ryans Frage amüsiert zurück.

Nate stieß ihn gegen die Brust und zeigte sich darüber selbst erschrocken.

»Sag und tu nichts, was du hinterher bereuen könntest«, warnte ihn Ryan und funkelte Nate an. Er drehte sich um und rief dem Barkeeper zu: »Das Freibier geht übrigens auf den Schnösel im Smoking.«

»Hey, und dein Kuss?«, hakte dieser daraufhin nach.

»Der war auch für den Idioten bestimmt.«

»Ryan.« Lilly wollte ihren Retter in der Not zurückhalten, doch er entwand ihr seinen Arm und ging davon. »Wie konntest du ihm das unterstellen?«, zischte Lilly vorwurfsvoll, nachdem Ryan außer Hörweite war.

»Wie konntest du dich überhaupt auf so einen Schwachsinn hier einlassen?« Nates Frage klang nicht weniger vorwurfsvoll.

»Das geht dich überhaupt nichts an. Und selbst wenn ich deinen Bruder geküsst hätte, würde es dich nichts angehen. Doch im Gegensatz zu dir hat er mir aus der Verlegenheit geholfen. Denk mal drüber nach!« Lillys Wangen leuchteten in wütendem Rot, als sie aufgebracht davonstapfte.

Was hatte er da nur angerichtet? Es war das eine, sich mit Lilly zu zanken. Aber mit Ryan? Würde sein Bruder ihm die haltlose Unterstellung verzeihen? Sie war doch haltlos?

Er gab dem Barkeeper seine Kreditkarte und schob ihm bei der Rückgabe einen Fünfzig-Dollar-Schein zu. Dann blickte er zum Tisch, an dem seine Freunde saßen, die ihn allesamt wie einen Fremden anschauten. Vorwürfe konnte er ihnen keine machen. Selbst er erkannte sich nicht wieder. Es war Jahre her, seit er sich das letzte Mal mit Ryan gestritten hatte. Er wusste nicht einmal, was damals der Grund gewesen war. Eines wusste er jedoch: Sie hatten sich noch nie wegen einer Frau gestritten.

Schon zum zweiten Mal hatte Lilly es geschafft, seine schlechtesten Seiten zum Vorschein zu bringen. Wenn er nicht langsam aufpasste, würde sie noch für seinen Untergang sorgen.

Aber nicht jetzt. Nicht heute. Und nicht hier.

Er verwarf seinen Plan, mit seinen Freunden einen Absacker zu trinken, und verließ die Bar.

Kapitel 10

»Du wolltest mich sprechen?« Ryan betrat Nates Villa und ging achtlos an seinem Bruder vorbei, der ihm die Tür öffnete.

Das imposante Gebäude lag im Norden von Atlanta, zwischen *Wyngate* und den *Peachtree Heights* – der exklusivsten Wohngegend in ganz Georgia. Nur wer über ein gut gepolstertes Bankkonto verfügte, konnte sich hier niederlassen. Allein die Grundstücke kosteten hier ein Vermögen.

Nates Haus war von der Straße aus nicht einsehbar. Es führte nur eine unscheinbare Hofeinfahrt die Besucher zu dem zweigeschossigen Herrenhaus, das einen ansprechenden Mix aus moderner Architektur und traditionellem Charme vermittelte. Das ansteigende Gelände ließ das Haus imposant wirken und Nates Gäste mussten einen terrassenartigen Pfad und zahlreiche Stufen hinaufgehen, um zu dem doppeltürigen Holzportal zu gelangen.

»Komm doch rein«, antwortete ihm Nate geknickt, da Ryan schon längst an ihm vorbeistolziert war. Er schloss die Tür und folgte ihm ins Wohnzimmer.

»Möchtest du etwas trinken?«

Nate wartete nicht auf Ryans Antwort, sondern füllte zwei Whiskeygläser mit brauner Flüssigkeit.

»Es ist gerade mal elf Uhr«, murrte Ryan.

»Und trotzdem kann ich einen vertragen.« Er nahm die Gläser in die Hand und reichte eines davon seinem Bruder.

»Du hast uns gerade einen vierzig Jahre alten, zehntausend Dollar teuren *Dalmore* Whiskey eingegossen. Was hast du mir zu sagen?« Ryan nahm das Glas und setzte sich auf die Armlehne, eines ledernen Ohrensessels.

»Ich versuche es am besten mit *sorry* und hoffe, du nimmst meine Entschuldigung an. Das gestern Abend war …«, er unterbrach sich selbst. »Ich weiß doch selbst nicht, was mit mir los ist.«

»Ist das dein Ernst?«

Ryan fuhr auf und Nate war völlig überrumpelt. Würde Ryan ihm etwa nicht verzeihen? Würde er es sich denn selbst verzeihen? »Ryan, ich …«

»Was mit dir los ist?« Ryan lachte. »Du bist gottverdammt noch mal verliebt, du Volltrottel. Und glaub mir, das ist der einzige Grund, warum ich dich für die Aktion nicht windelweich prügle.«

»Dann verzeihst du mir?« Ryans Ausbruch hatte ihn überrascht. Ebenso wie seine Unterstellung, er sei in Lilly verliebt. Doch ganz falsch lag er damit vermutlich nicht. Hätte Lilly im *Callaghans* einen anderen Mann geküsst, er hätte für nichts garantieren können.

Ryan stieß sein Glas gegen das seines Bruders.

»Nur weil ich Mitleid mit dir habe.« Er nippte an dem Getränk und feixte. »Du weißt aber hoffentlich, dass ich es Mom erzählen werde.«

»Ich habe dich nur leicht gestoßen«, protestierte Nate. »Es

gibt überhaupt keinen Grund, es Mom zu erzählen.«

Ryan zog die Augenbrauen nach oben und ein siegreiches Lächeln umspielte seinen Mund. »Das meinte ich nicht.«

»Was … Nein!«, entgegnete Nate aufgebracht. »Du wirst kein Sterbenswörtchen über Lilly verlieren.«

»Was ist es dir wert?«, erkundigte sich Ryan ohne Umschweife.

Nate schüttelte den Kopf und lachte. Daher wehte also der Wind. Sein Bruder wusste von seinen Karten für das Atlanta Supercross im *Mercedes-Benz-Stadion*. Seit Wochen bekniete er ihn schon, ihn dorthin begleiten zu dürfen. »Wie wäre es mit ein wenig Motorcross, kleiner Bruder?«

»Ich könnte mich überreden lassen«, antwortete Ryan großherzig. »Und da ich ein netter Kerl bin, habe ich auch eine kleine Überraschung für dich.«

»Du hast eine Überraschung für mich?«

»Ja.« Ryan nippte erneut an seinem Glas. »Also dieser Whiskey ist wirklich jeden deiner Pennys wert. Du solltest ihn besser für besondere Anlässe …«

»Ryan«, entfuhr es Nate ungeduldig, worüber er selbst überrascht war. »Was für eine Überraschung?«

Ryan grinste frech. »Ich habe Lilly heute Abend zum Essen eingeladen und ihr die beste Krabbensuppe ihres Lebens versprochen.«

Nate hatte den Schlag nicht kommen sehen, doch er spürte ihn tief in seinem Magen. Was für ein herzloses Spiel trieb sein Bruder hier mit ihm? Hatte Ryan etwa ein Date mit Lilly?

»Ach ja?«

»Bevor du wieder einmal voreilige Schlüsse ziehst, hör dir bitte die ganze Geschichte an.«

Ryans fürsorglicher Blick wirkte befremdlich auf Nate.

»Ich bin ganz Ohr«, presste er hervor.

»Mensch, Nate, entspann dich! Ich will nichts von Lilly. Im Gegenteil. Ich versuche alles, um dir ein wenig auf die Sprünge zu helfen. Aber dein ewiges Misstrauen nervt mich langsam.«

Nate nickte. Die Geschäftswelt hatte ihn vorsichtig gemacht. Er traute nur wenigen Menschen. Auf seinen Bruder konnte er sich jedoch immer blind verlassen. Weshalb sollte er seinem engsten Vertrauten plötzlich keinen Glauben mehr schenken? »Tut mir leid.« Er räusperte sich. »Du sagtest, dass du mit Lilly essen gehen wirst.«

Ryan schüttelte genervt den Kopf. »Nein, das habe ich nicht gesagt. Ich sagte, dass ich Lilly eingeladen habe, Krabbensuppe zu essen. Also entweder hast du alles im Haus, um für sie zu kochen, oder du solltest langsam losfahren und die nötigen Besorgungen erledigen.« Er leerte sein Whiskeyglas in einem Zug und stand auf. »Sie kommt um sieben. Versau es nicht!«

Irritiert beobachtete Nate seinen Bruder dabei, wie er das leere Glas auf dem Beistelltisch abstellte und das Wohnzimmer verließ. Nur wenige Augenblicke später ging die Haustür und er war wieder allein in seinem großen Haus. Allein mit sich und seinen Gedanken, die plötzlich alarmierend um das Thema Krabbensuppe kreisten.

Er leitete ein Multi-Millionen-Dollar-Unternehmen und keine Kochschule. Woher zum Teufel sollte er wissen, wie man Krabbensuppe kochte? Ob er Luise anrufen sollte? Seine Haushälterin war eine ausgezeichnete Köchin.

Verflixt. Sie hatte ihm extra eine Nachricht hinterlassen, dass sie an diesem Wochenende zu einer Familienfeier nach *Charlotte* reisen würde.

Zwei Stunden später stellte Nate seine Einkäufe auf der Kücheninsel ab und beäugte kritisch seine Ausbeute. Die Frau im Großmarkt hatte ihm wirklich alles Mögliche aufgeschwatzt. Was um alles in der Welt sollte er nur mit so vielen Lebensmitteln anfangen?

Nachdem er das meiste in seinem Kühlschrank verstaut hatte, rief er erneut das Rezept auf, das er zuvor über die Suchmaschinenfunktion herausgefiltert hatte. Wenn es wirklich nur vierzig Minuten dauerte, um eine deliziöse Krabbensuppe zu zaubern, hatte er noch genügend Zeit, sich wieder hinter seinen Schreibtisch zu setzen und an dem Konzept für Deborah weiterzuarbeiten.

Er hielt es ganze zwei Stunden in seinem Büro aus, bis er sich eingestehen musste, viel zu sehr von seinen Gedanken an Lilly abgelenkt zu sein. Er konnte sich einfach nicht auf die Arbeit konzentrieren. Ihn beschäftigte vielmehr, ob er in der Lage sein würde, eine ordentliche Mahlzeit zuzubereiten. Eine, die ihr auch schmeckte.

Er stürmte in die Küche und suchte sich alle Lebensmittel, die im Rezept aufgeführt waren, zusammen. Schritt für Schritt ging er die Anleitung durch und hielt sich exakt an alle Vorgaben. Die erste Stunde verging dabei wie im Fluge. Als er eine weitere Stunde später sein Werk verköstigte und seine Suppe für exzellent befand, blickte er erleichtert auf die Uhr. Er hatte wohl daran getan, etwas früher mit dem Kochen zu beginnen. Ihm blieb gerade noch so viel Zeit, um den Tisch zu decken und sich umzuziehen, während er die Suppe im Ofen weiterhin warm hielt, um später noch das Baguette darin aufzubacken.

Es wurde neunzehn Uhr. Nate zupfte aufgeregt an seinem frischgestärkten weißen Hemd, das in seinen dunkelblauen Jeans steckte. Er wartete fünf Minuten und ging zur Tür. Noch war von Lilly nichts zu sehen. Da sie sich bisher kein einziges Mal verspätet hatte, schob er die Verzögerung auf den Verkehr.

Als weitere fünfzehn Minuten verstrichen und ihr Wagen immer noch nicht zu sehen war, ging er nervös neben der Tür auf und ab. Gegen halb acht verabschiedete er sich von dem Gedanken, sie würde noch kommen. Um acht Uhr war er sauer. Um halb neun Uhr war er wütend.

Er nahm die Suppe aus dem Ofen und schüttete sie in die Spüle. Dann drehte er das Wasser auf und sorgte dafür, dass der letzte Rest im Ausguss verschwand. Auch mit der Flasche Rotwein, die er zuvor geöffnet hatte, hatte er kein Mitleid. Sie wurde ebenfalls ein Opfer seines Ausgusses. Selbst das Brot flog im hohen Bogen in den Müll.

Er ging zur Terrasse, wo er sich gegen den Tisch lehnte und ins Leere starrte. Nate kam nicht umhin, sich die Frage zu stellen, auf wen er am meisten wütend war. Auf Lilly, weil sie ihn versetzt hatte? Auf Ryan, der ihm die ganze Suppe eingebrockt hatte – im wahrsten Sinne des Wortes? Oder auf sich selbst, weil er sich so sehr auf Lillys Besuch gefreut hatte?

Am besten schlug er sie sich endlich aus dem Kopf. Wo sollte das Ganze hinführen!

Sein Telefon klingelte und unterbrach seine trüben Gedanken. Ryans Name wurde auf dem Display angezeigt und der kam ihm gerade recht.

»Dein Plan ging ganz schön nach hinten los, Brüderchen.«

»Halt die Klappe«, brüllte Ryan ins Telefon. »Und komm sofort zum Heliport am *DeKalb-Peachtree Airport*.«

Ryan hatte aufgelegt, noch ehe Nate etwas erwidern konnte. Die Stimme seines Bruders klang aufgewühlt; es musste etwas passiert sein. Weshalb sollte er so dringend zum Heliport kommen? Ob seiner Mutter etwas zugestoßen war? Aber sie war doch mit Hank in Europa.

Besorgt ging er zurück und schloss die gläserne Schiebetür. Er durchquerte das Haus, um über den Seiteneingang zur Garage zu gelangen. Seine Finger tasteten blind nach dem Schalter für das Tor, hinter dem sich sein *Escalade* befand. Mit einem kräftigen Ruck flog die Tür hinter ihm ins Schloss. Er aktivierte das Sicherheitssystem und rannte zu seinem Wagen. Die Reifen quietschten gequält, als er mit rasantem Tempo die Hofeinfahrt entlangbrauste.

Die Fahrt dauerte für gewöhnlich beinahe dreißig Minuten. Nate erreichte sein Ziel nach nur zwanzig Minuten. Er entdeckte Ryans Wagen vor dem Hangar und parkte direkt neben ihm. Die Eingangstür stand offen und er rannte quer durch die Halle. Ryan wartete am anderen Ende und reichte ihm einen Helm, während er ihn drängte, weiterzugehen.

»Was ist passiert?«, wollte Nate wissen, der mit seiner Stimme gegen den Motorenlärm des Helikopters ankämpfen musste.

»Das erzähle ich dir, sobald wir in der Luft sind«, antwortete Ryan ernst. »Wir müssen los. Die Sonne geht unter und dann können wir nicht mehr starten.«

Nate nickte und folgte seinem Bruder. Was auch immer der Grund für diesen ungeplanten Ausflug war, es war mit Sicherheit nichts Gutes.

෧❖ෆ

Das grelle Licht der Flammen ließ Lilly ihre Augen zusammenkneifen und die Tränen, die sich unaufhörlich darin sammelten, trübten ihren Blick auf die Feuerwand vor ihr.

Sie hörte ihren Vater husten und drehte sich zum Krankenwagen um, wo er eine Sauerstoffmaske von seinem Gesicht nahm und versuchte, ihr ein tapferes Lächeln zu schenken. Doch die Traurigkeit in seinen Augen konnte seine wahren Gefühle nicht verschleiern.

»Dad, setz die Maske wieder auf«, tadelte sie ihn liebevoll, wenngleich ihre Stimme brach. Natürlich war es schmerzlich mit anzusehen, wie ihr Versandzentrum dem Feuer zum Opfer fiel. Doch ihr Vater wäre beinahe selbst in den Flammen umgekommen, weil er leichtfertig in das Gebäude gerannt war, um zwei seiner Mitarbeiter vor dem Feuer zu retten. Es war ein dummes und unüberlegtes Manöver gewesen, das ihren Vater sein Leben hätte kosten können, und dennoch war Lilly noch nie so stolz auf ihn gewesen wie in diesem Moment.

Sie ging zum Krankenwagen und strich ihm über seine rußverschmierte Wange. Dann küsste sie seine Stirn und schlang ihre Arme um ihn. Als er erneut hustete, griff sie nach der Atemmaske und setzte sie ihm auf. »Atme tief ein und aus.«

»Mr. Sanders?«

Lilly drehte sich um und entdeckte Brian O'Leary, den Sheriff von Heartwell.

»Mr. Sanders, ich muss Ihnen ein paar Fragen stellen.«

»Hat das nicht Zeit, Brian? Du siehst doch, dass es meinem Dad nicht gut geht. Er hat bestimmt eine Rauchvergiftung und sollte eigentlich ins Krankenhaus.«

Brian stemmte seine Hände in die Hüften. »Und dennoch ist er hier und sieht zu, wie sein Lebenswerk in Flammen aufgeht. Seltsam. Findest du nicht?«

»Was willst du damit sagen?«, entfuhr es Lilly aufgebracht, wobei sie sich denken konnte, was ihr der oberste Hüter der Stadt unterschwellig zu verstehen geben wollte.

»Das weißt du ganz genau. In der ganzen Stadt wird seit

Tagen nur über euch und eure Finanzprobleme gesprochen. Ein Feuer kommt euch doch gerade recht. Da wird sicher ein ganz schön nettes Sümmchen von der Versicherung kommen.«

»Scheren Sie sich von meinem Grund und Boden, O'Leary. Wenn Sie Beweise haben für Ihre haltlosen Unterstellungen, können Sie gerne wiederkommen und mich verhaften. Aber so lange halten Sie sich mit Ihren Äußerungen zurück. Verstanden?« Hals Brustkorb hob und senkte sich aufgeregt, während er die Sauerstoffmaske ein weiteres Mal von seinem Gesicht nahm.

»Wie kannst du es wagen«, zischte Lilly.

»Sobald das Feuer gelöscht ist, schickt *Elberton* einen Brandermittler. Ihr könnt nur hoffen, dass er keine Spuren auf Brandstiftung findet.« Er tippte sich an seinen Hut und machte auf dem Absatz kehrt.

Hal begann erneut zu husten.

Lilly drückte fest die Hand ihres Vaters. »Bitte, Dad. Reg dich nicht auf. Wir beide wissen, dass das nur dummes Gerede ist. Sobald die Mitarbeiter von unserem Investor erfahren, werden auch die Gerüchte verstummen.«

»Liebes, wir können unser Wort nicht halten. Ich würde mich schwer wundern, wenn Nate jetzt noch weiter in unsere Firma investieren würde. Allenfalls kauft er uns auf. Wir hatten kaum mehr eine Chance, auf die Beine zu kommen. Jetzt ist es unmöglich.«

»Nein.« Lillys Lippen zitterten. Tränen brannten in ihren Augen. Was sie nach Peters Anruf bereits geahnt hatte, sprach ihr Vater nun erbarmungslos offen aus. Sie waren am Ende. *Sanders* war endgültig ruiniert.

Sie entwand ihm ihre Hand und ging ein paar Schritte auf das Gebäude zu, das unter Beschuss von zahlreichen Wasserschläuchen stand. Ohne ihr Zutun entwich ihr ein Schluchzen, das sie in die Knie zwang und sie auf hartem Beton aufkommen ließ. Sie verharrte reglos und ließ ihren Tränen freien Lauf. Eine Hand legte sich auf ihre Schulter, doch sie vermochte nicht, sie auch nur ansatzweise zu trösten.

»Wir sollten ein wenig weiter vom Feuer weggehen«, hörte sie die Stimme ihres Bruders fürsorglich sagen.

»Bitte«, flehte sie weinerlich. Sie konnte ihren Blick nicht von den Ruinen ihrer Existenz abwenden. Und wieder überkamen sie Schuldgefühle. Schlimmer als je zuvor. Ihr Vater und ihre Mitarbeiter waren durch den Brand in Gefahr geraten und es stellte sich die Frage, ob sie es hätte verhindern können. Vielleicht nicht an diesem Tag. Aber wenn sie früher schon überlegter gehandelt hätte, vielleicht wäre es dann überhaupt nicht so weit gekommen. »Bitte …«

»Ich bin in deiner Nähe, wenn du mich brauchst.« Er strich ihr liebevoll übers Haar und ließ sie allein.

Sie hatte es nicht verdient, dass man sich um sie sorgte. Schließlich trug sie an diesem ganzen Desaster die Schuld. Hätte sie Richard nur nicht so leicht Glauben geschenkt. Er hatte sie damals völlig um den Finger gewickelt und sie geblendet. Sie würde sich nie verzeihen, dass sie auf seine Masche hereingefallen war.

Ihre Tränen flossen unaufhörlich und das Atmen fiel ihr mit der Zeit immer schwerer. Wie lange sie bereits vor der brennenden Halle kniete, wusste sie nicht. Sie hatte jegliches Zeitgefühl verloren.

Je mehr sie weinte, desto kurzatmiger wurde sie und umso weniger Luft bekam sie. Ihre Brust schmerzte und sie fühlte sich benommen. Sie stützte sich mit ihrer linken Hand am aufgeheizten Boden ab und spürte, dass sie in Kürze das Bewusstsein verlieren würde. Doch sie wollte nicht um Hilfe rufen. Sie wollte leiden. Das hatte sie verdient.

»Verdammt«, hörte sie Nates Stimme durch einen dumpfen Schleier rufen.

Gerade, als ihr Kopf langsam zur Seite glitt, hörte sie seine Stimme erneut. Näher. Direkt an ihrem Ohr.

»Lilly. Lilly, mach keinen Scheiß! Hörst du?«

Ihr Gesicht drehte sich automatisch der Stimme zu, doch der Tränenschleier ließ sie nur Umrisse erkennen. »Nate?«

Sie spürte seine Lippen an ihrer Schläfe und lächelte. In diesem Augenblick wusste sie, mit ihm hätte sie glücklich werden können. Wären sie sich zu einem anderen Zeitpunkt und unter anderen Voraussetzungen begegnet.

Sie spürte, wie er sie hochhob und sie vor der Hitze und den Flammen in Sicherheit brachte.

Dann wurde es schwarz um sie.

Kapitel 11

»Dad, nicht.« Lillys Schrei nach ihrem Vater ließ sie schweiß-
gebadet aus ihrem Albtraum erwachen. Sie hatte geträumt,
dass sie in der Versandhalle stand, als diese plötzlich in Flammen aufging. Das Feuer umzingelte sie. Es hielt sie gefangen
und versperrte ihr den Weg nach draußen. Sie sah ihren Vater
auf der anderen Seite der Feuerwand stehen. Er winkte sie zu
sich, doch sie konnte sich nicht bewegen. Als er sie zu retten
versuchte, bat sie ihn mit letzter Kraft, stehen zu bleiben.

»Lilly«, hörte sie Sues besorgte Stimme.

Lilly sah sich um. Sie lag in ihrem Bett und trug noch immer
das blassblaue Sommerkleid und ihre Keilabsatz-Sandalen, die
sie für ihre Verabredung mit Ryan angezogen hatte.

Sue stand von ihrem Sessel auf, während sich ihre Schwester von der Schreibtischkante abstieß.

»Du hast uns einen ganz schönen Schrecken eingejagt«, tadelte sie Sam.

Lilly richtete sich auf. »Wo ist Dad? Geht es ihm gut?«

Sue setzte sich neben sie aufs Bett und tätschelte ihre Hand.

»Es geht ihm gut. Mach dir keine Sorgen. Er wurde zur

Beobachtung nach *Elberton* ins Krankenhaus gebracht. Vermutlich darf er heute Nachmittag schon wieder nach Hause.«

»Wie geht es dir?«, fragte Sam.

»Und wo ist Peter?«, hakte Lilly aufgeregt nach. »Ist er in die Firma gefahren? Irgendjemand muss doch dort nach dem Rechten sehen. Geht es allen gut? Wurde das Feuer gelöscht? Antwortet mir«, brüllte Lilly, entschuldigte sich aber gleich wieder. »Tut mir leid, dass ich so laut geworden bin. Aber ich muss in die Firma. Ich muss nachsehen, ob alles in Ordnung ist.«

»Beruhige dich erst mal.« Sue stand auf. »Es geht allen gut. Das Feuer wurde gelöscht, und ja, Peter ist in der Firma.«

»Dann muss ich sofort dorthin. Peter kann das unmöglich alles alleine regeln.« Sie stieg aus dem Bett und der Geruch von Rauch biss in ihrer Nase. Ihr schönes Kleid roch nach der schrecklichen Erinnerung an die vergangene Nacht.

Sue schenkte ihr ein aufbauendes Lächeln. »Nate und Ryan sind bei ihm.«

»Nate ist hier?«, entwich es Lilly überrascht. Dann war es also keine Einbildung gewesen? Es war wirklich seine Stimme, die sie gehört hatte, kurz bevor sie in diesen elendigen Schlaf verfiel. Er war tatsächlich hier?

Sam nickte. »Und nicht nur das. Er und Ryan haben sich um alles gekümmert. Nate hat dich nach Hause gebracht und uns abkommandiert, bei dir zu bleiben, bis du aufwachst. Wie du siehst, haben sie alles im Griff und du brauchst dir keine Sorgen machen.«

»Aber ...«, stotterte Lilly. Sie war wirklich überrascht.

»Mach dich in Ruhe fertig. Wir warten unten und fahren dich dann in die Firma.«

Sam und Sue verließen das Zimmer und Lilly blieb allein zurück. Für einen Augenblick schloss sie die Augen und hoffte, es wäre alles nur ein Traum. Doch die Erinnerung an das Flammenmeer holte sie sofort wieder ein. Auf wackeligen Beinen machte sie sich auf den Weg in das angrenzende Badezimmer. Sie zog sich aus und drehte den Hahn in der Dusche auf.

Während das erfrischende Wasser über ihren Körper rieselte, glitt ihr Blick zu dem blauen Kleid, das sie achtlos am Boden hatte liegen lassen. Es war eines ihrer Lieblingskleider gewesen. Doch jetzt konnte sie es nur noch in den Müll werfen. Selbst wenn sich der beißende Geruch nach Rauch entfernen ließe, das Kleid würde sie immer an den Brand erinnern.

Binnen weniger Minuten verließ sie das Badezimmer wieder. Sie roch frisch und nichts an ihr erinnerte mehr an ein verschmortes Grillhähnchen. Eine blaue Stoffhose und eine leichte Sommerbluse waren schnell gefunden, sodass sie sich endlich auf den Weg in die Firma machen konnte.

Sue und Sam warteten bereits auf sie, wobei Sue ihr fürsorglich einen Becher mit dampfendem Kaffee entgegenstreckte.

Dankbar griff sie nach dem Thermobecher. »Danke. Genau das brauche ich jetzt.«

Sam legte ihren Arm um Lillys Schulter und drängte sie aus dem Haus. »Nun komm schon. Wir sollten langsam los.«

»Hört der Grund für deine Eile zufällig auf den Namen Ryan?«, stichelte Lilly.

Sam lachte. »Also ich weiß ja nicht, was dir das Milchbrötchen erzählt hat, aber nein. Der Grund für meine Eile heißt nicht Ryan, sondern Nate.«

Lillys Gesichtszüge entglitten kurz. Hatte sie da etwas nicht mitbekommen? Sam und Nate?

»Du solltest mal dein Gesicht sehen«, Sam lachte. »Keine Sorge. Ich nehm dir deinen Atlanta-Prinzen nicht weg. Er hat angerufen und gefragt, ob du schon wach bist und wie es dir geht.«

»Er ist nicht mein Atlanta-Prinz«, konstatierte sie nachdrücklich und verschränkte die Arme.

»Oh doch«, Sue seufzte. »Das ist er.«

СЯ❖Ю

»Soll ich dir einen Kaffee mitbringen?«

Nate sah zu seinem Bruder, der am provisorisch eingerichteten Verpflegungsstand nach einem Becher griff. Er nickte. Einen Kaffee konnte er jetzt wahrlich gut gebrauchen. Es war kurz nach acht Uhr und weder er noch Ryan hatten bis jetzt geschlafen.

»Möchtest du auch was essen?« Ryan deutete auf einen Stapel Sandwiches.

»Nein, danke. Ich möchte nichts. Nur Kaffee.« Er hatte auf dem letzten, wackligen Campingstuhl Platz genommen und streckte die Beine weit von sich. Es war unglaublich, wie freundlich und hilfsbereit die Bürger aus Heartwell waren. Schon mitten in der Nacht waren die ersten Nachbarn gekommen und hatten Kaffee und Getränke für die Feuerwehrleute und die Helfer gebracht. Gegen fünf Uhr am Morgen baute einer der Mitarbeiter ein kleines Zelt auf. Es folgten unzählige Campingstühle und Tische. Bis Nate schließlich am frühen Morgen eine junge Frau fragte, ob sie so nett wäre und in der Bäckerei für alle Helfer Sandwiches besorgen könnte. Er drückte ihr ausreichend Geld in die Hand und war verblüfft, als sie wenig später mit zwei großen Tüten zurückkam und ihm das gesamte Rückgeld mit dem Kassenbon zurückgab.

Weshalb erschütterten ihn diese Hilfsbereitschaft und diese Ehrlichkeit so sehr? Vermutlich, weil er beidem in seinem Leben schon lange nicht mehr begegnet war. Heartwell war etwas Besonderes. Die Menschen hier waren etwas Besonderes. Und mit der gleichen Loyalität, wie sie ihm begegneten, wollte er ihnen begegnen.

Der Brand hatte das bisherige Konzept für die Firma völlig aus den Angeln gehoben. Die Situation hatte sich schlagartig geändert. Dennoch würde er niemanden im Stich lassen.

Nicht die Mitarbeiter.

Nicht Hal Sanders.

Und schon gar nicht Lilly.

Lilly am Boden zu sehen, brach ihm das Herz. Wie verzweifelt sie ausgesehen hatte. Wie traurig ihr Blick war. Wie schmerzlich sie weinte.

»Hier.« Ryan drückte ihm den Becher in die Hand und sah sich nach einem freien Stuhl um. Doch alle Plätze waren belegt.

»Sie können gerne meinen Platz haben.« Einer der Feuerwehrmänner erhob sich.

Ryan schüttelte den Kopf. »Um Gottes willen. Bleiben Sie sitzen und gönnen Sie sich die Pause.« Er hielt es daraufhin wie zahlreiche andere Helfer und setzte sich im Schneidersitz auf den Boden.

Nate blickte zur Halle, von der nur noch eine Ruine übrig war. Der Brand war zwar gelöscht, aber es bestand weiterhin die Gefahr, dass sich alles wieder entzünden konnte. Mitchel Hunt, der Captain der Feuerwache, hatte ein paar wenige Männer zur Patrouille abkommandiert und den anderen einstweilen eine Pause verschafft. Eine Pause, die sie bitternötig hatten.

»Was glaubst du, wie es zu dem Brand gekommen ist? Denkst du auch, dass es Brandstiftung war?« Ryan sah zu Nate auf.

»Es war ganz sicher Brandstiftung«, mischte sich einer der Feuerwehrmänner ein.

»Ach ja?«, fragte Nate nach. »Wie kommen Sie darauf?«

»Ich war auf der Rückseite des Gebäudes eingeteilt, da fiel mir eine kaputte Scheibe auf. Am Nachmittag waren alle Fenster noch ganz. Sie müssen wissen, dass ich schon seit vielen Jahren für Mr. Sanders arbeite und sich mein Arbeitsplatz in der abgebrannten Versandhalle befindet.«

Der Mann sah bedrückt aus, was wenig verwunderlich war, angesichts der Situation, in der er sich befand: Sein Arbeitsplatz war abgebrannt.

»Interessant.« Nate hatte die ganze Zeit über befürchtet, dass es sich um Brandstiftung handelte. Dass Hal etwas damit zu tun haben könnte, glaubte er hingegen keine Sekunde. Wer also sollte Interesse daran haben, *Sanders* zu schaden? Oder war das alles eher gegen ihn gemünzt? Er hätte sich durchaus vorstellen können, dass die Mitarbeiter so ihren Protest gegen die Übernahme zum Ausdruck bringen wollten. Es wäre nicht das erste Mal, dass er mit Protestaktionen von Mitarbeitern zu tun gehabt hätte. Aber nicht hier. Nicht in Heartwell. Und schon gar nicht in diesem Ausmaß.

Er sah zu den verkohlten Resten der Halle, wo Todd Flemming, der Brandermittler aus *Elberton*, in einem Schutzanzug durch den Schutt stapfte. Es war klar, dass alle Welt von Brandstiftung ausging. Ansonsten hätte Flemming sicherlich darauf gewartet, bis die Ruine zweifelsfrei erkaltet wäre. Peter und Captain Hunt beobachteten den Mann ebenfalls. Hunt hatte die Aufgabe, Peter nicht aus den Augen zu lassen, solange die Ermittlungen andauerten. Anscheinend befürchtete Flemming, jemand könnte wichtiges Beweismaterial verschwinden lassen. Doch ebenso wie für Hal würde Nate sich auch für Peter verbürgen. Er war sich sicher, dass niemand mit dem Namen Sanders hinter dem Feuer stecken konnte.

Nate wollte eben seinen Blick wieder abwenden, da bückte sich Flemming und zog mit einer Zange einen Gegenstand aus der Asche. Jetzt wurde es tatsächlich interessant.

Er stieß Ryan beiläufig an, damit die anderen am Stand nicht mit der Nase auf den Ermittlungserfolg gestoßen wurden. Allein sein Blick ließ Ryan verstehen, dass er ihm folgen sollte.

Als sie Peter und Captain Hunt erreichten, hatte auch Flemming den Weg dorthin gefunden. Er grinste, als hätte er der Schatz der Inkas gehoben, und präsentierte ihnen einen verkohlten Gegenstand.

»Das, meine Herren, ist ein Brandsatz. Erachten Sie die Ermittlungen zur Brandstiftung hiermit als erfolgreich. Allem Anschein nach wurde eines der Fenster zertrümmert und der Brandsatz entzündete die gelagerten Versandkartonagen.«

»Wer macht denn so etwas?« Peter schüttelte schockiert den Kopf. Ihm war seine Fassungslosigkeit deutlich anzumerken.

»Einen *Dummejungenstreich* können wir vermutlich ausschließen«, prognostizierte Captain Hunt und kratzte sich am Kopf.

»Ich muss auf jeden Fall den Sheriff verständigen. Doch zuvor werde ich das Beweisstück sichern. Mr. Sanders, bitte bleiben Sie in unmittelbarer Nähe.«

Sie sahen alle Flemming hinterher, der zum Parkplatz stapfte. Sein Ego ließ es anscheinend nicht zu, sich unauffällig zu bewegen, denn er hielt den Brandsatz absichtlich so, dass ihn jeder sehen konnte. Damit war die Gerüchteküche perfekt.

»Dieser Flemming ist ein Idiot. Verdächtigt er etwa mich, den Brand gelegt zu haben?« Peter stemmte entrüstet seine Hände in die Hüften. »Weder ich noch Dad haben irgendetwas damit zu schaffen.«

»Das wissen wir, Peter. Nimm es dir nicht so zu Herzen. Die Ermittlungen sind noch nicht abgeschlossen. Fest steht nur, dass es Brandstiftung war. Es gibt sicher noch weitere Hinweise, die einen Rückschluss auf den Täter zulassen.« Ryan klopfte Peter aufbauend auf die Schulter.

»Hoffen wir mal, dass Lilly mit der ganzen Sache klarkommt.« Peter deutete zum Parkplatz, wo Sue ihren Wagen abstellte. »Die Firma ist ihr Ein und Alles.«

»Sehen wir lieber zu, dass sie Flemming nicht direkt in die Arme läuft. Ich denke, es ist besser, wenn wir es ihr sagen.« Um seinen Worten mehr Nachdruck zu verleihen, animierte Nate Peter und Ryan, ihm zu folgen.

Als Nate Lilly entdeckte, zuckte er erschrocken zusammen. Sie war ganz blass und sah erschöpft aus. Aber am schlimmsten wog die Traurigkeit, die sie umgab.

Er fluchte leise, denn die drei Frauen steuerten direkt auf Flemming zu. Und so wie es aussah, besaß Todd Flemming keinerlei Feingefühl. Der Brandermittler präsentierte Lilly voller Stolz seinen Fund. Sie blieb wie angewurzelt stehen und starrte den verkohlten Brandsatz an.

»Mr. Flemming«, rief Nate ihm zu. »Wollten Sie nicht das Beweisstück sichern und den Sheriff verständigen?«

»Da Ms. Sanders gerade gekommen ist, dachte ich, dass ich sie über die aktuellen Ermittlungsergebnisse gleich in Kenntnis setzen könnte.« Flemming grinste frech und ging dann weiter zu seinem Transporter.

»Lilly, wie geht es dir?«, fragte Peter seine Schwester besorgt, als sie zu Sam, Sue und Lilly aufschlossen.

»Es geht mir gut, Peter. Mach dir keine Sorgen.«

Lilly lächelte tapfer, doch ihr Lächeln täuschte nicht über ihre Traurigkeit hinweg.

»Konntest du ein wenig schlafen?« Der Arzt hatte ihr zwar in der Nacht ein Beruhigungsmittel verabreicht, dennoch machte sich Nate große Sorgen um sie.

Sie nickte.

»Danke, dass ihr bei ihr geblieben seid«, wandte sich Nate an Sam und Sue.

»Kein Ding«, gab Sam unbekümmert zur Antwort.

»Das ging ja schneller als gedacht«, seufzte Peter und deutete zur Einfahrt, wo der Wagen des Sheriffs gerade einbog. »Das kann ja heiter werden.«

»Wie darf ich das verstehen?«, hakte Nate nach.

»Brian O'Leary ist nicht nur der Sheriff, er ist auch das größte Klatschmaul von Heartwell und dafür bekannt, seine Erzählungen immer ein wenig auszuschmücken. Bekommst du in Heartwell einen Strafzettel, so kannst du dir sicher sein, dass du mindestens auf der Fahndungsliste gestanden hast und eine Verfolgungsjagd stattgefunden hat, um dich zu schnappen.«

Nate seufzte. »Da steht uns wohl noch einiges bevor.«

»Bestimmt.« Lilly schluckte. »Er hat meinem Dad gestern Abend schon Brandstiftung vorgeworfen. Jetzt, mit dem Brandsatz …«

»Ryan, geht bitte zurück zu den anderen. Ich werde allein mit dem Sheriff sprechen.« Nate richtete sich auf und signalisierte, von niemanden einen Widerspruch zu dulden – auch nicht von Lilly.

Diese Rechnung hatte er jedoch ohne sie gemacht. »Ich kann das selbst regeln, Nate. Du musst nicht …«

»Ich weiß, dass du es selbst kannst«, unterbrach er sie. »Ich weiß auch, dass ich das nicht tun muss. Ich will es aber. Also bitte geh mit den anderen mit und lass mich mit ihm sprechen.«

Lilly schien nicht überzeugt, kam aber Nates Bitte still-schweigend nach.

Der Sheriff parkte seinen Wagen direkt neben dem Fahr-zeug von Todd Flemming. Er stieg aus und musterte Nate, der auf ihn zukam.

»Sie müssen Mr. Brooks sein.«

Es war keine Frage von O'Leary, weshalb Nate davon aus-ging, dass sich der Sheriff bereits über ihn informiert hatte.

Nate nickte freundlich. »Sheriff O'Leary, nehme ich an?« Auch seinem uniformierten Gegenüber schien genau bewusst, dass Nate sich seine Rückfrage durchaus hätte sparen können.

»Kommen wir gleich zur Sache, Mr. Brooks. Ich möchte von Ihnen wissen, wie es um die Eigentumsrechte bei *Sanders* be-stellt ist.« Er deutete zu Todd Flemming. »Ich gehe stark davon aus, Mr. Flemming kann den Verdacht auf Brandstiftung nun untermauern.«

Flemming nickte mit einem breiten Grinsen im Gesicht.

»Der Schaden an der Halle ist immens hoch und der Ver-dacht auf Sabotage liegt nahe.« O'Leary tippte seinen Hut an und schob die Krempe ein Stück nach oben. »Sollte sich her-ausstellen, dass Sie und Hal Sanders unter einer Decke stecken und hier ein krummes Ding gedreht haben, werde ich Sie ein-buchten.«

Nate schnaubte wütend. »Diese Unterstellung nehmen Sie am besten gleich zurück, anderenfalls …«

»Anderenfalls was? Drohen Sie mir etwa, Mr. Brooks?«

Nate musterte den Sheriff, der sein Gewicht ungelenk von einem Fuß auf den anderen verlagerte und plötzlich nicht mehr so entspannt wirkte. O'Leary bluffte. Er hatte nichts ge-gen ihn oder Hal in der Hand. Nichts außer haltlosen Verdäch-tigungen. Doch weshalb er so vehement darauf beharrte, einer von ihnen hätte etwas mit dem Brand zu tun, erschloss sich ihm nicht. Nate musste den Sheriff mit seinen eigenen Waffen schlagen und dazu hatte er in den letzten Minuten genug über ihn erfahren.

Er sprach ruhig weiter. »Andernfalls sehe ich mich gezwungen, Sie tatkräftig und im vollen und notwendigen Umfang bei Ihren Ermittlungen zu unterstützen. Hal und ich haben nichts mit dem Brand zu tun, und gemeinsam werden wir das auch beweisen können.«

Nate hatte den Sheriff mit seiner Zusage, ihn bei den Ermittlungen zu unterstützen, völlig überrumpelt.

»Ähm …«

»In Anbetracht des öffentlichen Interesses an meiner Person und Ihrer Verschwiegenheitspflicht sehe ich mich in den besten Händen. Sie dürfen jederzeit auf meine Daten zugreifen. Ich werde sofort in meinem Büro in Atlanta Bescheid geben.« Zufrieden beobachtete Nate, wie der Sheriff schluckte. Anscheinend wurde ihm nun bewusst, mit wem er es zu tun hatte. Würde auch nur eine Silbe über sein Unternehmen, über eine geplante Investition oder seine Vermögenssituation an die Öffentlichkeit dringen, wäre O'Leary für immer erledigt. Und nur zur reinen Genugtuung legte er noch einen drauf. »Ich bin mir sicher, dass auch Hal Ihnen seine volle Unterstützung zuteilwerden lässt. Aber wie gesagt«, Nate presste seinen Zeigefinger auf seine Lippen, »unter dem Siegel der absoluten Verschwiegenheit.«

»Ähm … Natürlich, Mr. Brooks.« O'Leary deutete zu Flemming. »Ich habe ein paar wichtige Dinge mit Mr. Flemming zu bereden. Ich darf Sie bitten, vorläufig die Stadt nicht zu verlassen und zur weiteren Befragung zur Verfügung zu stehen. Wo kann ich Sie antreffen?«

Nate zog eine Visitenkarte aus seiner Geldbörse und gab sie dem Sheriff.

»Rufen Sie mich am besten vorher an. Ich bin mir nicht sicher, wo ich in den nächsten Tagen unterkommen kann.«

Der Sheriff tippte erneut mit dem Finger gegen die Krempe seines Huts und nickte. Dann wandte er sich an Todd Flemming und Nate erkannte durchaus, dass der Enthusiasmus des Gesetzeshüters merklich nachgelassen hatte.

Während er über den Parkplatz zurückging, glitt sein Blick über das Firmengelände. Weshalb hatte jemand einen Brandanschlag auf *Sanders* verübt? Weshalb brannte das Versandzentrum, während das Herzstück des Unternehmens – das Verwaltungsgebäude – verschont blieb? Es erhärtete sich immer mehr der Verdacht, dass jemand großen Schaden hatte anrichten wollen, ohne den Ruin des Unternehmens zu verschulden. Doch weshalb? Was steckte dahinter? Und schlimmer noch, mussten sie sich auf mehr gefasst machen?

Er erreichte seine Freunde, wo eine ungeduldige Lilly bereits auf ihn wartete.

»Was hat er gesagt? Gibt es schon eine Spur oder glaubt er immer noch, dass mein Dad etwas damit zu tun hat?«

Sie sah so zerbrechlich aus, dass Nate sie am liebsten getröstet hätte oder ihr wenigstens gesagt hätte, dass alles gut werden würde.

»Er unterstellt Hal und mir, unter einer Decke zu stecken.«

»Was?« Seine Freunde sahen ihn ungläubig an.

»Der ist doch nicht mehr ganz bei Trost.« Ryan schüttelte den Kopf.

»Keine Angst. Ich glaube, ich konnte seinen Vorwurf entkräften, indem ich ihm unsere Kooperation zugesichert habe. Nachdem ich ihm ohne richterlichen Beschluss den vollen

Zugriff auf das vollständige System von *Brooks Corp.* in Aussicht gestellt habe, ist er eingeknickt.«

»Das kannst du doch nicht machen. Brian kann doch die Klappe nicht halten«, rief Lilly entsetzt.

»Du weißt das. Ich weiß das. Und er weiß es auch. Und genau das ist der Knackpunkt. Er kann es sich nicht erlauben, irgendwelche Firmeninformationen von uns auszuplaudern, sonst wäre er ruiniert. Die Verlockung mag vielleicht groß sein, aber so blöd ist er nicht.«

Sam zog eine Schnute. »Ich würde nicht darauf wetten.«

»Was machen wir jetzt?«, fragte Lilly ungeduldig nach.

»Ryan und ich sollten uns nach einer Unterkunft umsehen.« Nate gähnte. »Ich brauche dringend eine Dusche und ein wenig Schlaf. O'Leary hat uns außerdem angeraten, vorerst in der Stadt zu bleiben.«

Sue neigte nachdenklich den Kopf. »Hm … Babette kümmert sich momentan um Berts Ferienhaus. Ich könnte sie fragen, ob es gerade frei ist.«

»Das wäre großartig, Sue«, bedankte sich Nate, während Sue ihr Handy aus der Gesäßtasche zog und sich für den Anruf ein paar Schritte entfernte.

»Was machen wir, wenn das Ferienhaus belegt ist?«, wollte Ryan wissen. »Gibt es hier noch ein Hotel?«

»Natürlich gibt es hier auch Hotels«, zeigte sich Sam über Ryans Anspielung entrüstet. »Sogar zwei der besten Hotels der ganzen Region. Sie liegen zwar etwas außerhalb und sind ein wenig teuer, aber das solltet ihr zwei verschmerzen können.«

»Dann habt ihr sicherlich auch so etwas wie einen Mietwagenverleih?«, erkundigte sich Ryan. Er zog fragend seine Augenbrauen in die Höhe und ließ keinen Zweifel daran, dass er Sam aufziehen wollte.

Sam stemmte ihre Hände in die Hüften, doch ehe sie ihm antworten konnte, mischte sich Lilly in den zu erwartenden Schlagabtausch ein. »Der nächste Mietwagenverleih ist ein ganzes Stück entfernt. Ihr könnt meinen *Prius* haben, solange ihr in Heartwell seid.«

»Echt jetzt, einen Pri...«

Nate ließ seinen Bruder nicht aussprechen. »Das ist sehr nett. Vielen Dank, Lilly.«

»Ich habe auch gute Neuigkeiten.« Sue kehrte zurück und lächelte. »Babette meinte, ihr könnt das Haus die ganze Woche haben. Es kommen erst am Wochenende wieder Gäste.«

»In Ordnung. Und wie kommen wir jetzt hier weg?« Nate sah sich fragend um.

Peter hob seine Hand. »Ich nehme euch mit. Wir fahren am besten zu uns nach Hause. Dann könnt ihr Lillys Wagen gleich mitnehmen.«

»Moment«, rief Lilly hastig. »Ich wollte doch zu Dad in die Klinik nach *Elberton* fahren. Das habe ich in dem Chaos ganz vergessen.«

»Sobald ich ein paar Minuten geschlafen habe, fahren wir gemeinsam nach *Elberton*. In Ordnung, Schwesterchen?«

Auch Peter hatte die Nacht zugesetzt, was nicht zu übersehen war. Lilly strich ihrem Bruder fürsorglich über den Arm.

»In Ordnung.«

Kapitel 12

Lillys Blick glitt zum Himmel. Die Wolken über ihr hatten sich gefährlich zusammengezogen und der aufkommende Wind war der untrügliche Vorbote für ein Unwetter. Während am frühen Morgen noch brütende Hitze in Heartwell geherrscht hatte und den zahlreichen Helfern bei ihrem Einsatz alles abverlangte, gab es zum Nachmittag hin einen rapiden Temperatursturz.

Sie hielt eine Tasse dampfenden Kaffee in ihren Händen und saß auf den hölzernen Stufen der Veranda, die in den Garten führten. Seit Stunden stellte sie sich nun schon die gleiche Frage. Wer würde ihrer Familie so etwas Schreckliches antun?

Es gab nur eine Person, der sie es zutrauen würde: Richard.

Aber der saß im Gefängnis. Wer also sollte sonst Interesse daran haben, ihnen Schaden zuzufügen? Gab es etwa einen Zusammenhang zwischen dem Brandanschlag und den anonymen Anrufen? Sollte sie sich womöglich jemandem anvertrauen?

Ihr Telefon klingelte. *Unbekannt.*

Sie war unentschlossen. In den letzten beiden Tagen hatte

sie die Anrufe durchweg ignoriert und gehofft, sie würden aufhören. Die Situation hatte sich jedoch geändert. Sie schob den grünen Balken zur Seite und atmete tief durch. Ihre Stimme klang weder vorwurfsvoll, noch war sie laut. Es war nur eine Frage, die sie beantwortet haben wollte.

»Warum haben Sie das getan?«

Es blieb stumm in der Leitung.

»Sie halten sich wohl für schlau und gewitzt. Aber lassen Sie sich gesagt sein, Sie sind ein feiger Mistkerl. Antworten Sie mir endlich!«

»Nun, Liebes, ich konnte fliehen. Ist das nicht wunderbar?«

Vor Schreck wäre Lilly beinahe das Telefon aus der Hand gefallen. Es war tatsächlich Richard!

Ihr Puls begann zu rasen und sie überkam unbändige Wut.

»Du bist ja plötzlich so still. Freust du dich etwa nicht, meine Stimme zu hören?«

»Was willst du elendiger Bastard von uns? Du hast bereits alle unsere Konten leer geräumt, reicht dir das noch nicht? Zu Betrug gesellt sich jetzt auch noch Brandstiftung in deiner Strafakte.« Sie brüllte ins Telefon. »Bei deinem idiotischen Brandanschlag wären beinahe mein Dad und zwei unserer Mitarbeiter umgekommen. Willst du unbedingt, dass Mord auch noch dazukommt?«

»Ich habe nichts mehr zu verlieren.« Er lachte hart auf. »Du schon.«

Lilly riss die Augen auf. Er drohte ihr. Sie wusste mittlerweile, wozu er fähig war, weshalb sie ihm ganz deutlich zu verstehen geben wollte, dass sie keine Angst vor ihm hatte.

»Ich werde mich nicht für die Anzeige entschuldigen. Du hast uns alles genommen und die Existenzen unserer Mitarbeiter aufs Spiel gesetzt. Du hast mich hinterhältig betrogen und ausgenutzt. Und jetzt zündest du auch noch unsere Firma an. Dafür sollst du in der Hölle schmoren.«

»Das tue ich bereits.«

Verwirrt kniff sie die Augenbrauen zusammen. »Wie soll ich das verstehen?«

»Es ist noch nicht zu Ende.«

Tut. Tut. Tut.

Lilly blickte fassungslos auf das Telefon in ihren Händen. Richard hatte aufgelegt. Er hatte ihr gedroht und dann aufgelegt? Was hatte er damit gemeint, als er sagte, er würde bereits in der Hölle schmoren? Die Frage war in Hinblick auf seinen letzten Satz nebensächlich: Es war noch nicht zu Ende! Aber was genau? Ging es ihm nur um Rache? Er hatte doch das ganze Geld, denn die Staatsanwaltschaft hatte es bis zuletzt nicht ausfindig machen können. Noch dazu war es ihm anscheinend tatsächlich gelungen, aus der Untersuchungshaft zu fliehen. Wie sonst wäre er dazu in der Lage gewesen, die Versandhalle anzuzünden?

Doch weshalb hatte er sich nicht einfach ins Ausland abgesetzt? Es hätte ein Leichtes für ihn sein müssen, sich sang- und klanglos abzusetzen. Stattdessen kam er zurück nach Heartwell und drohte ihr, dass der Brand noch nicht das Ende der Geschichte war. Was versprach er sich davon? Richard war nicht dumm – also nicht im eigentlichen Sinne. Er hatte damals ganz genau gewusst, was er tun musste, um unbemerkt die Firmengelder abzuziehen. Dass sein ganzer Schwindel am Ende aufflog, war mehr oder weniger Zufall gewesen.

Lilly hatte mit ihrem Team monatelang an einem Patent für einen biologisch abbaubaren Kunststoffhärter gefeilt.

Sie wollte ihren Vater und auch Richard damit überraschen und hielt das Projekt geheim. Als ihre Idee langsam Form annahm, wandte sie sich an eines ihrer Entwicklungslabors und musste dort erfahren, dass Richard schon Monate zuvor den Kooperationsvertrag gekündigt hatte.

Lilly wurde hellhörig, denn das Unternehmen tauchte trotz der vermeintlichen Kündigung noch regelmäßig in den Zahlläufen der Firma auf. Als sie sich die Unterlagen genauer ansah, entdeckte sie eine Unstimmigkeit in den Bankdaten, denn es war – aus ihr unerfindlichen Gründen – ein neues Konto als Empfänger ausgewählt worden. Sie suchte weiter und fand schließlich heraus, dass sich das Konto irgendwo im Ausland befand und auf eine Briefkastenfirma eingetragen war. War *Sanders* womöglich gehackt worden? Waren noch andere Partner von ihnen betroffen? Und dann fiel ihr wieder ein, dass ihr gesagt worden war, Richard hätte den Vertrag gekündigt. Aus ihrer anfänglichen Vermutung erhärtete sich ein schwerer Verdacht, über den sie zunächst nur ihren Vater in Kenntnis setzte.

»Ich bin zurück. Und sieh nur, wen ich mitgebracht habe!«

Lilly hörte Peter rufen und unterbrach ihre trüben Gedanken. Das Krankenhaus hatte vor etwas über einer Stunde angerufen und ihnen mitgeteilt, dass ihr Vater wieder nach Hause durfte. Woraufhin Peter losgefahren war, um ihn abzuholen, während Lilly zu Hause blieb, um ihm seine Leibspeise zu kochen. *Jambalaya.*

»Rieche ich hier etwa *Jambalaya?*«

Sie lächelte, als sie die schwache Stimme ihres Vaters hörte. Ihm ging es den Umständen entsprechend gut und das war am wichtigsten. Sobald er sich an dem köstlichen Reiseintopf gestärkt hatte, blieb ihr noch genügend Zeit, ihm zu erzählen, dass Richard den Brand verursacht hatte. Sie schluckte ihren Kummer vorläufig hinunter, stellte die Tasse achtlos auf den Boden und ging ins Haus.

»Hallo Dad«, rief sie gespielt fröhlich. Doch es war nicht ihr Vater, der unter dem Türbogen erschien. »Nate?«, fragte sie erstaunt. »Was machst du denn hier?«

»Hal hat von unterwegs angerufen und uns zum Essen eingeladen.«

»Peter erzählte mir, dass du *Jambalaya* für mich kochst, und ich weiß doch, dass du immer viel zu viel machst. Deshalb dachte ich, zwei Esser mehr könnten nicht schaden.« Hal breitete seine Arme weit aus und steuerte auf Lilly zu.

Mit einem tiefen Seufzer ließ sich Lilly in die Arme ihres Vaters fallen. Ob sie es wollte oder nicht, sie konnte nicht länger tapfer sein. Tränen schossen in ihre Augen, denn um ein Haar hätte sie ihn verloren.

»Beruhige dich, Kleines. Mir geht es doch gut.« Hal strich zärtlich über ihre wilde Lockenpracht und zog sie noch enger in seine Arme.

»Dad. Bitte mach … Du kannst doch nicht einfach …«

Hal wich zurück und sah sie ernst an. Seine Stimme war ganz weich. »Was hättest du an meiner Stelle getan, Lilly?«

Sie schluchzte. »Ich hätte das Gleiche getan.«

»Ich habe befürchtet, dass sie das sagt«, mischte sich Ryan ein und schenkte Lilly ein aufmunterndes Lächeln.

»Lasst uns einfach dankbar sein. Es hätte viel mehr passieren können. Hal und die beiden Mitarbeiter werden sich wieder erholen.« Nate legte Hal eine Hand auf die Schulter. »Und der materielle Schaden lässt sich auch beheben.«

Lilly sah zu Nate auf. Seine Augen strahlten absolute Zuversicht aus. Damit gab er ihnen bedingungslosen Rückhalt. Sein erschreckend vertrautes Verhalten erschütterte Lillys kleine Welt und berührte direkt ihr Herz.

Hal deutete zum gedeckten Tisch. »Können wir essen? Ich

habe ziemlich großen Hunger. Das Krankenhausessen ist aber auch ein Graus.«

»Ich hole schnell zwei Teller.« Lilly küsste ihren Vater auf die Wange und ging in die angrenzende Küche, während Hal alle bat, am Tisch Platz zu nehmen.

»Kann ich dir etwas helfen?« Nate war ihr gefolgt und sah sich in der ländlichen Küche um.

»Nein. Setz dich ruhig schon an den Tisch.« Sie öffnete einen Küchenschrank und griff nach zwei Tellern. Dann zog sie eine Schublade auf und nahm das Besteck heraus.

Nate streckte auffordernd seine Hände aus. »Jetzt bin ich schon hier.«

»In Ordnung.« Sie wollte ihm die Gedecke reichen, als im gleichen Augenblick ihr Handy zu klingeln begann und sie vor Schreck das Geschirr fallen ließ. Das Besteck klirrte auf dem Fliesenboden, während die beiden Teller in unzählige Teile zersprangen.

Erschrocken und mit kreidebleichem Gesicht sah Lilly Nate an.

»Nichts passiert«, rief Nate und winkte zum Essbereich, um Entwarnung zu geben. Dann galt sein besorgter Blick Lilly. »Halb so schlimm. Ich kümmere mich darum.« Er deutete auf das Handy in Lillys Gesäßtasche. »Willst du nicht rangehen?«

Lilly spürte, wie sie langsam die Kraft verließ, und krallte sich an der Arbeitsplatte fest. Sie brauchte nicht auf das Display schauen. Es war sicherlich wieder ein anonymer Anruf von Richard, der sein perfides Spiel weitertreiben würde.

�~ ❖ ~

»Schon gut, ich halte dich.« Nate schlang geistesgegenwärtig einen Arm um Lilly und stützte sie. Hätte er noch einen Augenblick länger gezögert, wäre sie womöglich vor seinen Augen zusammengebrochen. Er presste ihren kraftlosen Körper an seinen und blieb so stehen, dass weder Hal noch Peter oder Ryan sehen konnten, wie schlecht es Lilly ging.

»Atme tief ein«, flüsterte er ihr ans Ohr und zog mit seiner freien Hand ihr Handy aus der Tasche, weil ihn das aufdringliche Klingeln schlichtweg nervte. Er schaute vorsichtshalber auf das Display, um nicht ein wichtiges Telefonat wegzudrücken, doch es wurde nur *Unbekannt* angezeigt. Er drückte den Anrufer weg und ließ das Smartphone achtlos auf die Arbeitsplatte gleiten.

»Willst du dich setzen?«, fragte er sie besorgt, wenngleich er die Situation genossen hätte, wäre es unter anderen Umständen dazu gekommen.

Sie schüttelte den Kopf. »Ich brauche nur noch einen Augenblick. Es ist einfach ein bisschen viel gewesen in letzter Zeit.«

Sie klang so unendlich traurig, dass Nate sich dazu verleiten ließ, ihr zärtlich ein paar Locken hinters Ohr zu streichen.

»Nimm dir so viel Zeit, wie du brauchst.«

Sie berappelte sich und presste ihre Hände gegen seine Oberarme. »Nein, wirklich. Es geht schon wieder.«

»Lilly, ich mache mir Sorgen um dich.«

»Das brauchst du nicht«, antwortete sie ihm und vermied weiterhin jeden Blickkontakt. »Aber vielleicht wäre es doch besser, du würdest den großen Topf zum Tisch tragen. Ich habe schon genug Chaos hier angerichtet.«

Ohne ihr die Möglichkeit zum Widerspruch zu geben, griff Nate an Lillys Taille und hob sie auf die Arbeitsplatte.

»Das werde ich tun und du bleibst solange hier sitzen.«

Er befürchtete bereits ihre Einwände, doch zu seinem Erstaunen hatte sie nichts entgegenzusetzen. Das ließ ihn noch misstrauischer werden. Irgendetwas lief hier gerade vor seiner Nase ab und er wusste nicht was. Was wollte Lilly vor ihm verheimlichen?

Er nahm den Topf vom Herd und trug ihn zum Tisch. Dann entschuldigte er sich und Lilly damit, das Chaos in der Küche zuerst beseitigen zu wollen. »Ihr braucht nicht extra auf uns zu warten. Fangt an, solange es noch warm ist.«

Bei seiner Rückkehr in die Küche kniete Lilly auf dem Boden und sammelte Porzellanscherben auf.

»Weshalb kannst du nicht gehorchen?« Er lächelte sanft. Vorwürfe waren das Letzte, was Lilly jetzt gebrauchen konnte.

»Wenn ich Scherben verursache, ist es auch meine Pflicht, hinterher wieder aufzuräumen.«

Nate wusste, dass sehr viel mehr Bedeutung in ihren Worten mitschwang als das schlechte Gewissen, ein paar alte Teller zerbrochen zu haben. »Willst du mir nicht sagen, was mit dir los ist? Nur dann kann ich dir helfen?«

Sie antwortete nicht.

»Lilly.«

Er erschrak, als er ein leises Schluchzen hörte. Besorgt hob er ihr Kinn an. In ihren Augen schimmerten Tränen der Verzweiflung.

»Lilly, du bist nicht allein. Wir sind alle für dich da.« Er strich über ihre Wange. »Ich bin für dich da. Sag mir bitte endlich, was los ist.«

»Es war Richard«, schluchzte sie.

»Dein Ex?« Nate war überrascht. Weshalb vermutete Lilly ihren ehemaligen Verlobten hinter dem Anschlag? »Ich dachte, der sitzt im Knast.«

Sie schluckte hart. »Er ist geflohen.«

»Er konnte fliehen? Aber woher weißt du ...« Nates Blick

glitt zu Lillys Handy. »Er hat dich angerufen?«

Lilly nickte.

»Was hat er gesagt? Hat er dich etwa bedroht?«, entfuhr es Nate so aufgebracht, dass sich die Köpfe vom Tisch ihnen zuwandten.

»Wer hat dich bedroht?«, fragte Hal sofort nach. »Lilly.«

»Dad, ich …«

Lillys Handy begann lautlos zu vibrieren. Nate und sie schauten gleichzeitig auf das Display. Der Name Westing war abgebildet und Nate, der bereits nach dem Telefon griff, wurde von Lilly aufgehalten. »Es ist unser Anwalt«, erklärte sie.

»Mr. Westing«, meldete sie sich und Nate konnte hören, wie sofort am anderen Ende der Leitung gesprochen wurde. Lilly hörte aufmerksam zu, ehe sich ihr die Gelegenheit bot, selbst zu sprechen.

»Das heißt also, er ist gestern Nachmittag entkommen? Aber weshalb wurden wir nicht sofort verständigt?«

Nate beobachtete Lilly, wie sie auf die Antwort reagierte und zusehends ungehaltener wurde.

»Nein, Mr. Westing, Sie verstehen wohl nicht. Richard Benning ruft mich schon seit Wochen anonym an. Er hat uns alles genommen. Und jetzt zündet er auch noch eine unserer Hallen an, wobei um ein Haar zwei unserer Mitarbeiter ums Leben gekommen wären.«

Nate sah zum Tisch, wo sich plötzlich alle erhoben, um sich zu ihnen in die Küche zu gesellen.

Lilly wurde von Sekunde zu Sekunde wütender. Sie strich sich die Haare aus dem Gesicht und ging aufgebracht in der Küche auf und ab.

»Mr. Westing, er hat mich bereits angerufen und den Brandanschlag gestanden. Außerdem hat er uns bedroht. Sehen Sie zu, dass der Mistkerl so schnell wie möglich wieder hinter Gitter wandert, ehe noch mehr passiert. Und sorgen Sie dafür, dass ihm das Telefon abgenommen wird.«

Hal schüttelte überfordert den Kopf.

»Ich hatte ja keine Ahnung.«

»Wir alle nicht«, ergänzte Nate und ließ Lilly keine Sekunde aus den Augen. Es war nur ein kurzer Augenblick der Schwäche, der sie zuvor in Nates Arme geführt hatte. Jetzt kämpfte sie wie eine Löwenmutter für ihr Junges, wie eine Unternehmerin für ihren Betrieb. Wie eine Tochter und Schwester für ihre Familie.

»… mit Sheriff O'Leary besprechen. Ja … Ja … Auf keinen Fall. Sorgen Sie dafür, dass der Verdacht gegen meinen Vater und Mr. Brooks umgehend fallen gelassen wird … Ja … Nein … Danke, Mr. Westing.« Lilly beendete das Gespräch, woraufhin ihr Dad auf sie zustürmte.

»Liebes, ist das wahr? Richard konnte wirklich fliehen? Und er hat dich bedroht?«

»Ja, Dad. Und er ist auch für den Brandanschlag verantwortlich.« Lilly lehnte sich erschöpft gegen die Arbeitsplatte der Küche.

»Dann bist du hier nicht mehr sicher.« Nates Worte klangen gefasst, doch ihm war speiübel bei dem Gedanken, jemand könnte Lilly etwas antun. »Am besten bringen wir dich weg von hier.«

Lilly schnaubte. »Niemals. Keine zehn Pferde bekommen mich jetzt noch von Heartwell weg.«

»Aber Liebes, Nate hat recht. Richard schreckte nicht einmal vor einem Brandanschlag zurück. Was kommt als Nächstes? Solange er auf freiem Fuß ist, bist du hier nicht sicher.«

»Ich stimme deinem Vater zu.«

Nates Körper hatte sich angespannt. Was, wenn Lilly ihrem Wunsch nicht nachkommen würde?

»Ich werde nicht vor ihm davonrennen wie ein feiges Hühnchen. Soll er doch kommen!«

Kapitel 13

Das Wetter über Heartwell erinnerte Lilly seit Tagen an ihre eigene Stimmung: düster und tränenreich. Zum Wochenbeginn tobte ein furchtbarer Sturm in ganz Georgia und hinterließ zahlreiche Schäden und Chaos. Auch *Sanders* blieb nicht verschont vom launischen Wetter. Nach dem Brand am Wochenende hatte der Wind zu allem Überfluss noch eine weitere Halle beschädigt. Der Schaden war zwar nicht sonderlich groß und konnte vorläufig provisorisch repariert werden, ärgerlich war er dennoch.

Es war schon spät an diesem Donnerstagabend, doch Lilly ließ sich durch nichts davon abbringen, weiter zu arbeiten. Gemeinsam mit ihrem Vater, Nate und Ryan hatten sie es innerhalb von zwei Tagen geschafft, das Versandzentrum zu verlegen. Hierfür hatte Nate extra ein riesengroßes Zelt gemietet, das seitdem von Sicherheitspersonal bewacht wurde.

Generell wurde das ganze Firmengelände von Sicherheitsbediensteten abgeschirmt. Und nicht nur das. Nate hatte darauf bestanden, ihr Steve als ständigen Begleiter an die Seite zu stellen. Auch ihr Vater, Peter und Ryan waren von seinem

Vorschlag überzeugt. Sie wurde nicht einmal gefragt. Der wortkarge Hüne folgte ihr überall hin. Da Steve es aber verstand, sich ausgezeichnet im Hintergrund zu halten, fiel ihr oftmals nicht einmal auf, dass er ihr wie ein Schatten folgte.

Von Richard hatte sie nach ihrem unsäglichen Telefonat nichts mehr gehört, was sie mehr beunruhigte, als sie sich einzugestehen bereit war. Überhaupt war der Kerl am Telefon ein ganz anderer als der, in dessen Antrag sie einst eingewilligt hatte. Was war nur mit ihm passiert? War es von Anfang an Berechnung von Richard gewesen, sie so zu hintergehen? War er seit Beginn ihrer Beziehung nur auf das Firmenvermögen aus gewesen? Ihre Familie war kaum als wohlhabend zu bezeichnen, denn Hal reinvestierte die Gewinne wieder direkt in die Firma. Weder ihr Vater noch sie nahmen sich finanziell mehr heraus, als sie den anderen Mitarbeitern des Unternehmens zugestanden. Sie bezogen lediglich ein solides Gehalt und davon bestritten sie ihren Lebensunterhalt.

Es konnte also nur das Unternehmen sein, auf das es Richard abgesehen hatte. Welches Ziel er nun verfolgte, erschloss sich Lilly jedoch nicht. Er konnte doch unmöglich davon ausgehen, noch mehr Geld aus der Firma zu ziehen. Es war schließlich nichts mehr da. Genau deshalb war ja *Brooks Corp.* ins Spiel gekommen.

Ihr Telefon klingelte und sie zuckte erschrocken zusammen. Wie so oft in den letzten Tagen ließen sie Anrufe auf ihrem Handy nervös werden. Erst wenn sie den Anrufer auf dem Display erkennen konnte, entspannte sie sich wieder. Mit einer weiteren Ausnahme: Nate.

Bei ihren Gesprächen war sie jedoch alles andere als entspannt, wenngleich ihre Anspannung sich geradezu inflationär ihrem Hormonhaushalt gegenüber auswirkte. Sie schämte sich schon beinahe dafür, wie ihr Körper auf seine Gegenwart oder auf seine Stimme reagierte.

Er hatte sich in den letzten Tagen um alles gekümmert und ihrem Vater und ihr immer wieder versichert, dass sie das Drama gemeinsam meistern würden, um anschließend die Erfolgsgeschichte von *Sanders* fortzuschreiben. Und es gab keinen einzigen Augenblick, in dem Lilly an seinen Worten gezweifelt hatte. Nate war großmütig, geduldig und ... und so unglaublich attraktiv.

Lilly schüttelte den Kopf, als ob sich dadurch ihre Gedanken und Sehnsüchte nach Nate abschütteln ließen. Sie waren Geschäftspartner. Alles andere sollte tabu sein. Es würde viel zu viel verkomplizieren. Und die Rettung der Firma war weitaus wichtiger als ihre Libido.

Ihr Finger berührte den grünen Button auf dem Display des Handys und ihr Herz pochte aufgeregt. »Nate?« Sie hörte nur ein Knacken und etwas, das sich wie ein schmerzvolles Stöhnen anhörte. »Nate, ist alles in Ordnung?«

»Unser Deal ist geplatzt, Lilly.«

»W... Was?« Lilly sackte in sich zusammen. Hatte sie gerade richtig gehört? Nate rief an und ließ ihren Deal platzen? »Was soll das heißen?«

»Das heißt, dass ich Mehrheitseigner von *Sanders* bin und mit sofortiger Wirkung die Geschäftsleitung übernehmen werde. Die Berechtigungen von dir und deinem Vater erlöschen augenblicklich. Ihr seid handlungsunfähig und hiermit gekündigt.«

»Aber ...« Lilly stand unter Schock. Was tat Nate da gerade? War er noch bei Sinnen? Vor ein paar Stunden hatte er doch noch ganz andere Pläne gehabt. Sie wollten gemeinsam das Unternehmen retten. »Das kannst du doch nicht tun«, wisperte sie.

»Das habe ich bereits. Räum deinen Schreibtisch. Steve wird ab sofort deinen Platz einnehmen. Ryan findet diese Lösung auch am vernünftigsten.«

»Steve?«, ihre Stimme überschlug sich. Steve war vielleicht ein hervorragender Leiter der Sicherheitsabteilung bei *Brooks Corp.,* aber von ihrem Job hatte er keine Ahnung. »Willst du mich verarschen? Ich …«

»Das geht dich nichts mehr an. Steve ist der beste Mann für den Job. Er ist wortgewandt, loyal und er wird deine Aufgaben besser ausführen, als du es je gemacht hast. Ich gebe dir zwei Stunden Zeit, mir alle deine Passwörter und System-Zugänge zu senden.«

»Andernfalls?«

»Es wird kein Andernfalls geben.«

Lillys Herz pochte so aufgeregt, dass sie ihre eigene Stimme über das Dröhnen in ihren Ohren kaum mehr verstehen konnte. »Fahr zur Hölle, Nate, und verrotte dort. Du mieser, hinterhältiger …«

Tut. Tut. Tut.

Der Mistkerl hatte aufgelegt. Lilly schäumte vor Wut. Er hatte ihr in den letzten Tagen also nur etwas vorgemacht! Die Firma war ihm völlig egal. Er wollte sich nur die Patente sichern und sie vermutlich an den Meistbietenden verscherbeln. Und dann wollte er auch noch Steve ihren Job geben?

Dieser elendige … Moment.

CB✤EO

»Zufrieden?« Nate leckte mit der Zunge über die blutige Schramme an seiner Lippe und musterte den Kerl vor sich. Er hatte Big Mitch sofort wiedererkannt. Weshalb die Rockergang ihm und Ryan aufgelauert hatte, konnte er sich nach der Schlägerei im *Junction* denken. Doch warum sie von ihnen verschleppt wurden, war ihm nicht klar. Schon gar nicht, aus welchem Grund er gezwungen wurde, diesen dämlichen Anruf bei Lilly zu tätigen. Hätten nicht zwei stämmige *Pistols* unaufhörlich auf Ryan eingeschlagen, wären ihm die Worte Lilly gegenüber nie über die Lippen gekommen. Allem Anschein nach hatte die Gang ihr eigenes Interesse an *Sanders*.

»Das wird sich zeigen«, zischte Big Mitch.

»Wie geht es meinem Bruder? Darf ich zu ihm?« Nate war ernstlich besorgt um Ryan. Er hatte ein paar ziemlich fiese Hiebe einstecken müssen. Sein Gesicht war blutüberströmt und er hatte sich vor Schmerzen gekrümmt, als Nate ihn das letzte Mal gesehen hatte.

»Dein Bruder ist im Land der Träume. Du verpasst also nichts, wenn du hier auf ihn wartest.«

Nate bäumte sich auf und spürte, wie das harte Plastik der Fesseln in seine Haut schnitt. »Was habt ihr Drecksäcke mit ihm gemacht?«, brüllte er.

Big Mitchs Hand schnellte in die Höhe und klatschte ebenso rasant auf Nates Wange. Der Schlag war so stark, dass der Stuhl unter ihm ins Wanken geriet.

»Das genügt«, hörte Nate eine Stimme am anderen Ende des Raumes sagen. Sein Blick war getrübt, denn die unzähligen Schläge hatten ihm ein beeindruckendes Veilchen beschert, das sein Auge zuschwellen ließ.

»Wer sind Sie und was wollen Sie von mir?«, richtete Nate seine Frage an den Mann.

»Wer ich bin, tut nichts zur Sache. Was ich will, ist einfach: mein Geld. Und das bis auf den letzten Penny.«

Nates Gedanken überschlugen sich. Der Kerl wollte sein

Geld? Hatte Hal womöglich Schulden? Oder vielleicht Peter? Oder wollten die Sanders das Unheil des Unternehmens abwenden und hatten sich Geld von diesem Kerl geliehen? Was stimmte hier bloß nicht? Zuerst Lillys irrer Verlobter und jetzt eine Rockergang?

»Sie wollen Geld?«

»Ich will *mein* Geld. Natürlich nebst Zinsen.«

»Wie viel Geld schulden Ihnen die Sanders?«, wollte Nate wissen. Vielleicht gab es ja die Möglichkeit, dieser ganzen Geschichte früher ein Ende zu setzen.

»Keinen Cent.«

Hatte Nate ein paar Schläge zu viel einstecken müssen? Hatte der Kerl gerade gesagt, dass die Sanders ihm überhaupt nichts schuldeten? Weshalb forderte er dann das Geld bei ihnen ein?

»Keinen Cent? Aber weshalb …«, und dann dämmerte es ihm langsam. »Richard Benning hat Schulden bei Ihnen, nicht wahr?«

»Sie sind ein kluges Kerlchen, Mr. Brooks.«

Verdammt. Nate fluchte innerlich. Der Kerl kannte seinen Namen und wusste somit vermutlich auch, wen er da vor sich hatte.

»Verraten Sie mir auch, weshalb Mr. Benning Schulden bei Ihnen hat?«

»Das geht dich einen Scheiß an«, brüllte eine zornige Stimme unweit neben ihm.

Nate sah den Mann nicht. Er war sich dennoch sicher, zu wissen, wer dort stand. »Mr. Benning, nehme ich an?«

»Pah«, stieß die Gestalt hervor und durchquerte daraufhin die alte Lagerhalle, in der Nate und auch Ryan gefangen gehalten wurden. Der Kerl trug Jeans, einen grauen Hoodie und hatte eine Baseballmütze tief ins Gesicht gezogen.

Ihm war anzumerken, dass er partout nicht erkannt werden wollte, und zog mit seinem Auftreten nur noch mehr Aufmerksamkeit auf sich.

»Mr. Benning möchte gerne eine Transaktion beenden, die er vor geraumer Zeit begonnen hat, und dazu …«

»Und dazu benötigt er die Zugangsdaten von Ms. Sanders«, beendete Nate den Satz. »Ich verstehe. Sie wollen also nur die Zugänge?« Wenn der Kerl tatsächlich wusste, wer er war, konnte das unmöglich alles sein, was er wollte.

»Wenn dabei noch ein kleiner Bonus für mich herausspringt, würde ich nicht Nein sagen«, er lachte.

»Dann befreien Sie mich von den Fesseln und wir beide verhandeln den Deal neu. Was halten Sie davon?«

Endlich trat der Mann näher.

CB✧EO

»Steve«, brüllte Lilly und rannte aufgelöst auf den muskelbepackten Sicherheitschef von *Brooks Corp.* zu.

Steve hatte seine Arme vor der Brust verschränkt und unweit von Lillys Büro Stellung bezogen. Als er hörte, wie sie seinen Namen rief, kam er ihr sofort entgegen.

»Steve, wo ist Nate? Hast du heute schon mit ihm gesprochen? Oder mit Ryan?«

Lillys Herz pochte aufgeregt in ihrer Brust und ihr ungutes Gefühl nahm von Sekunde zu Sekunde zu.

»Beruhige dich erst einmal, Lilly.« Steve hielt Lilly an den Oberarmen fest und beugte sich zu ihr. »Und dann erzähl mir, was passiert ist.«

Lilly sah ihn mit großen Augen an. Steve hatte eine unglaublich beruhigende und sonore Stimme. Zu schade, dass er sich stets so wortkarg zeigte.

»Nate rief mich gerade an. Er hat den Kooperationsvertrag gekündigt und mich entlassen.«

Steve kniff skeptisch die Augenbrauen zusammen. Er sagte nichts, was Lilly schon beinahe wieder zum Lächeln brachte, wäre die Situation nicht zu ernst.

»Er sagte mir, dass du meinen Platz einnehmen wirst und Ryan diese Entscheidung unterstützen würde.« Lilly konnte förmlich spüren, wie es in Steve zu arbeiten begann. Er ließ augenblicklich von ihr ab.

»Wann hat er angerufen?«

»Eben erst«, stammelte Lilly aufgewühlt und spürte an seiner Haltung, dass sich ihre Vermutung bestätigte. Es musste etwas passiert sein.

Er zog sein Smartphone aus der Innentasche seines Jacketts und begann, wild darauf herumzutippen.

»Sag mir bitte, was los ist, Steve. Ist Nate etwas passiert?« Als er nicht antwortete, wurde ihre Stimme schriller und drängender. »Steve …«

Er blickte von seinem Handy auf und sah Lilly ernst an. »Was hat Nate sonst noch zu dir gesagt?«

»Er wollte binnen zweier Stunden alle meine Zugangsdaten.«

»Wir gehen jetzt in dein Büro und rufen Joy an. Sie soll sich auf deinen Arbeitsplatz schalten und ihr geht alle Zugänge gemeinsam durch.«

»Steve«, flüsterte sie ängstlich. »Wo ist Nate?«

»Sein Handy ist ausgeschaltet. Ebenso das von Ryan.«

Lilly schluchzte.

»Joy kann es uns in ein paar Minuten sagen. Wir haben einen zusätzlichen GPS-Chip eingebaut, für den Fall, dass …«

»Für den Fall, dass was?« Lilly befürchtete bereits das Schlimmste.

»Für den Fall, dass es jemand auf Nate abgesehen hat.«

»Oh mein Gott. Denkst du, jemand will ihm etwas antun?« Sie fuhr auf. Wenn es um all ihre Passwörter und die System-Zugänge ging, konnte eigentlich nur Richard Interesse daran haben. Da er bereits das ganze Geld abgezogen hatte, stellte sich ihr die Frage, ob es irgendwo noch mehr Beweise gegen ihn gab, die er verschwinden lassen musste. »Glaubst du, es ist Richard?«

»Es würde Sinn ergeben. Aber nach allem, was ich von Richard Benning weiß, könnte er es körperlich nie mit Nate oder Ryan aufnehmen.«

Lilly sackte in sich zusammen. Wenn Richard sie in seiner Gewalt hatte, konnte das nur bedeuten, dass die beiden nicht mehr in der Lage waren, sich zur Wehr zu setzen.

Steve stützte Lillys Arm.

»Du musst jetzt einen kühlen Kopf behalten. Hörst du?«

Sie nickte stumm und atmete tief ein.

»Dann sollten wir jetzt Joy anrufen.«

Ein paar Minuten später saß Lilly vor ihrem Arbeitsplatz und beobachtete die Bewegungen ihres Cursors, den Joy mittels technischer Hilfe von Atlanta aus bewegte. Joy war zudem per Telefon zugeschaltet und sie konnte dem wirren Gemurmel ihrer Freundin lauschen. Die Computerexpertin klickte dabei so schnell hin und her, dass Lilly ihr teilweise nicht mehr folgen konnte.

»Steve, kann ich auch irgendetwas tun?«

Steve, der soeben ein weiteres Telefonat beendet hatte, sah sie an und schüttelte den Kopf.

»Ich könnte zum Haus am See fahren. Vielleicht …«

»Du wirst dieses Gebäude nicht verlassen, Lilly. Hörst du?«

»Steve hat recht«, mischte sich Joy ein. »Dein verrückter Ex läuft noch irgendwo da draußen frei herum. Es ist viel zu gefährlich.«

Sie ließ den Kopf sinken. Tränen brannten in ihren Augen. Was hatte sie ihnen da nur eingebrockt.

»Ich hab sie«, rief Joy ins Telefon. »Ich schicke dir die Anschrift auf dein Handy, Steve.«

Im selben Augenblick ertönte auch schon ein Signalton und Steve starrte auf das Display.

»Wo sind sie?«, fragte Lilly aufgeregt und stand von ihrem Stuhl auf. »Steve, bitte. Sag mir, wo die beiden sind.«

Wieder einmal schüttelte der große Mann in seinem Anzug nur den Kopf. Er beachtete Lilly nicht weiter, sondern wählte eine Nummer aus seinen Kontakten. In einem beiläufigen Tonfall ließ er das andere Ende der Leitung wissen: »Es geht los.«

Lilly lief bei den Worten ein kalter Schauer über den Rücken.

»Lilly, bitte bleib hier und hilf Joy. Es muss einen Grund geben, weshalb Nate nach deinen Zugängen gefragt hat.«

»Wo gehst du hin?«

Es irritierte sie, dass Steve plötzlich ein schiefes Lächeln im Gesicht trug.

»Das werde ich dir nicht sagen. Aber ich werde nicht allein zurückkommen.« Das war das Einzige, was er sagte, ehe er das Büro im Stechschritt verließ.

»Mach dir keine Sorgen«, hörte sie Joys Stimme durch den Lautsprecher des Telefons. »Was Steve verspricht, das hält er auch.«

Lilly hoffte nicht nur, dass Joys Prophezeiung und Steves Versprechen in Erfüllung gingen. Sie wusste nicht, was sie tun würde, wenn Nate und Ryan etwas passierte. Dabei war es weniger die Schuldfrage, die sie quälte – sie wusste, dass sie Schuld an der ganzen Situation trug –, sondern die Angst, die beiden zu verlieren. Sie hatte Ryan bereits fest in ihr Herz geschlossen. Und Nate?

Nate. Sie schluchzte leise. Würde ihm etwas zustoßen, dann …

»Lilly, bist du noch da?«

Hastig wischte sie sich die Tränen aus den Augenwinkeln.
»Ja, natürlich. Ich bin da. Sag mir, wie ich dir helfen kann.«

ᘓ❖ᕫ

»Ryan?« Nate stürzte zu seinem Bruder, der benommen auf dem Boden lag. Hinter ihm fiel die Tür lautstark ins Schloss und ein Schlüssel wurde umgedreht. Sie waren eingesperrt und nur eine flackernde Neonröhre sorgte für Licht.

»Wie geht es dir? Kannst du dich bewegen?«

Ryan krümmte sich und sah zu seinem Bruder auf.

Nate stockte der Atem. Die Kerle hatten Ryan ziemlich zugerichtet. Sein Gesicht war geschwollen. Seine Augen blutunterlaufen und er hatte aus dem Kampf nicht nur eine Platzwunde davongetragen.

»Scheiße, Kleiner, die haben dich ganz schön in die Mangel genommen.«

Ryan krümmte sich und begann zu stöhnen. Er lachte, wobei sein Lachen den Schmerz nicht übertönen konnte.

»Aber ich habe überlebt.«

»Darüber macht man keine Witze«, tadelte ihn Nate und setzte sich neben ihn. »Ich hatte wirklich Angst um dich.«

»Was wollen die Kerle?«

»Was werden sie schon wollen. Geld natürlich.«

»Aber ich habe doch gehört, wie sie von *Sanders* sprachen? Da lässt sich viel holen, aber kein Geld.« Ryan richtete sich mithilfe von Nate auf. »Ich dachte, diese Rockergangs sind eher auf Drogen scharf und nicht auf Kunststoff. Mal ganz ehrlich, Nate: In was sind wir hier eigentlich hineingeraten? Das kann doch alles kein Zufall mehr sein.«

»Das ist es auch nicht.«

»Ach nein?« Ryan neigte den Kopf und wischte sich das Blut an seiner Lippe am Stoff seines Hemdes ab.

»Nein. Lillys Ex hat wohl noch Spiel- und Wettschulden bei unseren Freunden. Er hat das Geld auf einem Konto zwischengeparkt und braucht für die Transaktion jetzt Lillys Zugang, da seine Zugänge alle gesperrt wurden.«

»Von wie viel Geld sprechen wir?«, wollte Ryan wissen.

»Eine Million.«

»Was? Ist der Kerl eigentlich noch ganz bei Trost? Eine Million Dollar?« Ryan sah seinen Bruder entrüstet an. »Dieser Drecksack hat *Sanders* wirklich im ganz großen Stil betrogen. Wissen sie, wer du bist?«

Nate nickte.

»Wie sieht unser Plan aus?«

»Ich habe mit einem der Kerle verhandelt und ihm weitere zwei Millionen geboten, wenn er uns sofort freilässt.«

»Du hast was? Du kannst doch nicht zwei Millionen Dollar für unsere Freilassung bieten. Die werden auf alle Fälle mehr fordern, jetzt, da sie wissen, dass du über die nötigen finanziellen Mittel verfügst.«

Nate schmunzelte. »Daran habe ich natürlich gedacht. Ich habe dem Kerl erzählt, dass der Betrag die oberste Grenze ist, ohne dass automatisch *Homeland* eingeschaltet wird.«

»Das hat er dir echt geglaubt?«

Nate hatte nicht die Zeit gehabt, sich einen anderen Plan zurechtzulegen, und etwas Besseres war ihm auf die Schnelle nicht eingefallen. Er wusste, dass der Schuss hätte auch nach hinten losgehen können, doch anscheinend schenkte man seiner Geschichte Glauben.

Wenn sein Plan aufging und Lilly die Scharade durchschaut hatte, wäre Steve schon längst alarmiert und wusste, wo sie waren. Er und Steve hatten den Fall immer wieder durchgespielt. Theoretisch sollte alles funktionieren. Praktisch musste er sich auf Lillys Feingefühl verlassen. Alles hing jetzt von ihr ab.

»Ja. Wenigstens vorläufig. Ich hoffe, Steve holt uns hier raus, ehe die Lüge auffliegt.«

»Steve?«

»Ja. In dem Telefonat mit Lilly habe ich ein paar Brotkrumen gestreut. Ich hoffe nur, dass ihr die Bedeutung meiner Worte so schnell wie möglich bewusst wird. Nur dann haben wir die Chance, hier irgendwie unbeschadet rauszukommen.«

Ryan lachte hart auf, verzerrte sein Gesicht jedoch augenblicklich schmerzerfüllt. »Echt jetzt? Unbeschadet?«

»Eitler Fatzke«, schmunzelte Nate und stieß seinen Bruder leicht gegen den Oberarm. »Dir werden schon die Verehrerinnen nicht abspringen, nur wegen der paar Blessuren.«

»Stimmt. Narben machen Männer ja angeblich interessanter.«

Nate schüttelte den Kopf. Wenigstens hatten sie noch etwas, worüber sie lachen konnten.

»Mitkommen!«

Nate musterte den Mann, der im Türrahmen stand und ihn beinahe ganz ausfüllte. Der Koloss wog bestimmt weit über einhundertfünfzig Kilo und seiner Statur nach zu schließen, betrieb er auch regelmäßig Krafttraining. Freiwillig legte man sich mit diesem Kerl jedenfalls nicht an.

Ryan versuchte, etwas ungelenk aufzustehen, weshalb Nate seinem Bruder zu Hilfe kam und ihn stützte. Seit er zu Ryan gebracht worden war, war ungefähr eine Stunde vergangen. Man hatte ihnen zwar ihre teuren Armbanduhren weggenommen, doch Nate besaß schon immer ein gutes Zeitgefühl. Der Countdown für Lilly lief demnach in Kürze ab.

Seit ihrem Telefonat hoffte er darauf, dass sie in ihrem Zorn nicht die wichtigen Details des Gesprächs überhört hatte. Aber könnte er ihr das dann verdenken? Seine Ankündigung war für Lilly ein harter Schlag, wenngleich nicht der geringste Funke Wahrheit darin lag. Würde ihnen also Steve zu Hilfe eilen oder waren sie auf sich allein gestellt? Würden die *Pistols* sie gehen lassen, wenn er das Geld anweisen würde, oder wären sie so habgierig, noch mehr zu fordern?

Sein Leben bestand in diesen Minuten nur aus Eventualitäten. Fakten suchte er hier vergebens. Wobei ein Fakt sicher war: Seit Lilly in seinem Leben aufgetaucht war, war keine Sekunde davon langweilig.

Sie verließen den kargen Raum und folgten dem Riesen in die Lagerhalle, wo sie schon bei ihrer Ankunft ausharren mussten.

»Haben Sie über meinen Vorschlag nachgedacht?«, fragte Nate, während er gezwungen wurde, auf einem der Metallstühle Platz zu nehmen.

»Wissen Sie, Mr. Brooks«, begann sein Verhandlungspartner, »ich bin ein wenig enttäuscht und letztlich auch darüber verärgert, dass Sie mich für dumm verkaufen möchten.«

Nate vermutete bereits, dass der Kerl Kontakte hatte. Anscheinend reichten seine Verbindungen bis zu *Homeland* und dummerweise war somit seine Lüge aufgeflogen.

»Ich möchte Sie weder verärgern noch für dumm verkaufen. Ich habe einen Deal vorgeschlagen. Den können Sie eingehen oder wir verhandeln neu.«

»Eines nach dem anderen. Vielleicht sollten wir zuerst einmal die liebliche Ms. Sanders anrufen und nachfragen, wie es ihr so geht.«

Nun war exakt der Augenblick gekommen, auf den Steve ihn seit Jahren vorbereitet hatte: Keine Provokation zulassen. In der Theorie hatte das immer gut funktioniert. Die Praxis sah da schon ganz anders aus. Der Kerl brauchte nur Lillys Namen erwähnen und Nate musste an sich halten, um sein Pokerface nicht zu verlieren. Zeitgleich rauschte das Blut in seinen Ohren und sein Adrenalinpegel stieg abrupt.

»Ich bin mir sicher, dass Ms. Sanders meiner Aufforderung nachkommen wird. Wenn die Frist also abgelaufen ist, spricht nichts dagegen, sie zu kontaktieren.« *Atme, Nate, atme.*

Nate wurde erneut gemustert, bis der Mann schließlich das Gesicht verzog.

»Die kleine Missy hat noch ein paar Minuten Zeit, die wollen wir ihr noch gönnen.«

»Ich habe langsam die Schnauze voll. Lilly soll endlich die Zugänge rausrücken, damit ich von hier verschwinden kann.«

Nate sah zur Seite und konnte nur die Umrisse von Benning erkennen. Es war wenig verwunderlich, dass ihn nichts mehr hier hielt. Er war auf der Flucht, stand auf der Fahndungsliste und hatte noch dazu einen großen Berg Schulden bei einer gefährlichen Rockergang. Wenn die Kerle nicht bekamen, was sie einforderten, würde Benning das gleiche Schicksal ereilen wie Ryan und ihn. Oder noch viel schlimmer.

»Wer ist denn der Vogel?«, mischte sich Ryan ins Geschehen ein. »Hat der auch was zu melden?«

Nate liebte seinen Bruder dafür, dass er ein weiteres Mal die Wange für ihn hinhielt, denn ihre Taktik war aufgegangen. Wie erwartet, plusterte sich Benning auf und zeigte sich Ryan gegenüber äußerst ungehalten. Ein kurzes Zeitfenster, das Nate nutzen konnte, um sich unbemerkt in der Halle umzusehen.

Es gab nur zwei Ausgänge. Beide wurden von stämmigen Kerlen in Lederkluft bewacht. Sie standen mit dem Rücken zu ihnen, doch Nate musste kein Genie sein, um zu wissen, dass jeder Einzelne von ihnen bewaffnet war. Eine Flucht über die Fenster konnte er ebenfalls ausschließen, denn die Halle hatte nur Festverglasungen direkt unter der Decke. Und die lag in sechs Metern Höhe.

Verdammt. Jetzt konnten sie nur noch beten – und auf Steve hoffen.

»Wenn du Lilly beim Sex auch so zaghaft angefasst hast, ist mir klar, weshalb sie eher auf so harte Kerle wie mich steht. Du schlägst zu wie ein Mädchen«, spottete Ryan und fing sich einen weiteren Fausthieb von Richard ein.

»Halt die Klappe«, brüllte Richard immer und immer wieder.

»Genug jetzt. Ryan, hör auf, ihn zu provozieren.«

Ryan sah ihn an und Nate schüttelte niedergeschlagen den Kopf. Er brauchte seinem Bruder gegenüber nicht mehr länger verbergen, dass sie sich in einer ausweglosen Situation befanden. Lilly war die Einzige, die sie jetzt noch retten konnte. Lilly und Steve.

»Er hat recht. Schluss jetzt«, befahl der Mann im Anzug. »Wir holen uns jetzt zuerst mein Geld. Und dann«, er sah Nate an, »holen wir uns meinen Bonus.«

Kapitel 14

Seit Lilly ihr Telefonat mit Steve beendet hatte, war sie nur noch ein Schatten ihrer selbst. Weshalb sagte er ihr nicht, was los war? Sie wusste noch immer nicht, wie es Nate und Ryan ging, geschweige denn, wo sie sich befanden. Alles, was sie wusste, war, dass sie in Kürze einen weiteren Anruf von Nate erhalten würde. Steve hatte sie instruiert, das Gespräch in die Länge zu ziehen – wenn nötig, sollte sie ihn beschimpfen.

Sie durfte ihm unter keinen Umständen die Zugangsdaten nennen. Doch das wusste sie bereits von Joy. In der Tat hatte ihre neugewonnene Freundin innerhalb einer Stunde exakt das gefunden, was sowohl die Staatsanwaltschaft als auch *Homeland* monatelang vergeblich suchten. Die veruntreuten Firmengelder.

So sehr sich Lilly eigentlich darüber hätte freuen müssen, sie dachte keinen Augenblick an das Geld. Die Last auf ihrem Herzen wog so schwer, dass sie kaum zu atmen vermochte. Und nun sollte sie Nate auch noch beschimpfen? Ihr brach allein beim Gedanken daran das Herz. Nate hatte so viel für sie und die Firma getan. Schlimm genug, dass sie auch nur einen

Augenblick daran geglaubt hatte, er würde sie und ihren Vater rausschmeißen.

Einzig die Tatsache, dass Steve ihr eindrücklich zu verstehen gegeben hatte, wie sie sich am Telefon verhalten musste, ließ sie die Ruhe bewahren. Wieder beschlich sie der Gedanken, was passieren würde, wenn Ryan und Nate ... *Nein!* Es würde alles gut gehen. Es musste alles gut gehen. Wenn sie doch nur wissen würde, was genau los war.

»Lilly?«

Lilly hörte Joys Stimme durch den Telefonlautsprecher.

»Es wird doch alles gut gehen?«

Sie konnte Joy nicht antworten, denn sie stellte ihr exakt die gleiche Frage, die sie sich schon die ganze Zeit über stellte und vor deren Antwort sie sich fürchtete.

»Ich weiß es nicht«, antwortete ihr Lilly und kämpfte mit Tränen in den Augen. »Es tut mir alles so unendlich leid. Hätte ich nicht ...«

Ihr Handy klingelte und ließ sie erschrocken zusammenzucken. Ihr Adrenalinpegel stieg so rasant, dass ihr kurz schwindelig wurde und sie sich an der Tischplatte festhalten musste.

»Lilly, du musst rangehen. Es hat schon achtmal geklingelt«, drängte sie Joy.

Sie nahm ihren ganzen Mut zusammen und schob mit den Fingerspitzen den grünen Balken zur Seite. Dann atmete sie tief ein und bemühte sich um ein teilnahmsloses »Ja«.

»Nun, Lilly, die Zeit ist vorbei. Wie weit bist du? Hast du alle Zugangsdaten für mich zusammengetragen?«

Seine Stimme zu hören, trieb ihr erneut Tränen in die Augen. Doch sie musste jetzt tapfer sein und durfte sich nichts anmerken lassen. Sie sollte ihn wütend beschimpfen, aber das konnte sie unmöglich tun. Dem Kerl, der bei ihm war, dem konnte sie jedoch, ohne mit der Wimper zu zucken, all ihren Groll zuteilwerden lassen. Und so bemühte sie sich, ihre ganze Wut auf Richard aus sich sprechen zu lassen.

»Du mieses, hinterhältiges Stück Scheiße. Glaubst du wirklich, du kannst dir meine Firma nehmen? Ich habe jahrelang Tag und Nacht dafür geschuftet, da lasse ich mir doch nicht alles von dir kaputtmachen. Was glaubst du eigentlich, wer du bist?«

»Wir haben einen Vertrag. Gehst du nicht freiwillig, lass ich dich von meinem Sicherheitschef rauswerfen. Zur Not rufe ich auch die Polizei an und lasse dich wegen Hausfriedensbruch verhaften. Fakt ist, deine Tage bei *Sanders* sind gezählt. Je früher du das einsiehst, umso besser für dich und für mich. Zum letzten Mal also, gib mir die Zugänge, sonst …«

»Sonst was? Glaubst du, du kannst mir mit Brian O'Leary drohen? Den habe ich in der fünften Klasse noch windelweich gehauen. Er bringt mich hier sicherlich nicht raus. Und dein toller Sicherheitschef erst recht nicht. Denn anstatt hier nach dem Rechten zu sehen, hat er sich davongeschlichen und vögelt Joy im Haus am See. Wenn, dann musst du armes, kleines Würstchen schon selbst kommen, um mich von meinem Schreibtisch wegzubekommen. Ich bleibe hier und meine Zugänge sind unter sicherem Verschluss. Du kannst sie sperren, aber freiwillig werde ich sie dir niemals …«

Lilly sprach nicht weiter, denn ein lautstarkes Gebrüll brach im Hintergrund des Telefonats aus. Sie hörte Schreie und erkannte Richards Stimme. »Das ist ein Hinterhalt«, rief er. Glas splitterte. Ein dumpfes Rumoren war zu hören. Dann fiel ein Schuss.

Lilly war zur Salzsäule erstarrt. Sie konnte hören, wie im Hintergrund weitergekämpft wurde, doch dann brach die

Verbindung ab. Ihr Telefon glitt ihr aus der Hand und zerbarst auf dem Boden.

»Lilly? Lilly, was ist da passiert?« Joys Stimme klang ängstlich. Da Lilly ihr nicht antwortete, wurde ihr Tonfall schriller. »Lilly, antworte mir!«

»I-ich weiß es nicht. I-ich …« Lilly verlor den Kampf gegen die Tränen. Sie weinte bitterlich, bis sie sich einer Tatsache bewusst wurde. Sie fuhr auf und fixierte das Telefon auf ihrem Schreibtisch. »Joy, sag mir sofort, wo sie sind.«

»Lilly, ich kann nicht.«

»Sofort«, brüllte Lilly in den Lautsprecher.

»Versteh doch bitte. Ich darf es dir nicht sagen.«

»Sonst was?«

»Sonst bin ich womöglich noch schuld, wenn dir etwas passiert. Wir haben keine Ahnung, was da gerade geschehen ist. Es ist viel zu gefährlich für dich, dort einfach hinzufahren.«

»Aber ich kann doch nicht tatenlos hier sitzen und abwarten. Joy, bitte. Ich bitte dich aus ganzem Herzen. Sag mir, wo sie sind. Bitte.«

»Nein.«

Lilly schlug wütend auf den roten Telefonhörer an ihrem Apparat und beendete das Gespräch. Wie konnte ihr Joy diesen Wunsch nur ausschlagen! Sie musste doch verstehen, dass sie hier nicht länger herumsitzen konnte. Ohne Joys Hilfe wusste sie nicht, wo sie mit ihrer Suche nach Nate, Ryan und Steve anfangen sollte.

Sie hob ihr Smartphone vom Boden auf und legte die Einzelteile auf ihrem Tisch ab. Zuallererst würde sie das dämliche Ding wieder zusammenbauen und dann würde sie Steve anrufen. Vielleicht hatte sie ja Glück und sie würde ihn erreichen. Wenn nicht, konnte sie sich immer noch in ihren Wagen setzen und sich auf die Suche begeben.

Ihr Festnetzapparat klingelte und zeigte Joys Nummer aus Atlanta an. Bockig stellte sie das Telefon auf lautlos. Sie wollte nicht mit ihr sprechen. Wenn Joy nicht bereit war, ihr zu helfen, dann würde sie eben auf eigene Faust losziehen. Auf ihre Ratschläge, wie gefährlich das Unterfangen war, konnte sie getrost verzichten.

Wenn sie doch nur endlich dieses blöde Telefon wieder zusammenbekommen würde! Die Minuten rasten an ihr vorüber und sie bezweifelte zwischenzeitlich, dass sie das Gerät je wieder nutzen konnte. Dann musste sie eben doch auf eigene Faust losziehen.

»Was soll der Schwachsinn!«

Lilly zuckte erschrocken zusammen, als Joys Stimme die Stille durchbrach. Ihre Freundin hatte sich per Videokonferenz auf den Computer geschaltet und sah sie tadelnd an.

»Ist das dein Ernst? Du kannst mich doch nicht einfach so erschrecken.« Sie griff nach der Maus. »Im Übrigen habe ich keine Lust, mit dir zu sprechen.« Sie versuchte, die Anwendung zu beenden, doch der Zeiger bewegte sich keinen Millimeter. Nun gut, Joy hatte wieder einmal ihren Rechner übernommen. Blieb ihr also nichts weiter, als ihn auszuschalten.

»Lass das«, forderte sie Joy auf. »Erstens wird es dir nicht gelingen, den Rechner auszuschalten, und zweitens habe ich Neuigkeiten.«

»Warum sagst du das nicht gleich? Hat sich Nate gemeldet? Geht es ihnen gut?« Lilly rutschte nervös mit dem Stuhl näher an den Schreibtisch.

»Soweit ich es verstanden habe, schon. Aber viel wichtiger ist, dass du genau dort bleibst, wo du jetzt bist. Dein Ex-Verlobter ist wohl schon wieder entkommen und sie befürchten, dass er auf dem Weg zu dir ist. Steve konnte dich nicht erreichen, aber er müsste in ein paar Minuten bei dir sein. Bitte, Lilly, bleib, wo du bist.«

»Bitte, Lilly, bleib, wo du bist«, äffte eine Männerstimme den Satz nach und Lilly lief es eiskalt über den Rücken. In ihrer Tür stand kein Geringerer als Richard Benning, der einen blutüberströmten Hoodie trug. Er sah erbärmlich aus. Mit ihrem ehemaligen Verlobten, der stets viel Wert auf sein Äußeres legte, hatte diese Gestalt kaum mehr etwas gemein.

»Was willst du, Richard?«

»Du weißt genau, was ich will«, brüllte er sie an und hob im gleichen Atemzug eine Pistole in die Höhe.

Lillys Herz blieb vor Schreck stehen. Würde Richard sie tatsächlich umbringen? Nur wegen des Geldes? War ihr Leben mit Dollars aufzuwiegen? »So viel ist dir mein Leben also wert?«

»Dein Leben ist mir überhaupt nichts mehr wert nach deinem Verrat«, ätzte er und deutete auf den Monitor auf dem Schreibtisch. »Wer ist das?«

»Meine Freundin Joy aus Atlanta.«

Er presste seine Hand gegen eine blutdurchtränkte Stelle an seinen Rippen und kam zum Schreibtisch. Lilly hatte keine Fluchtmöglichkeit und so verkroch sie sich in die hinterste Ecke.

Richard richtete die Waffe auf den Monitor. »Joy aus Atlanta, wir brauchen keine Zuschauer.« Er grinste dämlich und schoss dann auf den Bildschirm.

Lilly schrie erschrocken auf und hielt sich die Ohren zu. Der Bildschirm wurde schwarz und begann zu rauchen. Wozu wäre Richard noch imstande?

»Die Zugänge sind auf diesem Rechner«, flüsterte sie leise, denn sie wollte die Situation hinauszögern. Er war schließlich wegen der Konten hier und nicht wegen ihr. Er wollte ihr nicht seine immerwährende und nie enden wollende Liebe gestehen. Es ging nur ums Geld. Um mehr war es nie gegangen.

»Verflucht noch mal«, fuhr er sie an und wedelte mit der Pistole vor ihrem Gesicht. »Sag mir jetzt nicht, dass du keine Sicherungen davon hast?«

»Zu Hause im Nachttisch habe ich einen USB-Stick«, stammelte sie, denn es war eine Lüge. Sie hatte noch eine Sicherung, und die befand sich auf ihrem Laptop, das gleich neben ihr auf dem Boden stand.

»Wie dämlich bist du eigentlich?«, brüllte er sie an. »Du kannst doch nicht …«

Unvermittelt fiel sein Blick auf die Laptop-Tasche. Er deutete darauf. »Was ist da drin?«

»Mein Laptop, wie du weißt.« *Verdammt!*

»Für wie blöd hältst du mich eigentlich?«

Er kam Lilly bedrohlich nahe und schnaubte geradezu vor Wut, wenngleich er sein Gesicht vor Schmerzen zu einer hässlichen Fratze verzog.

»Lilly: jetzt!«, war plötzlich Joys Stimme zu hören, ehe in ohrenbetäubender Lautstärke ein schriller Signalton, gepaart mit Sirenengeheul, zu hören war. Lilly nutzte sofort die Gelegenheit und stieß Richard mit aller Wucht in seine verletzte Seite, sodass er unter Schmerzen in sich zusammensackte. Sie drängte an ihm vorbei und rannte auf den langen Korridor. Wo sollte sie jetzt am besten hin?

Zur Feuertreppe. Wenn sie das Fenster öffnete, würde automatisch der Alarm losgehen und eine Meldung an die Feuerwache schicken.

Sie rannte zum Fenster und öffnete es. Wie erwartet heulte der Feueralarm los. Sie duckte sich und stieg durch das Fenster auf den eisernen Rost. Dabei verhedderte sich ihr Cardigan so unglücklich an einem Metallbolzen, dass sie unsanft zurückgezogen wurde. Hektisch streifte sie das Kleidungsstück ab, als sie Richard entdeckte, der nur noch wenige Meter von ihr entfernt war.

»Lilly, bleib stehen!«, befahl er ihr atemlos und krümmte sich immer wieder vor Schmerzen.

Angst trieb Lilly Tränen in die Augen. Was geschah hier gerade? Wer war dieser Mensch, von dem sie einmal geglaubt hatte, ihn geliebt zu haben, und der sie nun mit einer Waffe bedrohte. Sie zitterte am ganzen Körper, doch ihre Angst durfte nicht die Oberhand gewinnen. Sie musste so schnell wie möglich weg. Ihre Hand umschloss die Metallstange der Leiter und sie setzte mutig ihre Füße auf die Sprossen. Sie sah noch einmal auf und blickte direkt in den Lauf der Pistole.

»Verdammt, Lilly, zwing mich nicht dazu.«

Sie schluckte und sah ihm in die Augen. Ihre Knie zitterten, dennoch trat sie zurück auf das Metallgitter und straffte die Schultern. »In Ordnung. Ich gebe dir die Zugänge. Aber nur, wenn du ein für alle Mal von hier verschwindest und mir nie wieder in meinem Leben unter die Augen trittst. Du lässt mich in Ruhe, du lässt meine Familie in Ruhe und von *Sanders* lässt du gefälligst die Finger.«

Mit hoch erhobenem Haupt und dem letzten Rest Mut, den sie noch erübrigen konnte, schob sie sich an ihm vorbei und kletterte durch das Fenster zurück in den Korridor.

Sie sah auf ihre Uhr und hetzte zu ihrem Büro zurück. »Dir bleibt nicht mehr viel Zeit, bis die Feuerwehr hier eintrifft. Also komm schon.«

Richard folgte ihr kommentarlos, wenngleich er immer wieder vor Schmerzen aufstöhnte.

Als sie ihr Büro erreichten, griff sie ohne Umschweife nach der schwarzen Tasche, die auf dem Boden stand, und legte sie auf dem Tisch ab. Sie nahm sich einen bunten Klebezettel und einen Stift und notierte das Passwort für ihr Laptop.

»Wer sagt mir, dass ich dir vertrauen kann?«, meldete sich Richard plötzlich zu Wort. »Du könntest irgendetwas auf dieses Stück Papier kritzeln.«

»Dann setz dich doch her und probier es in aller Seelenruhe aus«, giftete sie ihn sarkastisch an. Sie konnte einfach nicht mehr. Ob sie ihn damit provozierte oder nicht – es war ihr egal. »Hier.« Sie reichte ihm den Zettel. »Entweder du vertraust mir oder du vertraust mir nicht. Entweder du erschießt mich oder du besinnst dich auf deinen letzten Funken Anstand …« Sie sah ihn eindringlich an. »Im Gegensatz zu dir habe ich dir nie einen Anlass gegeben, mir nicht zu vertrauen. Nimm den Zettel, nimm den Laptop und fahr zur Hölle, Richard.«

»Lilly, ich … Wenn du wüsstest, womit sie mir gedroht haben, dann …«

Fassungslos sah Lilly ihn an. Würde dieser skrupellose, hinterhältige Mistkerl, der sie monatelang belogen und betrogen hatte, jetzt etwa einknicken und um Absolution heischen? Hatte er ihr nicht gerade noch Vorwürfe gemacht, sie hätte ihn verraten?

»Es ist mir egal«, fuhr sie ihn an. »Und jetzt raus hier. Verschwinde. Und lass dich nie mehr in Heartwell blicken.«

Kapitel 15

»Ansonsten ist Ihnen nichts aufgefallen?« Brian O'Learys Stimme klang argwöhnisch.

»Wenn ich es Ihnen doch sage. Die Kerle lauerten uns am Ferienhaus auf und haben uns eine Abreibung für unseren Einsatz letztens in der Bar verpasst. Nichts weiter.« Nate saß auf der Fensterbank neben Ryans Krankenbett. Jeder einzelne Knochen schmerzte ihn. Wie würde sich dann sein Bruder erst fühlen?

»Sie meinen also, Ihre körperliche Verfassung hat nicht das Geringste mit dem Vorfall bei *Sanders* zu tun?« Der Sheriff musterte Nate prüfend und warf einen Blick auf das Kranken-bett, in dem Ryan lag.

»Ich habe keine Ahnung, wovon Sie sprechen. Was genau soll denn bei *Sanders* passiert sein?« Nate wusste genau, was geschehen war. Joy hatte ihn über alles informiert und einzig die Tatsache, dass Benning verschwunden war und Steve sich sofort auf den Weg zu Lilly gemacht hatte, ließ ihn nicht durch-drehen. Am liebsten wäre er selbst zu ihr gefahren, doch Ryan hatte absoluten Vorrang. Sein Bruder musste dringend ärztlich versorgt werden. Und auch er selbst hatte ein paar Wunden davongetragen, nach denen geschaut werden musste. Deshalb hatte ihn sein erster Weg nicht zu Lilly geführt, die in Sicherheit war, denn einer von Steves ebenso schweigsamen Freunden hatte sie ins Krankenhaus gefahren.

»Richard Benning ist aus der Untersuchungshaft geflohen und hat Ihrer Geschäftspartnerin einen Besuch abgestattet. Er hat sie bedroht, um sich geschossen und ihr Laptop entwendet.«

»Und konnte der Kerl geschnappt werden?« Fragend zog Nate die Augenbrauen nach oben und stellte sich unwissend.

»Nein. Er ist nach wie vor auf der Flucht. Wir haben Ms. Sanders erst einmal unter Polizeischutz gestellt, bis Mr. Benning wieder in Gewahrsam ist.«

Mist. Nate fluchte innerlich. Ihm wäre es lieber gewesen, Steve hätte sich um Lillys Sicherheit kümmern können. Er vertraute weder O'Leary noch den anderen Staatsbeamten, wenn es um Lilly ging.

»Das hört sich nach einem ausgezeichneten Plan an. Ms. Sanders wird Ihnen sehr dankbar sein, dass Sie auf sie aufpassen.«

»Nun«, der Sheriff fuhr sich durch die Haare, »Ms. Sanders hat abgelehnt und deshalb habe ich gehofft, dass Sie und ihr Vater ihr ins Gewissen reden könnten. Mr. Benning ist allem Anschein nach sehr gefährlich.«

»Ich werde mit ihr reden. Aber versprechen kann ich leider nichts.« Einen Teufel würde Nate tun. Er würde Steve und sein ganzes Team herbeordern, um sowohl den stümperhaften Sheriff als auch Benning von ihr fernzuhalten.

»Vielen Dank. Und wegen des Überfalls …«

»Vergessen wir das Ganze. Die Kerle wollten sich rächen und ihre Rache haben sie bekommen. Ich bin mir sehr sicher, dass wir nichts mehr von ihnen hören werden.«

»Und wenn, dann bekommen sie alles zurück.« Ryan feixte. Er verzog sein Gesicht zu einem Lächeln, das eher einer Fratze aus einem Horrorfilm glich.

»Es steht Ihnen frei, jederzeit Anzeige zu erstatten.«

»Sollten wir uns dazu entscheiden, sind Sie der Erste, der es erfährt, Sheriff.«

O'Leary nickte den beiden zu und setzte seinen Hut auf. Mit einem beiläufigen und, wie Nate vermutete, nicht sehr ernst gemeinten »Gute Besserung« verabschiedete sich der Sheriff und verschwand im grellen Neonlicht des Krankenhausflurs.

»Ich kann den Kerl nicht ausstehen«, stellte Ryan fest und sah zu seinem Bruder.

Ryan so zu sehen, brach Nate das Herz. Die *Pistols* hatten ihn übel zugerichtet. Seine Augen waren zugeschwollen und die lila Verfärbungen ließen nur ahnen, welche Schmerzen er haben musste. Sein ganzer Körper glich einem Hämatom. Dass er weder innere Verletzungen, noch irgendwelche Brüche hatte, grenzte an ein Wunder.

»Der will sich nur wichtigmachen. Außerdem glaube ich, dass er mit der Situation überfordert ist. Das, was in den letzten Tagen in Heartwell passiert ist, muss er erst einmal verkraften.«

»Ich denke, das müssen wir alle«, ergänzte Ryan Nates Feststellung. »Glaubst du, die *Pistols* halten ihr Wort?«

Nate dachte nach. Als Steve sie mit einem Trupp maskierter Männer vor weniger als zwei Stunden aus der Lagerhalle befreit hatte, hätten sie die Möglichkeit gehabt, die Kerle der Polizei auszuliefern. Doch Nate hatte darauf verzichtet und ihnen stattdessen einen Deal vorgeschlagen.

»Wenn ich mein Wort halte, werden sie es auch tun. In spätestens zwei Tagen wissen wir mehr.« Er stand auf. »Und jetzt ruh dich aus, kleiner Bruder. Ich werde morgen wieder nach dir schauen.«

»Fährst du zu ihr?«, wollte Ryan wissen und grinste anzüglich.

Nate schüttelte den Kopf. »Nein. Steve ist bei ihr und passt auf sie auf. Sie braucht jetzt Ruhe.«

»Oder sie braucht eine Schulter zum Anlehnen. Aber hey, das ist deine Entscheidung.« Ryan neigte erschöpft den Kopf zur Seite und schloss die Augen. »Gute Nacht.«

»Gute Nacht«, stammelte Nate gedankenversunken und verließ das Zimmer. Hatte sein Bruder womöglich recht? Sollte er vielleicht doch noch nach Lilly sehen?

Alles in ihm sehnte sich nach ihr. Aber es war der falsche Zeitpunkt, um unvernünftig zu sein. Er würde sich ein Taxi nehmen und ins Haus am See fahren. Dort würde er seine müden Knochen weit von sich strecken und versuchen, ein wenig Schlaf zu finden. Schließlich war es für ihn auch nicht an der Tagesordnung, entführt zu werden.

Steve würde ihn auf dem Laufenden halten, was Lilly anbelangte. Und in wenigen Stunden würde er sie wiedersehen.

Nate trat vor das sandsteinfarbene Gebäude und betrachtete den vereinsamten Parkplatz. Es waren weit und breit keine Fahrzeuge auszumachen. Auch keine Taxis. Steves Freunde hatten Ryan und ihn zwar zuvor zum Krankenhaus gebracht, aber nun stand er hier – ohne Wagen.

Er war gerade im Begriff, wieder zurück in das Gebäude zu gehen, als ihn Scheinwerfer eines Fahrzeugs blendeten, das die Straße entlangfuhr. Es war ein dunkler *Land Rover*, der direkt vor dem Eingang hielt. Das Fenster der Beifahrertür fuhr automatisch nach unten und Nate erkannte auf dem Fahrersitz keinen Geringeren als den Boss der *Pistols*. Augenblicklich trieb sein Körper Adrenalin durch seine Adern.

»Was wollen Sie?«, fuhr Nate ihn an.

»Steigen Sie ein, Mr. Brooks«, antwortete der Mann in ruhigem Ton. Auch er hatte ein paar Schläge bei der vorherigen Auseinandersetzung abbekommen. Jedenfalls war die Platzwunde an seiner rechten Wange bereits mit einem Narbenpflaster verarztet worden.

»Keine Sorge, ich bin nicht bewaffnet.«

Das wäre auch noch schöner, dachte sich Nate und öffnete die Beifahrertür.

Er blickte auf die Rücksitze und vergewisserte sich, dass sie auch tatsächlich allein waren. Dann setzte er sich und schloss die Tür.

»Ich dachte mir schon, dass Ihnen eine Mitfahrgelegenheit nach Heartwell fehlt. Allerdings habe ich vorhin den Wagen des Sheriffs entdeckt und musste mich unweigerlich fragen, ob Sie auch weiterhin zu Ihrem Wort stehen werden. Oder ob sich Ihre Pläne zwischenzeitlich geändert haben.«

Nate musterte den Mann von der Seite. Er war nicht sonderlich groß und für seine Statur ein wenig beleibt. Sein fehlendes Deckhaar am Hinterkopf und die Falten um seine Augenlider ließen ihn Nate auf Anfang sechzig schätzen. Mit seinem Nadelstreifenanzug hob er sich optisch noch immer sehr von den anderen Mitgliedern der Gang ab. Er war eben der Boss und stellte dies gerne zur Schau.

»Ich stehe nach wie vor zu meinem Wort. Bei dem Zusammentreffen mit Sheriff O'Leary handelt es sich lediglich um einen ärgerlichen Zufall, der auf die Flucht von Mr. Benning und seinen idiotischen Übergriff auf Ms. Sanders zurückzuführen ist. Er hatte deshalb ein paar Fragen an uns.«

»Fragen, die Sie ihm natürlich nur zu gerne beantwortet haben, nehme ich an.«

»Selbstverständlich haben wir ihm von dem Übergriff auf uns erzählt.« Nate bemerkte, wie der Kerl die Wangenknochen angestrengt zusammenpresste. »Davon und von der kleinen Racheaktion der Rockergang, die wir erst kürzlich im *Junction* in die Flucht geschlagen haben.« Nate drehte sich zu dem Kerl um. »Für mich zählt ein Wort genauso wie ein Händedruck. Sie haben mein Wort, dass Sie Ihr Geld kriegen werden – komme, was wolle. Ich werde die Schulden von Benning bei Ihnen begleichen und Sie erhalten eine großzügige Extraprämie von mir. Im Gegenzug habe ich Ihr Wort, dass Sie das Geld von Benning nicht anrühren werden, sondern an Ms. Sanders zurückzahlen, und dass Sie und Ihre Gang Heartwell für immer verlassen werden, sobald Sie alles von mir bekommen haben und die Übergabe erfolgt ist.«

»Dann wird es Sie sicherlich freuen, dass sich Benning bei mir gemeldet hat.«

»Hat er seine Schulden bereits beglichen?«

»Ich habe ihm gesagt, dass ich den Betrag in bar möchte. Genau so, wie er es auch von mir bekommen hat.« Er setzte den Blinker und bog auf den Highway 77 nach Heartwell ein. »Es wird nicht leicht für ihn, die Summe in bar aufzutreiben, aber immerhin verschafft Ihnen das ein paar Stunden mehr Zeit. Vielleicht fassen Sie den Kerl ja zuvor noch.«

»Wüsste ich es nicht besser, würde ich sagen, Sie sind ein ehrenwerter Mann. Ich hatte schon vermutet, Sie würden mir hinterrücks ein Messer in den Rücken stechen. Doch Sie präsentieren mir und der Justiz Benning beinahe auf dem Silbertablett. Weshalb tun Sie das?«

Der Mann hinter dem Lenkrad räusperte sich. »Vielleicht war ich ja nicht immer so wie heute. Man kann sicherlich vieles über mich sagen, aber ich bin ein fairer Geschäftsmann – wenn wir den Rahmen dazu mal außer Acht lassen.«

»Dann werden Sie also Heartwell den Rücken kehren?«

»Ein Deal ist ein Deal. Außerdem warten auf uns …« Er sah kurz zu Nate und lächelte. »Sehen Sie es mir nach, Mr. Brooks, aber Sie sollten nicht alles wissen.«

»Das verstehe ich.«

»Dann sind wir uns einig. Sie halten sich an Ihren Teil der Abmachung und ich mich an meinen.«

»Deal.«

☙ ❖ ❧

Lilly hielt den Atem an, als sie mit Steve die Hofeinfahrt zum Ferienhaus entlangfuhr und Nate auf den Vorderstufen der Außenveranda entdeckte. Er hielt eine Tasse in seinen Händen und blickte ihnen entgegen. Sein Anblick traf sie mitten ins Herz. Ein gewaltiges Veilchen zierte sein linkes Auge. Über der rechten Augenbraue klebte ein braunes Heftpflaster und auch seine Lippe war aufgeplatzt. Er sah übel aus.

Ryan musste es laut Steve noch schlimmer erwischt haben. Sie hatten ihn in der Nacht noch ins Krankenhaus gebracht, wo er ärztlich versorgt wurde. Den beiden Brüdern ging es miserabel und dennoch hatte Nate darauf bestanden, dass Steve zurück zu Lilly fuhr und auf sie aufpasste.

Aber auch Steve brauchte langsam eine Pause. Sie hatte ihm zwar angeboten, im Gästezimmer zu übernachten, doch er hatte ihr Angebot mit einem Kopfschütteln abgelehnt und die Nacht auf einem Stuhl vor ihrem Zimmer verbracht. Wenigstens hatte sie ihn dazu überreden können, ins Haus zu kommen und nicht weiterhin in seinem Wagen zu versauern.

Sie selbst hatte kaum ein Auge zugetan in der Nacht. Doch

wann war sie auch schon einmal mit einer Waffe bedroht worden? Wieder lief ihr ein Schauer über den Rücken bei dem Gedanken daran, dass sie und Richard ein Paar gewesen waren und sie eingewilligt hatte, ihn zu heiraten. Wie hatte sie sich nur so in ihm täuschen können? Hatte er ihr die ganze Zeit über etwas vorgespielt? Hatte er sie nie geliebt? Sie war zwar nicht der beste Menschenkenner, aber dass er überhaupt nichts für sie empfand, das konnte und wollte sie nicht glauben. Was also trieb ihn dazu, sie alle derart ins Unglück zu stürzen?

Sie würde es nie erfahren und sie fand sich langsam damit ab. Richard würde nicht Ruhe geben, bis er hatte, was er wollte, und dafür hatte sie gesorgt. Wenngleich der kurze Hoffnungsschimmer, den der Geldfund bedeutete und der ihre Rettung für *Sanders* gewesen wäre, sie wehmütig stimmte. Nun würde alles beim Alten bleiben.

Ohne Nate würde das Unternehmen in den roten Zahlen versinken, sie wären illiquide und nur mit ihm und seiner Investition war ein Überleben möglich.

Angesichts seines erbärmlichen Anblicks war dies zweitrangig. Lilly überkam ein tiefes Schuldgefühl. Übelkeit stieg in ihr hoch. Sie wusste, sie war wieder einmal dafür verantwortlich, dass andere zu Schaden gekommen waren. Die Umstände, dass es ausgerechnet Nate und Ryan treffen musste, ließ sie schier verzweifeln.

Steve parkte seinen schwarzen *Dodge Challenger* direkt neben den Eingangsstufen. Er stellte den Motor ab und sah sie fest an.

»Soll ich im Wagen warten?«

Sie mochte den Klang seiner sonoren, festen Stimme. Ein Jammer, dass er nicht öfter mit ihr sprach. Auch seine ganze Art war einfach nur … Lilly überlegte, welches Wort ihm am meisten gerecht wurde, und war selbst überrascht, als ihre Wahl auf *liebenswert* fiel.

»Um Gottes willen: Nein.« Sie schüttelte den Kopf. »Wirklich nicht.«

Nate hatte die Beifahrertür des *Dodge* erreicht und öffnete sie für Lilly. Sie stieg aus und sah zu ihm auf. Unsicher, ob sie ihn in den Arm nehmen sollte oder nicht, stammelte sie nur ein leises »Hey« vor sich hin.

»Ich hatte gehofft, wenigstens eine Umarmung verdient zu haben«, scherzte er.

Lilly schluchzte erleichtert. Ihr fiel ein Stein vom Herzen, als sie sich in Nates Arme stürzte. Sie bemerkte jedoch sofort, wie er vor Schmerz die Luft einsog, und wollte sich wieder losreißen, als er sie noch fester an sich zog. Gerührt vom tiefen Gefühl der Geborgenheit schloss sie ihre Augen und ließ sich fallen. Sie roch seinen unverkennbaren Duft und ihre Sinne schwanden. Wie schaffte dieser Mann es nur, dass sie sich bei ihm … *Andere Gedanken,* ermahnte sie sich und befreite sich aus seinen Armen.

Nate und sie waren Geschäftspartner. Vielleicht auch so etwas wie Freunde. Aber mehr durfte einfach nicht sein!

»Kommt doch rein«, bat Nate seine Gäste und deutete zum Eingang.

Lilly brauchte keine hellseherischen Fähigkeiten, um zu wissen, wie sehr ihn ihre Zurückweisung getroffen hatte. Sie spürte, wie er sich anspannte und die Situation überspielte. Doch so dankbar sie ihm war und so viele Schuldgefühle auch in ihr tobten, es würde sie nicht zurück in seine Arme treiben.

»Wir haben dir Frühstück von Babette mitgebracht.« Lilly lehnte sich in den Wagen und griff nach einer Papiertüte. Je eher wieder Distanz zwischen ihnen lag, desto besser.

»Ich hoffe, es gibt noch Kaffee?«, fragte sie beiläufig nach.

Nate nickte und ging ins Haus.

Sie beobachtete ihn bei seinem gequälten Gang über die Stufen. Dann sah sie zu Steve, dessen Blick ebenfalls Nate folgte. Anscheinend sorgte nicht nur sie sich um ihn.

»Wie geht es dir? Und vor allem: Wie geht es Ryan?« Lilly betrat nach Nate das Haus. Sie gingen durch den großzügig gehaltenen Eingangsbereich in die Küche, wo bereits der Frühstückstisch gedeckt war. Allem Anschein nach hatte Steve ihr Kommen angekündigt.

»Er hat ein paar fiese Blessuren. Aber das wird schon wieder.« Lilly bemerkte Nates bekümmerten Gesichtsausdruck und es zerriss ihr das Herz. Sie mochte Ryan sehr und wusste nicht, wie sie je wiedergutmachen konnte, was ihm angetan worden war. Was beiden angetan worden war.

»Hör sofort auf damit.« Nate sah sie ernst an.

»Was meinst du?«, fragte sie ihn zerknirscht.

»Dir ist auf zwanzig Meilen anzusehen, dass dich Schuldgefühle quälen, dabei trägst du nicht einen Funken Schuld an der ganzen Geschichte. Also hör endlich auf, dir selbst Vorwürfe zu machen und zu meinen, du müsstest alle Last der Welt auf deinen Schultern tragen.«

Lilly war fassungslos über seine kleine Standpauke und begann zu stammeln. »Aber …«

»Bitte, Lilly.« Seine Stimme klang ruhig, aber bestimmt. »Hör auf, dich zu quälen.«

»Das sagst du so leicht.« Augenblicklich schossen ihr Tränen in die Augen. »Was würdest du denn an meiner Stelle tun? Wie soll ich euch allen noch in die Augen schauen können, nach dem, was ihr alles für mich getan habt? Ich kann das niemals mehr wiedergutmachen.«

»Du brauchst nichts wiedergutmachen. Nicht du hast das alles verbockt. Es war Richard Benning.«

»Aber wenn ich …«

»Stopp.« Nate hielt bestimmend seine Hand in die Höhe und schüttelte den Kopf. »Ich schwöre dir, wenn du es wagst, dich noch einmal zu entschuldigen, oder wenn du weiterhin die Schuld für dieses Desaster auf dich nimmst, werde ich …«

Wird er mich und *Sanders* dann im Stich lassen? Würde er den Deal platzen lassen? Was würde er tun? Lilly hatte Angst vor dem Ende des Satzes.

»… dich ganz gehörig übers Knie legen.«

Lilly schoss Schamesröte ins Gesicht. Mit dieser Ansage hatte sie nun wirklich nicht gerechnet. Sie lächelte und schüttelte verlegen den Kopf.

»Was für eine Drohung, Nathan Brooks.«

»Lass es drauf ankommen«, antwortete er ihr ernst und mit rauer Stimme.

Steve sagte kein Wort. Er nahm sich einen Donut aus der Papiertüte und verließ die Küche, ohne sich noch einmal nach den beiden umzudrehen.

»Jetzt hast du ihn vertrieben«, tadelte ihn Lilly, da sie Steve mittlerweile gerne um sich hatte. Nicht als Beschützer, vielmehr als Freund und Ruhepol.

»Kann mir nur recht sein.« Er ging einen Schritt auf Lilly zu und strich ihr liebevoll über die Wange. »Ich hatte unendliche Angst um dich. Hätte Benning dir etwas angetan, ich …«

»Das hat er aber nicht. Ich habe Richard das gegeben, was er wollte. Er hat das Geld, also wird er uns in Ruhe lassen. Und die Schläger, die er engagiert hat, um euch aufzulauern, werden sicherlich bald von der Polizei geschnappt.«

Nate wich zurück und sah sie ernst an.

»Genau darüber sollten wir noch reden.«

»Worüber?«

»Hast du deine Aussage schon zu Protokoll gegeben?«

»Nein.« Sie stemmte die Hände in die Hüften. »Und ich würde gerne wissen, weshalb mich Steve gedrängt hat, Brian nichts zu erzählen. Was genau ist da gestern Abend bei euch passiert? Und weshalb darf die Polizei nicht wissen, dass ihr entführt wurdet?«

Nate deutete an den Frühstückstisch. »Am besten nimmst du Platz. Es könnte eine Weile dauern, dir alles zu erklären.«

Lilly setzte sich und beobachtete Nate dabei, wie er ihr heißen Kaffee eingoss. Er sprach über den Überfall der *Pistols* und darüber, dass sie in eine alte Lagerhalle gebracht worden waren.

Nate und Ryan wussten zunächst nicht, dass die Entführung mit Richard zusammenhing. Sie glaubten tatsächlich an die Rache der Rockergang und daran, dass sie entführt wurden, um Lösegeld zu erpressen. Erst, als er den Anruf bei ihr tätigen sollte und Richard Benning auf der Bildfläche erschien, löste sich der Nebel und brachte Klarheit in die Situation.

Lilly schüttelte ungläubig den Kopf, als sie endlich erfuhr, weshalb die ganze Situation um Richard so eskaliert war. Er hatte gezockt! Darum ging es also die ganze Zeit. Er hatte Schulden bei der Gang.

»Ich hatte wirklich nicht die geringste Ahnung«, entwich es ihr schockiert. Nun ergab auch die Aktion der *Pistols* plötzlich Sinn. Richard hatte sich bei ihnen Geld geliehen und konnte es nicht zurückzahlen. Monatelang hatte er Gelder bei *Sanders* abgezwackt. Aber nachdem die Quelle versiegt war … »Deshalb meinte er also, er sei schon in der Hölle. Er hat Angst um sein eigenes Leben.«

Nate nickte. Er erzählte ihr von Steve und der Befreiungsaktion und kam letztlich zum entscheidenden Punkt.

»Es ist also wichtig, dass der Sheriff nichts von der Entführung erfährt. Er darf keinen Zusammenhang zwischen dem Überfall auf uns und Bennings Übergriff auf dich entdecken.«

»Du glaubst wirklich, dass euch die Kerle in Ruhe lassen, nur indem du ihnen versicherst, die Entführung nicht zur Anzeige zu bringen?« Lilly konnte nicht fassen, wie gutgläubig Nate war. »Die wissen doch bestimmt, wer du bist.« Sie richtete sich auf und sah ihn ernst an. »Nate, bitte. Bring die Entführung zur Anzeige. Lass die Kerle einbuchten. Ihr seid ansonsten nicht sicher. Die werden wiederkommen.«

Nate strich ihr über die Hand und sah sie fest an.

»Das werden sie nicht. Glaub mir. Uns allen wird nichts mehr geschehen.«

»Wie kannst du dir da so sicher sein.«

»Ich weiß es.«

Sein Gesichtsausdruck verriet ihr, dass noch viel mehr hinter seiner Geschichte steckte. Aber er war nicht bereit, ihr mehr anzuvertrauen. Einerseits war sie von seiner Fürsorge gerührt. Andererseits machte es sie fuchsteufelswild, dass er Geheimnisse vor ihr hatte. Geheimnisse, die auch sie angingen.

»Du wirst mir nie erzählen, was genau passiert ist, oder?«

Nate kniff die Augen zusammen. »Wichtig ist nur, dass dir nichts passiert ist und dass O'Leary keine Zusammenhänge zwischen den Ereignissen rekonstruieren kann.«

»Du willst die Mistkerle also davonkommen lassen? Ich … Ich verstehe das nicht.« Lilly wäre am liebsten aus der Haut gefahren. Sie sah Nate und sie sah seine Verletzungen. Sie wusste, welcher Gefahr er ausgesetzt war und weiterhin ausgesetzt sein würde. Und dann war da noch Ryan, den es noch viel schlimmer erwischt hatte als seinen Bruder.

Wie konnte Nate nur so leichtgläubig sein?

»Das musst du auch nicht. Am Ende bekommt jeder das, was ihm zusteht.«

In Lilly brodelte es. Sie stand so schnell auf, dass ihr Stuhl umzukippen drohte. »Mach, was du willst und was du für richtig hältst, Nate. Ich werde es auch tun.«

Wütend verließ sie die Küche und stapfte zur Haustür. Nate kam ihr nicht nach – und das war gut so.

Kapitel 16

»Du solltest langsam Feierabend machen, Liebes.« Hal hatte den Kopf durch die angelehnte Tür des Besprechungsraumes gesteckt und beobachtete seine Tochter, die auf einen Laptop starrte. »Tante Maggy rief vor ein paar Minuten an und hat uns zum Abendessen eingeladen. John wurde befördert, und das wollten sie und Onkel Paul mit uns feiern. Möchtest du nicht mitkommen? Sie hat *Gumbo* gekocht. Das magst du doch so sehr.«

»Das freut mich sehr für John.« Ihr Cousin hatte diese Beförderung wahrlich verdient. Er war nun schon seit über zwei Jahren in Schanghai und arbeitete dort Tag und Nacht für seinen Erfolg, den sie ihm von ganzem Herzen gönnte und über den sie sich ehrlich mit ihm freute. »Geh ruhig allein. Oder nimm Peter mit. Ich habe keinen Appetit, Dad. Außerdem möchte ich noch ein paar Auswertungen fertigstellen.«

»Die kannst du doch auch am Montag noch fertig machen. Die IT-Abteilung hat mir versprochen, dass du am Montag neue Monitore erhältst und auch gleich einen neuen Drucker. In diesem Provisorium kannst du doch nicht konzentriert arbeiten.«

Lilly folgte dem Blick ihres Vaters, der über das Chaos des Besprechungstisches glitt. Natürlich war das nur eine Übergangslösung, sich in diesem Raum kurzfristig niederzulassen. Aber wo hätte sie sonst arbeiten sollen? Wobei Arbeit nicht das richtige Wort war. Ablenkung traf das Ganze besser.

Ihr ging das Gespräch mit Nate nicht aus dem Kopf. Wie konnte ein so intelligenter und cleverer Mensch nur denken, dass er es mit skrupellosen Verbrechern aufnehmen konnte? Weil sie sich gegenseitig ihr Wort gegeben hatten? So blöd konnte er doch nicht sein. Was, wenn die Kerle noch einmal versuchen würden, ihm und Ryan etwas anzutun?

Sie konnte ihn nicht verstehen. Dennoch war sie seinem Wunsch nachgekommen und hatte Brian gegenüber keine Silbe darüber verloren, dass die beiden Vorfälle in irgendeinem Zusammenhang standen.

»Ist schon in Ordnung. Geh du ruhig zu Tante Maggy und Onkel Paul. Ich werde nur noch den Datentransfer abschließen, damit Nate morgen gleich die Zahlen hat, und dann werde ich auch nach Hause fahren. Es war wirklich ein langer Tag. Ich hoffe, die beiden haben Verständnis, dass ich heute nicht mitkomme.«

»Nate ist doch gar nicht mehr hier.«

Lillys Kopf schoss in die Höhe. »Wie meinst du das, er ist nicht mehr hier? Ich war heute Morgen noch bei ihm.«

»Hättest du dich nicht hier verkrochen, sondern stattdessen mit Nate gesprochen, wüsstest du, dass er dringend zurück nach Atlanta musste. Er hat Ryan aus dem Krankenhaus abgeholt und sie sind schon vor Stunden wieder zurückgefahren. Außerdem musste er auch Berts Haus räumen, wie er mir gesagt hat.«

Lilly schnaubte und stand auf.

»Das ist unglaublich.« Weshalb hatte er ihr kein Sterbenswörtchen darüber gesagt?

»Wo willst du hin?«, fragte sie ihr Vater, als sie nach ihrer Jacke griff und losstürmte.

»Das weiß ich noch nicht«, gestand sie ihm offen ein. »Ich muss hier einfach raus.«

Hal griff nach ihrem Arm. »Solange du keine Dummheiten machst?« Er sah sie eindringlich und besorgt an.

Sie schüttelte den Kopf. »Das habe ich nicht vor, Dad. Außerdem folgen mir Steves Lakaien auf Schritt und Tritt. Ich brauche nur ein bisschen Zeit für mich.«

Hal küsste ihre Stirn und flüsterte in ihr Ohr: »Ich bringe dir eine Portion *Gumbo* mit. Nur zur Sicherheit.«

»Danke, Dad.«

Als Lilly wenig später die Firmenzentrale verließ, war das Gebäude, mit Ausnahme von zwei Büros, stockfinster. Es war Wochenende und ihre Mitarbeiter hatten sich diese Auszeit nach den dramatischen letzten Tagen mehr als verdient. Vermutlich würde sich ein Großteil der Belegschaft bei Sam im *Junction* treffen, um noch einmal ausführlich über die Ereignisse der Woche zu plaudern. Was ihren Plan, sich auf ein Glas Wein zu ihrer Freundin zu gesellen, zunichtemachte. Vielleicht wäre es am besten, sie würde nach Hause fahren, sich die Bettdecke über den Kopf ziehen und darauf hoffen, dass alles nur ein böser Traum war.

Sie überquerte den hell erleuchteten Parkplatz und öffnete die Wagentür. Der Duft von Nates Aftershave war noch so gegenwärtig, dass sie für einen kurzen Moment die Augen schloss und an ihn dachte. Unweigerlich stellte sie sich die Frage, weshalb er ihr nichts von seiner Abreise erzählt hatte. Wusste er es etwa am Morgen schon? Hatte er es ihr absichtlich nicht gesagt?

Den gesamten Tag über hatte sie versucht, ihre Gefühle zu unterdrücken. Doch nun kehrten die Angst um ihn und die Wut auf sein törichtes Handeln wegen der Entführung zurück. Wie konnte er nur so leichtfertig mit seinem Leben spielen? Nun ja, Ryan war zwar ebenfalls in den Vorfall verwickelt, aber wenn sie ehrlich zu sich selbst war – und wenn auch Nate ehrlich zu sich selbst war –, wussten sie beide, dass die Kerle es nur auf ihn abgesehen hatten. Ihn zu verlieren … Nate zu verlieren …

Sie schluchzte und erschrak. Das Geräusch hatte sie ebenso überrascht wie die Erkenntnis, dass sie sich in Nate verliebt hatte. Wobei verliebt eigentlich nicht das richtige Wort war. Sie riss die Augen auf und zog die Luft ein.

Sie liebte ihn. Ehrlich. Aufrichtig. Und von ganzem Herzen.

ぐ❖ど

»Du hast ihr nichts von deiner Abreise gesagt?« Ryan lag auf der großen Couch in Nates Wohnzimmer und schüttelte müde den Kopf. »Komm schon, das kannst du nicht bringen. So, wie ich Lilly kenne, macht sie sich sicher schon tierische Sorgen. Ruf sie wenigstens an.«

»Sie weiß, dass uns das Ferienhaus nur bis heute zur Verfügung stand.« Nate setzte sich auf die Lehne der einladenden Wohnlandschaft. »Außerdem muss ich morgen zurück nach Heartwell. Vergiss nicht den Deal. Vermutlich weiß sie nicht einmal, dass ich nach Atlanta gefahren bin.«

»Bevor ich dich jetzt gleich frage, ob ihr beiden Zoff hattet – wie lief es bei der Bank? Hast du das Geld bekommen?«

Nate nickte.

»Haben sie dir Fragen gestellt? Für gewöhnlich benötigst du keine so hohen Bargeldauszahlungen.«

Nates Blick glitt in Richtung seines Arbeitszimmers, wo das Geld gut verstaut im Tresor lag. »Sie wollten durchaus Fragen stellen, doch ich habe ihnen deutlich signalisiert, dass ich nicht antworten werde.«

»Wenn Lilly je dahinterkommt …«

»Das wird sie nicht«, fiel ihm Nate ins Wort. Das durfte sie einfach nicht. Doch welche Wahl blieb ihm schon? Er war ein ehrlicher und fairer Geschäftsmann. Zu wissen, dass Benning Lilly und ihre Familie um das Geld betrogen hatte, war das eine. Doch das Geld hatte die ganze Zeit irgendwo im Nirgendwo geschlummert. Keiner hatte geahnt, dass die Transaktion mit dem letzten und höchsten Geldbetrag nicht beendet worden war. Hätten sie es gewusst, wären Nate und Lilly sich nie begegnet. Er hätte nichts von *Sanders* gewusst und alles hätte seinen gewohnten Gang genommen. Doch er war ihr begegnet. Er …

»Träumst du?« Ryan sah ihn fragend an.

»Wie?« Nate sah zu seinem Bruder. »Nein. Ich hoffe einfach nur, dass dieses ganze Drama bald vorbei sein wird.«

»Dein Ausflug nach Heartwell kommt dich ganz schön teuer zu stehen. Du weißt hoffentlich, dass, wenn alles planmäßig verläuft, du keinen Grund mehr haben wirst, nach Heartwell zu fahren. Lilly wird nicht mehr auf *Brooks* angewiesen sein.«

»Das ist mir bewusst«, antwortete er seinem Bruder. Sein Versuch, die Erkenntnis zu überspielen, wurde von der Traurigkeit, die in seiner Stimme lag, verraten.

»Weshalb redest du dann nicht mit ihr?«, wollte Ryan wissen.

»Weil … Worüber?«

»Nate, du bist ein Trottel. Du gibst ihr das ganze Geld zurück und schenkst ihr damit ihre eigene Firma. Du gehst Deals mit Verbrechern ein und weißt nicht mal, ob sie dich, Lilly und Heartwell danach in Ruhe lassen und der ganze Fall damit erledigt sein wird. Warum tust du das wohl?« Ryan richtete sich mit einem gequälten Stöhnen auf. »Ich habe es dir schon einmal gesagt und ich werde es noch mal sagen: Du bist verliebt. Du hast dich Hals über Kopf in Lilly verliebt und nur deshalb öffnest du deine Brieftasche. Weshalb sagst du ihr nicht, was du für sie empfindest? Wenn der Deal mit *Sanders* sowieso platzt, gäbe es da nicht tatsächlich eine Chance für euch? Keiner könnte behaupten, dass ihr nur das Angenehme mit dem Nützlichen verbindet.«

»Du hast recht.« Nate stand auf, setzte seine Brille ab und rieb sich müde die Augen. »Vielleicht sollte ich morgen wirklich mit ihr sprechen. Aber was ist, wenn …«

»Ich müsste mich schon sehr täuschen, wenn sie nicht das Gleiche für dich empfinden würde.«

Nate wusste, dass er Lilly nicht gleichgültig war. Ansonsten hätte sie am Morgen nicht so auf seine Bitte reagiert, den Sheriff zu belügen. Sie hatte wirklich Angst um ihn und um Ryan. Doch wäre es fair, ihr weiterhin die Wahrheit zu verschweigen?

Er hatte keine Wahl, jedenfalls nicht, was *Sanders* anbelangte. Sie würde das Geld ansonsten nie annehmen. Geld, um das sie und die Firma hinterrücks beraubt worden waren.

Und was seine Gefühle anbelangte? Sollte Ryan recht behalten und es war wirklich an der Zeit, die Karten offen auf den Tisch zu legen? Er wollte mit Lilly zusammen sein. Er wollte sie beschützen. Er wollte sie in seinem Leben.

Nate lächelte. Er hatte sich tatsächlich verliebt. Und wenn er tief in sein Herz blickte, wusste er, dass auch Lilly für ihn mehr empfand. Anders ließ sich die Anziehung zwischen ihnen nicht erklären.

»In Ordnung. Ich werde morgen mit ihr reden. Gleich nach der Übergabe.«

Nate schlief unruhig in dieser Nacht. Die Ereignisse der letzten Tage steckten ihm noch in allen Gliedern. Angefangen beim Brand auf dem Firmengelände. Auch die Sorge um seinen Bruder zermürbte ihn.

Er hatte zwar vorsorglich einen Krankenservice für Ryan beauftragt und darauf bestanden, dass immer jemand bei ihm im Haus bleiben sollte, doch was sein Bruder erleiden musste, würde ihn noch lange verfolgen. Er stand tief in seiner Schuld und würde alles tun, um es eines Tages wiedergutzumachen.

Als Nate am frühen Morgen aufbrach, hütete Ryan noch das Bett. Der Pflegekraft – eine ältere Dame mit ausladenden Hüften, die Ryans vermeintliche Krankenschwesterfantasien durchkreuzte – gab er noch letzte Instruktionen, was das Sicherheitssystem anbelangte und wo sie alles Nötige finden konnte. Er reichte ihr einen Zettel mit seiner privaten Handynummer und bat, sich umgehend zu melden, wenn etwas mit Ryan wäre.

Dann nahm er mit pochendem Herzen den schwarzen Koffer aus dem Tresor und sah ihn sich an. Er hatte hart und schwer für sein Vermögen gearbeitet. Das Geld, das sich darin befand, war selbst für ihn kein Pappenstiel. Dennoch hatte er sein Geld gefühlt noch nie besser investiert als in diesen Deal mit dem Boss der *Pistols*.

Er strich über das Leder und stellte sich einmal mehr die Frage, wie alles weitergehen würde, wenn die Übergabe erfolgt war. Würde er Lilly danach verlieren oder hatte er die

Chance, sie für sich zu gewinnen?

Nachdenklich stieg er ein paar Minuten später in seinen *Escalade* und fuhr die lang gezogene Hofeinfahrt hinab, bis er auf die Habersham Road einbog. Die Straße führte ihn durch das wohlhabende Wohngebiet von *Wyngate*, bis er den Blinker setzte und der Peachtree Road zwei Meilen folgte. Es herrschte kaum Verkehr an diesem Samstagmorgen, als er die Auffahrt zum Highway 85 entlangfuhr. Doch wen wunderte es: Es war erst kurz nach sechs Uhr morgens. Er war es gewohnt, so früh aufzustehen und ins Büro zu fahren. Auch an den Wochenenden, denn für ihn gab es für gewöhnlich kein Wochenende. Er arbeitete sieben Tage in der Woche und es störte ihn nicht im Geringsten. Außer seinem Bruder und seiner Mom hatte er keine Familie. Ryan sah er für gewöhnlich jeden Tag im Büro und seine Mom lebte mit ihrem Lebensgefährten Hank seit ein paar Jahren in Europa. Sie telefonierten regelmäßig und da ihre beiden Söhne geschäftlich sehr eingespannt waren, besuchte ihre Mom sie mindestens zweimal im Jahr. Sein Vater hatte ihre Mutter noch vor der Geburt von Ryan verlassen und Nate hatte keine Erinnerungen mehr an den kaltherzigen Mann, der seine Frau und seine kleinen Kinder im Stich gelassen hatte.

Aber es gab keine Frau an seiner Seite, mit der er am Wochenende im Bett liegen bleiben wollte. Keine Kinder, mit denen er Ausflüge machen oder im Garten herumtollen konnte. So gesehen war Nate allein. Allein, und wie er nun feststellen musste, auch einsam.

Sein Blick fiel auf den Geldkoffer neben sich und er hoffte, alles möge sich nun zum Guten wenden.

Wenn die Übergabe vorbei war und Lilly ihr Geld wieder zurückbekam, würde er mit ihr reden. Und vielleicht gab sie ihm ja die Chance, auf die er so sehr hoffte.

Knapp eineinhalb Stunden später erreichte Nate Heartwell und stellte seinen Wagen in einer der Parkbuchten der Franklin Street ab. Er entdeckte Lillys rotes Fahrrad schon von Weitem und sah sich nach einem Wagen um, in dem Steves Männer saßen, um auf sie achtzugeben. Das kleine Städtchen wirkte noch ein wenig verschlafen an diesem Morgen, weshalb Nate ohne Probleme die wenigen Autos, die an der Hauptstraße parkten, inspizieren konnte.

Keiner seiner unauffälligen Firmenwagen stand hier. Auch Steves *Dodge* entdeckte er nirgendwo.

Es war überhaupt nicht Steves Art, unzuverlässig zu sein, weswegen er zuerst nachschauen wollte, ob Lilly sich überhaupt in der Bäckerei »Smulders« befand. Sollte sie seinen Sicherheitskräften tatsächlich entwischt sein, würde er sich die Kerle persönlich vorknöpfen.

Er nahm den Koffer und versteckte ihn unter dem Beifahrersitz. Dann stieg er aus und wartete auf den kurzen Signalton, sodass er wusste, dass der Wagen abgeschlossen war. Dennoch ließ er das Geld mit einem mulmigen Gefühl im Bauch zurück.

Die Ladenglocke läutete, als er die Tür öffnete und die Bäckerei betrat. Zwei Kundinnen standen an der Ladentheke und ließen sich ihre Körbe jeweils mit frisch gebackenen Brötchen fürs Wochenende füllen. Er war erleichtert, dass sie ihm – in Hinblick auf sein ramponiertes Gesicht – keine weitere Beachtung schenkten.

»Nate?«

Lilly saß mit Steve an einem der kleinen Tische des durchaus modern eingerichteten Cafés. Sie tranken Kaffee und aßen eines der Rosinen-Brötchen, von denen Lilly schwor, dafür zu töten – so köstlich seien sie.

»Hey, ihr zwei.« Er hob kurz die Hand zum Gruß und ging dann zu ihnen. Steve trug ein Sportoutfit. Zweifellos hatte er zwei Fliegen mit einer Klappe geschlagen. Er hatte sein tägliches Lauftraining bereits absolviert und Lilly war nicht allein unterwegs.

Nate stieß seine Faust gegen die von Steve und setzte sich neben seinen Freund. »Irgendwelche Vorkommnisse?«

Steve schüttelte den Kopf.

»Vorkommnisse?«, fragte Lilly. Dass sie angefressen war, konnte er nicht überhören. »Du bist doch völlig übergeschnappt. Verschwindest aus Heartwell, ohne mir auch nur ein Sterbenswörtchen zu sagen, und lässt Steve und seine Männer hier, wo nicht ich mich um meine Sicherheit sorgen muss, sondern vielmehr du dich um deine.«

»Ich gehe davon aus, dass du noch immer wütend auf mich bist?« Nate griff beiläufig nach Lillys Hefegebäck und biss ab. Nicht weil er so hungrig war – er wollte vom Thema ablenken. »Du hast übrigens recht. Das Brötchen schmeckt grandios.«

»Ich bin nicht wütend«, fuhr ihn Lilly an. Sie senkte ihren Ton, als sie bemerkte, dass sie von Babettes Kunden argwöhnisch taxiert wurde. »Ich bin nicht wütend. Ich bin stinksauer. Wie kannst du nur so leichtsinnig sein? Die Kerle wissen, wer du bist. Du …«

»Lilly, jeder weiß, wer ich bin«, unterbrach er sie. »Ich bin ständig einer gewissen Gefahr ausgesetzt. Ich kann mich also entweder verkriechen oder den Idioten die Stirn bieten.«

»Es ist also nicht zum ersten Mal passiert?«

Nate fing ihren bekümmerten Blick auf und wollte sie nicht anlügen. »Bis jetzt ist noch nie etwas Schlimmeres passiert.« Er legte Steve seine Hand auf die Schulter. »Und das habe ich ihm zu verdanken. Genau deshalb möchte ich ja, dass er bei dir ist, bis sie Benning geschnappt haben.«

Lilly schüttelte entsetzt den Kopf. »Nate.«

Es lag so viel Sorge, Angst und Wärme darin, wie sie seinen Namen sagte, dass er glücklich lächelte.

»Wenn ich dir sage, es wird alles gut, dann brauchst du dich nicht um Ryan, Steve oder sonst jemanden sorgen – auch nicht um mich.«

»Das sagst du so leicht.«

»Vertrau uns einfach.« Er griff nach ihrer Hand und hielt sie fest. »Vertrau mir.«

Lilly senkte den Blick. »Ich will einfach nur, dass es endlich vorbei ist. Ich kann nicht mehr.«

Nate wusste, dass die Sache schneller vorbei sein würde, als Lilly ahnte. Sie sah so niedergeschlagen und müde aus, dass er darauf hoffte, die unmittelbar bevorstehenden Neuigkeiten würden ihr wieder Kraft und Antrieb schenken.

Sobald Benning mit dem Geld auftauchen würde, würden sich Steve und seine Freunde den Kerl schnappen und ihn der Polizei übergeben. Lilly würde ihre Firmengelder zurückbekommen und Nate würde sich bei *Sanders* zurückziehen. Die Firma wäre wieder im Besitz ihrer Familie und sie konnte tun und lassen, was sie wollte. Und genau dann würde er ihr sagen, dass er sie …

Sein Telefon klingelte. Er zog es aus der Gesäßtasche seiner Jeans und warf einen Blick darauf. Es zeigte einen anonymen Anruf an und er ahnte bereits, wer mit ihm in Kontakt zu treten versuchte.

»Entschuldigt bitte, ich muss da schnell rangehen.«

Lilly lehnte sich in ihrem Stuhl zurück und sah ihn traurig an. Sie hatte sich ihm gerade anvertraut, wie sollte es da auf sie wirken, dass er einem Telefonat den Vorzug gab, anstatt für sie da zu sein. Er lächelte milde. »Ich bin gleich zurück. Dann reden wir in Ruhe weiter.«

»Schon in Ordnung. Ich muss eh langsam los.«

Das Telefon klingelte bereits drei weitere Male.

»Wartest du wenigstens noch so lange, bis ich zurück bin?« Nate sah nervös auf das Handy. Er konnte sich nicht erlauben, den Anruf zu verpassen, und hoffte auf eine Reaktion von Lilly.

Sie nickte und sofort hastete er aus der Bäckerei, um das Gespräch entgegenzunehmen.

»Ja?«

»Heute Nachmittag um fünfzehn Uhr in der alten Lagerhalle am Staudamm. Benning wird auch da sein. Aber ich warne Sie – machen Sie keine Dummheiten, Mr. Brooks. Wenn wir die Polizei auch nur riechen, ist der Deal geplatzt.«

Tut. Tut. Tut.

Nate sah auf das Display, das sich schwarz färbte. Dann wanderte sein Blick zu Steve, der ihn während des ganzen Gesprächs nicht aus den Augen gelassen hatte. Sein Freund sah ihn mit finsterer Miene an. Steve hatte von vornherein seine Bedenken geäußert, was Nates Vorgehen anbelangte. Doch er hatte ihm auch deutlich signalisiert, dass er an seiner Seite wäre. Komme, was wolle.

Er ging zurück in die Bäckerei und bestellte sich eine Tasse Kaffee und ein Rosinen-Brötchen bei einer der Verkäuferinnen, die ihn prompt einer argwöhnischen Musterung unterzog. Dann setzte er sich wieder an den Tisch und überspielte seine Anspannung, indem er Lilly zu aktuellen, geschäftlichen Themen ausfragte. Doch weder ihr noch ihm stand eigentlich der Sinn danach. Es war, als würde etwas unausgesprochen in der Luft liegen, und keiner traute sich, darüber zu sprechen.

»Ich habe begonnen, die Quartalszahlen in Hinblick auf die Lieferrückstände, was den Ausfall durch den Brand anbelangt, noch einmal aufzuarbeiten.« Lilly sah auf ihre Armbanduhr. »Ich möchte die Auswertung fertigstellen und dir heute Vormittag noch zukommen lassen. Deshalb sollte ich langsam los.«

»Das hat Zeit«, antwortete ihr Nate. »Du solltest jetzt erst einmal zur Ruhe kommen. Geh doch nach Hause und entspann dich, nach all dem, was vorgefallen ist.«

»Ich soll also nach Hause gehen und relaxen?«

Nate nickte.

Lilly schob den Stuhl zurück und stand auf. »Ich vermute mal ganz stark, dass du einen Schlag zu viel abbekommen hast.«

»Lilly, ich …«

»Geh du doch nach Hause zum Relaxen«, fuhr sie ihn an. »Was willst du eigentlich schon wieder hier? Hattest du nicht etwas Wichtiges in Atlanta zu erledigen?«

»Das habe ich bereits getan.«

»Und jetzt? Kommst du zurück, um uns zu kontrollieren?«

Weshalb war Lilly nur so wütend auf ihn? Hatte er etwas Falsches gesagt? Er meinte es doch nur gut mit ihr. Nach der Sache mit Benning sollte sie sich wirklich eine Auszeit gönnen. Schließlich wurde man nicht jeden Tag mit einer Waffe bedroht – noch dazu vom Ex-Verlobten.

»Weshalb bist du so sauer?«, fragte er sie und beobachtete eine ihrer Lockensträhnen, die wild vor ihrem Gesicht tanzte.

»Weil ich mich von dir nicht verar…« Sie hielt kurz inne und holte tief Luft. »Weil ich mich von dir nicht vorführen lasse. Du verschwindest nach Atlanta und plötzlich tauchst du wieder hier auf. Du lässt mich von Steve und seinem Team

überwachen, ergreifst selbst aber keine weiteren Sicherheitsmaßnahmen, was deinen Schutz anbelangt. Du scheinst dir
nichts aus *Sanders* zu machen, obwohl das Unternehmen gerade mehr Unterstützung braucht denn je. Du verschweigst
mir absichtlich etwas und das macht mich unendlich wütend.
Was spielst du hier gerade für ein Spiel, Nathan Brooks?«

૭૩❖ജ

Lilly sah Nate ernst an und hoffte darauf, er würde ihr endlich
reinen Wein einschenken. Sie spürte, dass an seinem abrupten
Verschwinden und seinem plötzlichen Auftauchen mehr dran
sein musste, als er zuzugeben bereit war. Sie hasste es, dass er
ihr etwas vorspielte und nicht offen über alles mit ihr sprach.

Seine übertriebene Fürsorge nervte sie gewaltig. Richard
hatte von ihr das Geld bekommen und war sicherlich schon
längst abgetaucht. Er hatte keinen Grund mehr, ihr aufzulauern, denn er wusste, dass es bei ihr nichts mehr zu holen gab.
Dass er zurückkommen würde, um ihr etwas anzutun, hielt sie
für ausgeschlossen. Umso mehr nervte es sie, unter Dauerbe-
obachtung zu stehen, während Nate in einem Anflug von
Dummheit sich auf einen gefährlichen Deal eingelassen hatte.
Im Gegensatz zu ihr wäre er nicht sicher vor einem weiteren
Übergriff. Die Rocker wussten, wer er war. Es war also nur
eine Frage der Zeit, bis sie etwas von ihm einforderten. Oder
hatten sie das bereits getan?

Plötzlich begannen Lillys Gedanken alarmiert zu kreisen.
Weshalb hatte Nate so dringend nach Atlanta gemusst? Alle Ge-
spräche, Telefonate, Meetings hätte er problemlos per Telefon-
oder Videokonferenzschaltung abhalten können. Warum hatte
er Ryan mitgenommen? Weshalb wollte er nicht, dass sein Bru-

der weiterhin in *Elberton* blieb? Wie war es möglich, dass ihn plötzlich ein simpler Telefonanruf so nervös machte, wie der, den er vor wenigen Minuten erhalten hatte? Mit einem seltsamen Gefühl im Bauch beantwortete sich Lilly ihre Fragen selbst: Die Sache mit den *Pistols* war noch nicht beendet.

Nate hatte ihre Frage hingegen noch immer nicht beantwortet, stattdessen sah er sie schweigend an.

»Ich verstehe«, sagte sie traurig und schnaubte leise, ehe sie nach ihrer Tasche griff und Babette beim Verlassen der Bäckerei zum Abschied zunickte. Sie ging nur ein paar Schritte und hielt dann an, um durchzuatmen. Ihr Herz pochte aufgeregt, denn es brach; Stück für Stück.

Richards Betrug hatte sie getroffen. Sie konnte nicht verstehen, weshalb er sie damals hintergangen hatte. Sie war wütend und enttäuscht und hätte ihm am liebsten den Kopf abgerissen. Doch Nates Verhalten traf sie bis in ihr Innerstes. Dahin hatte es Richard nie geschafft.

Die Ladenglocke der Bäckerei war zu hören. Sie musste sich nicht umdrehen, um zu wissen, dass Steve bereitstand, um ihr auf Schritt und Tritt zu folgen. Niedergeschlagen stellte sie ihr Fahrrad auf und schob es zur Straße. Sie fühlte sich elendig und wusste, dass es so nicht weitergehen konnte.

»Solltest du mir folgen, werde ich zum Sheriff gehen und dich anzeigen. Sollten mir deine Männer folgen, werde ich ebenfalls zum Sheriff gehen. Haltet euch also von mir fern und lasst mich in Ruhe.« Sie drehte sich zu Steve um und bemerkte, dass es mit seiner sonst so ruhigen und ausgeglichenen Art nicht mehr zum Besten stand. Aber es war ihr in diesem Moment egal. »Sag das deinem Chef.«

Lilly stieg auf ihr Rad und trat in die Pedale. Steve folgte ihr nicht. Anscheinend hatte ihre Drohung gewirkt.

Schon nach wenigen Minuten erreichte sie das Firmengelände. Weit und breit waren keine Sicherheitskräfte von *Brooks Corp.* zu sehen. Sie hatte demnach gewonnen. Nate hatte Steves Team abgezogen und sie konnte wieder ein normales, unbeobachtetes Leben führen.

Allerdings hätte sie nie damit gerechnet, dass sie auf ihrem Weg allein in das Verwaltungsgebäude ein mulmiges Gefühl beschlich – jetzt, da niemand mehr auf sie achtgab. Sie sah sich vorsorglich immer wieder um, doch weit und breit war keine Menschenseele auszumachen. Es ärgerte sie, dass die übertriebenen Sicherheitsmaßnahmen der letzten Tage sie geradezu zu einem Hasenfuß hatten werden lassen. Als ob sie nicht allein auf sich aufpassen könnte.

Die große Auseinandersetzung mit Nate stand ihr noch bevor, dessen war sie sich sicher. Er wusste, dass sie in die Firma fahren wollte. Es war also nur eine Frage der Zeit, bis er auftauchen und einen Streit vom Zaun brechen würde. Doch ob er nun Mehrheitseigner an *Sanders* war oder nicht, sie würde sich nicht alles von ihm gefallen lassen.

Das, was er getan oder schlimmer nicht getan hatte, konnte sie nicht einfach so hinnehmen. Sie hatte Angst um ihn und ihm ging es am Hintern vorbei. Irgendetwas lief direkt vor ihrer Nase ab und sie bekam es nicht mit. Doch sie würde es herausfinden. Und ihr dummes Herz sollte lieber mal einen Gang runterschalten.

Kapitel 17

Nate rührte andächtig mit dem Kaffeelöffel in seiner Tasse. Steve hatte ihm vor einer halben Stunde die Hiobsbotschaft überbracht: Lilly machte ernst. Sie wollte keine Sicherheitskräfte mehr in ihrer Nähe dulden.

Normalerweise hätte er ihre Reaktion müde belächelt. Jeder Sheriff der Welt – einschließlich O'Leary – würde ihm bestätigen, dass Lilly so lange Schutz bedurfte, bis Richard Benning wieder in sicherem Gewahrsam war. Der Sheriff selbst hatte ja genau denselben Plan. Somit sahen Lillys Erfolgsaussichten, gegen ihn und auch gegen Steve vorzugehen, schon im Vorfeld äußerst schlecht aus.

Doch O'Leary durfte unter keinen Umständen auf den Plan gerufen werden. Nicht an diesem Tag. Wenn die Übergabe wie geplant stattfinden würde und Benning seine Schulden bei den *Pistols* beglichen hatte, würde er sich entweder sofort ins Ausland absetzen oder sie erhielten die einmalige Gelegenheit, ihn an die Polizei auszuliefern. Somit müsste er nicht länger Angst um Lilly haben und sie bekäme ihren Willen, ohne überhaupt etwas davon mitzubekommen.

»Ich kann immer noch nicht glauben, dass sie das ausgerechnet zu dir gesagt hat.« Nate lächelte und nippte an seiner zweiten Tasse Kaffee. »Also ich würde mich nicht mit dir anlegen.«

»Sie ist eine Kämpferin.«

Nate nickte und war in diesem Augenblick unglaublich stolz auf sie. Sie war tatsächlich eine Kämpferin. Eine, die niemals aufgab, und eine, die niemals ihre Prinzipien verraten würde. Lilly war einzigartig, und genau das wusste auch sein Herz. »Ja, das ist sie.«

»Ich habe meinen Leuten Bescheid gegeben. Sie haben die Lagerhalle und die Zufahrtsstraßen weiterhin im Visier.«

»In Ordnung.« Nate trank einen Schluck Kaffee. »Dann heißt es jetzt wohl abwarten.«

Steve nickte nur, während Nate sich fragte, wie er die Wartezeit überbrücken sollte. Es waren noch sechs Stunden bis zur Übergabe. Am besten fuhr er zu *Sanders*. Würde er nicht dort auftauchen, wäre Lillys Misstrauen geweckt, was seine Rückkehr nach Heartwell anbelangte. Andererseits, wie sollte er ihr seinen vermeintlichen Termin am Nachmittag erklären?

Vielleicht könnte er sie ja überreden, gegen Mittag Feierabend zu machen. Immerhin war es Wochenende und er wusste sehr genau, dass keine dringenden Arbeiten anlagen, die unbedingt am Wochenende erledigt werden mussten.

Nate musterte Steve, der seinen Blick aufmerksam durch die kleine Bäckerei gleiten ließ. Außer ihm kannte er niemanden, der seine Umgebung so bewusst und ausführlich in Augenschein nahm.

»Steve?«

Sein schweigsamer Freund drehte sich zu ihm. Er sagte nichts, sah ihn aber erwartungsvoll an.

»Danke für alles.«

Steve nickte wieder nur, was Nate schmunzeln ließ.

Er trank in Seelenruhe seinen Kaffee aus, aß noch die Reste von Lillys Gebäck, das sie bei ihrem überstürzten Aufbruch hatte liegen lassen, und verließ dann, gemeinsam mit Steve, die Bäckerei.

»Ist für heute Nachmittag soweit alles klar?«, fragte Nate und ging zu seinem Wagen.

»Fünfzehn Uhr. Du wirst nicht allein sein.«

»In Ordnung. Ich fahre jetzt in die Firma, damit Lilly keinen Verdacht schöpft. Soll ich dich mitnehmen?«

Kelly hatte für Steve und sein Team ein Hotel gebucht, das ein wenig außerhalb von Heartwell lag. Auch für ihn hatte sie dort ein Zimmer reserviert, jetzt, wo das Haus am See nicht mehr zur Verfügung stand.

Schade eigentlich. Nate war gerne dort. Ihm gefielen die Abgeschiedenheit und die Ruhe. Und es erinnerte ihn an Lilly.

Lilly. Er konnte es nicht erwarten, dass der Spuk bald ein Ende haben würde. Dann würde er endlich mit ihr sprechen und ihr sagen, wie viel er für sie empfand.

Allein der Gedanke an das Gespräch ließ ihn nervös werden. Lilly war unberechenbar – und so wusste er nicht, was ihm noch bevorstehen würde.

Steve schüttelte den Kopf.

»Dann sehen wir uns erst wieder, wenn alles vorbei ist.« Nates eigene Worte machten ihn nachdenklich und wieder einmal fragte er sich, ob er nicht doch zu unbedarft gehandelt hatte. Schließlich war der Deal seine Idee. Was, wenn …

»Du solltest nicht grübeln und plötzlich alles infrage stellen. Es war deine Entscheidung, den *Pistols* den Deal anzubieten, und dafür hattest du deine Gründe. Ich gehe nicht davon aus, dass sich diese zwischenzeitlich geändert haben?«

Nate verneinte stumm. Das Geld an die *Pistols* zu zahlen, war die eine Sache. Lilly und ihre Familie würden ihr Vermögen wieder zurückbekommen und die Rockergang würde Heartwell für immer den Rücken kehren und sie fortan in Ruhe lassen. Ihr aber wissentlich die Wahrheit zu verschweigen, stand auf einem anderen Blatt.

Doch es gab keine Alternative. Würde sie von seinen Plänen erfahren, die von seinen Gefühlen für sie geleitet wurden, würde sie das Geld niemals annehmen und versuchen, ihn von seinem Vorhaben abzubringen. Je weniger sie also über die ganze Geschichte wusste, desto besser. Nicht auszudenken, wie sie reagieren würde, wenn sie von der ganzen Sache Wind bekäme. Lilly war unberechenbar und genau deshalb liebte er sie so sehr.

»Dann hast du auch keinen Grund, an deiner Entscheidung zu zweifeln. Sei konzentriert, verliere nicht dein Ziel aus den Augen und vergiss nicht zu atmen. Behalte dein Umfeld stets im Blick und lass dich unter keinen Umständen provozieren. Vor allem nicht von Benning, falls er tatsächlich auftauchen sollte. Und vergiss nicht: Du bist nicht allein. Dir kann nichts passieren, dafür werden wir sorgen.«

Nate hatte noch nie hinterfragt, wen Steve mit *wir* meinte. Er wusste nur, er sprach nicht über das Sicherheitsteam von *Brooks Corp.*, doch viel mehr hatte er nach all den Jahren nicht in Erfahrung bringen können und er fragte nicht weiter nach. Steve war ein ehemaliger *Seal*. Und wie man es den *Seals* nachsagte: Einmal ein *Seal* – immer ein *Seal*. Für ihn erhärtete sich immer mehr der Verdacht, dass Steve seine ehemaligen Kollegen in die Geschehnisse eingebunden hatte. Weshalb sonst hatten die Männer in der alten Lagerhalle Masken getragen und sie auch später nicht abgenommen.

»Sobald diese Farce hier beendet ist, werde ich mich bei euch dafür erkenntlich zeigen.« Nate reichte Steve die Hand. »Danke, mein Freund.«

Steve erwiderte den Händedruck. Er nickte und ließ Nate stehen, der ihm noch eine Weile hinterhersah und sich fragte, wie er einen so ehrlichen und treuen Freund verdient hatte.

»Sagtest du nicht, die Zahlen hätten noch Zeit? Was machst du hier?«

Nate musterte Lilly, die ihre Arbeitsunterlagen über den großen Tisch im Besprechungsraum des Verwaltungsgebäudes ausgebreitet hatte. Sie hatte sich die Haare zu einem Zopf gebunden, dennoch fielen ihr ein paar lockige Strähnen ins Gesicht. Am liebsten hätte Nate ihr jede einzelne Haarsträhne zärtlich hinters Ohr gestrichen. Und …

»Hallo. Träumst du?«, fragte sie und unterbrach damit seine Gedanken.

»Ja«, antwortete er ihr ehrlich und lächelte dabei. Dass ihre Wangen sich verlegen rot färbten, deutete Nate als gutes Zeichen.

Sie räusperte sich. »Ich habe gefragt, weshalb du hier bist. Du hast kein Interesse an den Zahlen gezeigt, als ich dir davon erzählt habe.«

»Das ist nicht korrekt. Ich sagte lediglich, die Zahlen hätten noch Zeit. Da du Sturkopf dennoch in die Firma gefahren bist, dachte ich mir, ich sollte mal vorbeischauen. Nun, wie sehen die aktuellen Entwicklungen aus? Geht unser neues Konzept auf? Wie steht es um die vorläufige Dezentralisierung des Versandes und die provisorische Versandhalle?«

»Wer ist hier bitte ein Sturkopf«, giftete sie ihn an.

Nate lachte. »Na, du, sonst sehe ich hier niemanden.«

»Das ist doch wohl die Höhe.« Lilly schoss von ihrem Stuhl auf und stemmte ihre Hände in die Hüften. »Wage ja nicht, mich Sturkopf zu nennen, du Dickschädel.«

»Dickschädel? Echt jetzt?«

»Fass dich zuerst selbst an die Nase, ehe du mit dem Finger auf andere zeigst.«

»Ich …«

»Hallo ihr beiden«, begrüßte Hal seine Tochter und Nate, als er den Besprechungsraum betrat. »Streitet ihr schon wieder?«

»Wir streiten doch nicht, Dad«, beschwichtigte ihn Lilly. »Wir haben lediglich unsere Meinungen kundgetan, was eine gewisse Beharrlichkeit in Bezug auf unsere Anschauungen mit sich bringt.«

Hal schüttelte amüsiert den Kopf. »Seid ihr dann langsam fertig damit, Sturkopf und Dickschädel? Ich würde nämlich gerne etwas mit euch besprechen.«

»Ist etwas passiert?« Sofort lag ein besorgter Schatten über Lillys Gesicht.

»Ja und Nein. Nein, es ist nichts passiert. Ja, es wird etwas passieren.«

»Bitte, Dad, hör auf, in Rätseln zu sprechen. Was ist los?«

»Setzt euch bitte, ihr beiden. Wir haben zu reden.« Hal ging um den Tisch und nahm auf einem der Stühle Platz. Dann deutete er den beiden, sich zu ihm zu setzen.

Nate beobachtete Hal, der weder angespannt noch aufgewühlt wirkte. Im Gegenteil. Der Unternehmer strahlte Selbstsicherheit und Ruhe aus. Dementsprechend interessiert war Nate, was Hal ihnen zu sagen hatte.

Nachdem sie Platz genommen hatten, begann Hal, ohne Umschweife mit seinem Anliegen herauszurücken.

»Nach den letzten Monaten und auch nach dem, was in der letzten Woche geschehen ist, habe ich für mich einen Entschluss gefasst. Die Entscheidung fiel mir nicht leicht, denn ich weiß, dass du es nicht verstehen wirst.« Hal legte eine Hand auf die von Lilly.

»Dad …«

»Ich werde mich in den nächsten Wochen aus dem operativen Geschäft zurückziehen.«

»Du wirst was?« Lilly sah ihren Vater ungläubig an. »Das kannst du doch nicht tun. *Sanders* ist dein Leben.«

»Nein, Lilly. *Sanders* ist nur ein Teil meines Lebens und wird auch immer ein Teil von mir bleiben. Ich habe schon viel zu lange damit gewartet. Es tut mir nur leid, dass ich den Posten nicht wie geplant direkt an dich übergeben kann.«

»Ich verstehe das nicht.« Lilly stand die Überraschung über Hals Offenbarung ins Gesicht geschrieben.

»Eines Tages wirst du es verstehen. Eines Tages wirst du auch eine Familie haben. Willst du die Geburtstage deiner Kinder verpassen? Willst du nicht dabei sein, wenn sie ihre ersten Schritte machen? Wenn sie zum ersten Mal mit dem Rad fahren? Oder bei einer Schulaufführung dabei sein? Willst du dein Kind an seinem Abschlussball nicht voller Stolz in die Arme nehmen und ihm viel Spaß wünschen? Und nach all den Jahren noch die Vertrautheit zu deinem Mann spüren, den du über alles liebst.«

»Du vermisst Mom.«

»Ja, Liebes. Ich vermisse deine Mutter. Aber ich kann die Zeit nicht zurückdrehen. Mir wurde leider viel zu spät bewusst, dass sich in den ganzen Jahren mein Leben nur um die Firma gedreht hat.«

»Aber du hast Arbeitsplätze geschaffen und damit vielen

Menschen und Familien geholfen.«

»Das ist mein einziger Trost, Lilly. Dennoch hätte mir meine Familie viel wichtiger sein müssen. Ich nahm immer alles als ganz selbstverständlich. Und vorgestern, als du … Als Richard … Als er dich …«

Lilly nahm ihren Vater in die Arme und ließ ihren Tränen freien Lauf. »Du warst und bist ein toller Dad. Peter und ich waren immer stolz auf dich. Und Mom noch viel mehr.«

Nates und Hals Blicke trafen sich. Er erkannte die Erleichterung in Hals Gesicht und befürchtete, dass Lillys Vater seine Gefühle schon viel zu lange unterdrückte.

»Was hast du geplant, Hal?«, fragte ihn Nate in ruhigem Ton, als Lilly sich nach ihrem Gefühlsausbruch wieder zurück auf ihren Stuhl gesetzt hatte.

»Nun, wir sollten *Sanders* …«

»Nein, es geht nicht um die Firma«, Nate winkte ab. »Was hast du geplant, mit deiner freien Zeit anzustellen?«

»Ja, genau, Dad. Was willst du denn ohne die Firma überhaupt machen?«

»Ich werde verreisen.«

»Wohin?«, wollte Lilly wissen. Anscheinend war seine Antwort sehr überraschend für sie.

»Wohin es mich treibt. Afrika. Indien. *Albuquerque.*«

»*Albuquerque?*«, hakte Nate irritiert nach. Die Stadt in *New Mexico* schien überhaupt nicht zu seinen anderen Reisezielen zu passen.

Lilly schenkte ihrem Vater ein vertrautes Lächeln. »Du träumst immer noch von der *Balloon Fiesta?*«

Hal nickte und fuhr unbeirrt fort. »Was meine Position in der Firma anbelangt, ich dachte mir …«

»Wir machen eines nach dem anderen, Hal. Für *Sanders*

werden wir eine Lösung finden. Ihr beide solltet den Brocken erst einmal verdauen.«

»Versprich mir nur eines, Nate.«

Nate sah ihn an und wusste, was Hal von ihm einforderte. Das Unternehmen hieß *Sanders*, dementsprechend sollte die Position dem Namen nach auch wieder besetzt werden. Und wie er wusste, würde dieser Wunsch früher in Erfüllung gehen, als sie dachten. Er nickte und lächelte wissend. »Das verspreche ich dir.«

»Was versprichst du ihm?« Lilly sah Nate verwirrt an und blickte dann zu ihrem Vater. »Was verspricht er dir?«

»Das wirst du zu gegebener Zeit schon noch erfahren, Liebes. Doch jetzt lass uns bitte Feierabend machen. Komm mit nach Hause, entspann dich und iss etwas von dem köstlichen *Gumbo*, das ich dir mitgebracht habe.«

»In Ordnung, Dad. Lass uns nach Hause gehen.« Lilly schob ihren Stuhl zurück und stand auf. »Möchtest du uns begleiten?«

»Natürlich kommt er mit. Er muss unbedingt auch Tante Maggys *Gumbo* versuchen.«

»Wie könnte ich da widerstehen.«

Hals Offenbarung hatte Nates Plan zunichtegemacht, noch eine Zeit lang im Firmengebäude zu verharren. Doch er konnte und wollte die Einladung nicht ausschlagen. Zum einen hatte ihn Hals offenes Vertrauen tief berührt und ihm gezeigt, dass sie trotz der vorläufigen Übernahme durch sein Unternehmen keine Feinde waren, sondern respektvoll und ehrlich miteinander umgingen. Zum anderen, weil er Lilly einfach nur nahe sein wollte.

Er beobachtete sie dabei, wie sie ihre Sachen zusammenräumte und ein wenig Ordnung in das Chaos auf dem Tisch brachte, ehe sie gemeinsam das Verwaltungsgebäude verließen. Sie ließ ihr rotes Fahrrad stehen und nahm im Wagen ihres Vaters Platz. Nate öffnete die Fahrertür seines *Escalades*, stieg ein und vergewisserte sich mit einem kurzen Blick zur Beifahrerseite, dass sich der Geldkoffer noch immer unter dem Sitz befand. Dann fuhren sie los.

Nate folgte Hal und war selbst überrascht, wie gut er sich mittlerweile in der kleinen Stadt auskannte. Er fuhr den Weg zum Haus der Sanders ganz selbstverständlich, als ob er dies schon seit Jahren täte. Gerade, als er in den Hof einbog, klingelte sein Smartphone. Das große Display am Armaturenbrett zeigte an, dass es sich um einen unbekannten Anrufer handelte, wodurch sich Nates Puls augenblicklich beschleunigte.

Sein Finger fuhr unsicher über den aufgezeichneten Telefonhörer an seinem Lenkrad. »Ja«, meldete er sich.

»Planänderung. Das Treffen findet in dreißig Minuten statt.«

»Aber …«

Tut. Tut. Tut.

Verdammt. Der Anrufer hatte aufgelegt. Weshalb kam es zu dieser Planänderung? War irgendetwas geschehen? Hatte Benning etwas damit zu tun? War er womöglich hier in der Nähe?

Er sah zur Haustür, wo Hal und Lilly auf ihn warteten. In der Hoffnung, sie würden nicht misstrauisch – vor allem nicht Lilly –, ließ er die Fensterscheibe nach unten und erklärte nur kurz: »Ich muss noch einmal los. Sorry. Ich habe etwas vergessen. Wir sehen uns später.«

Er winkte den beiden entschuldigend zu und ließ den Motor wieder an. Sobald er auf der Straße war, wählte er Steves Nummer, doch dummerweise befand er sich in einem Funkloch. Er fuhr weiter in die Stadt hinein und hielt in einer der Parkbuchten. Hier hatte er für gewöhnlich immer guten Empfang. Dieses Mal klingelte es bei seinem Freund.

»Ja«, hörte er Steves Stimme am anderen Ende der Leitung.

»Sie haben den Plan geändert. Ich soll in weniger als dreißig Minuten zur Lagerhalle kommen. Schafft ihr das?«

Es blieb still in der Leitung.

»Steve«, entfuhr es Nate ungeduldig.

»Ich denke nach.«

Wieder herrschte Schweigen, doch dieses Mal drängte Nate seinen Freund nicht.

»Wo bist du?«

»Ich stehe in der Nähe der Bäckerei auf einem Parkplatz.«

»Bleib, wo du bist.«

»Und …«

Steve hatte aufgelegt. Wieder einmal hieß es, seinem Freund blind zu vertrauen. Was er auch tat. Und einzig diese Tatsache ließ Nate in diesem Augenblick nicht verzweifeln. Wenn irgendetwas schieflaufen würde, dann wollte er sich die Konsequenzen erst gar nicht ausmalen. Wobei seine Hauptsorge nicht dem Geldkoffer galt, sondern dem, was die Leute bereit waren, dafür zu tun.

℘✤℘

Lilly kniff die Augen zusammen und beobachtete Nates Wagen, der in einer der Parkbuchten in der Franklin Street stand.

Sein abrupter Aufbruch kam ihr seltsam vor, weshalb sie ihm gefolgt war. Sie hatte sich mit dem Wagen ihres Vaters in einer Seitenstraße verschanzt und sich auf die Lauer gelegt. Nates Silhouette war im Innern zu erkennen, was sie stutzig machte.

Warum hatte er es bei ihnen zu Hause so eilig gehabt, wenn er jetzt nur im Wagen herumsaß? Worauf wartete er nur?

Nur wenige Minuten später wurde ihre Frage beantwortet, als ein *Dodge* hinter Nates Wagen parkte und Steve ausstieg. Lilly traute ihren Augen kaum, als sie bemerkte, dass er eine dicke Weste trug und im Bund seiner dunklen Cargohose eine Waffe steckte. Sie bekam eine Gänsehaut und in ihrem Magen bildete sich ein bedrückender Kloß.

Was hatten die beiden nur vor?

Steve ging zum Kofferraum und öffnete ihn. Er griff nach einer dunklen Tasche und stellte sie neben sich ab. Sie erstarrte, als sie ihn dabei beobachtete, wie er eine weitere Weste an sich nahm und daraufhin den Kofferraumdeckel wieder schloss. Er griff nach der Tasche und ging zum schwarzen *Escalade*, wo er neben Nate Platz nahm.

Sie musste unbedingt herausfinden, was die beiden im Schilde führten. Normal war das, was sie taten, jedenfalls nicht. Und wenn es sich bei den Westen um schusssichere Westen handelte, befürchtete sie bereits das Schlimmste. Doch das entsprach überhaupt nicht Nates Art. Nate würde doch niemals so hitzköpfig sein und sich freiwillig mit diesen Verbrechern – diesen *Pistols* – anlegen. Es sei denn … Hatten sich die Kerle etwa wieder Ryan geschnappt? War womöglich gar nichts dran an der Geschichte, dass Nate seinen Bruder zurück nach Atlanta gebracht hatte? Sie fluchte leise.

Lilly hatte ihn noch davor gewarnt, nicht gegen diese Gang vorzugehen, und jetzt?

Ungehalten versuchte sie, den Sicherheitsgurt zu lösen. Sie hatte sich gerade befreit und die Wagentür geöffnet, als sich Nates Wagen überraschend in Bewegung setzte.

»Mist«, schimpfte sie, schloss die Tür und startete den Motor. Sie musste die beiden aufhalten. Doch wie würden sie reagieren, wenn sie bemerkten, dass sie ihnen folgte?

Sollte sie vielleicht Brian verständigen?

Nates Wagen war schon beinahe außer Sichtweite, als sie beschloss, sich möglichst unauffällig an ihre Fersen zu heften. Sie überquerte die Straße und folgte ihnen stadtauswärts, auf der Nebenstraße.

Ihr Herz pochte aufgeregt. Sie hatte in ihrem Leben schon viel erlebt. Gerade wenn sie an das letzte Aufeinandertreffen mit Richard dachte, der sie mit einer Waffe bedroht hatte, lief ihr ein kalter Schauer über den Rücken. Was tatsächlich noch auf ihrer Verbrecherjagd-Agenda fehlte, war eine Verfolgungsjagd. Nur, dass sie keine Verbrecher verfolgte, sondern ihre Freunde, um die sie sich sorgte und die sie vor einem großen Fehler bewahren wollte.

Als sie wieder auf die Franklin Street einbog, sah sie die Rücklichter von Nates Auto hinter einer Kurve verschwinden.

Sie folgte ihnen mit genügend Abstand, um nicht auf sich aufmerksam zu machen. Die beiden fuhren stadtauswärts, den Highway 29 entlang, der am Staudamm vorbei in Richtung *Anderson* führte. Lilly musste vorsichtig sein und nicht zu dicht auffahren. In der lang gezogenen Linkskurve, am *Watsadler*-Campingplatz, verlor sie die beiden kurz aus den Augen. Sie beschleunigte und konnte gerade noch erkennen, wie der schwarze *Escalade* rechts in ein Waldstück einbog.

Was wollten die beiden in der leer stehenden Fabrikhalle der Armstrongs? Die Firma war vor über zwanzig Jahren geschlossen worden, nachdem der Sohn des Firmengründers sich vom Staudamm in den Tod gestürzt hatte.

Derek Armstrong hatte den Verlust seines Sohnes Michael nie überwunden und in seiner Trauer die Druckerei und die Mitarbeiter damals sich selbst überlassen. Das ging ein Jahr gut, dann war das Unternehmen am Boden. Zahlreichen Mitarbeitern drohte die Arbeitslosigkeit, woraufhin ihr Vater seine Expansionspläne für *Sanders* früher verwirklicht hatte, als gedacht. Er baute zwei weitere Hallen auf seinem Firmengelände und ging ein hohes Investitionskostenrisiko ein. Doch am Ende hatte es sich ausgezahlt. *Sanders* wurde zu einem der größten Arbeitgeber der Region und hatte sich erfolgreich am Markt etabliert.

Die Druckerei wurde hingegen ausgeschlachtet. Alle Maschinen wurden verkauft und alles, was sich zu Geld machen ließ, verscherbelt. Seitdem glich das Gebäude einer Ruine. Wenn Nate und Steve ausgerechnet hierherkamen – bewaffnet –, musste es einen Grund geben.

Lilly stellte den Wagen auf der gegenüberliegenden Seite der Einfahrt ab. Dort befand sich der Parkplatz zum Staudamm. Es parkten noch weitere Fahrzeuge dort. Niemand würde also Verdacht schöpfen, wenn sie den Wagen ebenfalls dort abstellen würde.

Sie stieg aus, schloss das Auto ab und überquerte den Highway. Der Mitarbeiterparkplatz auf dem Firmengelände war ungefähr dreihundert Meter entfernt und lag versteckt in einem kleinen Wäldchen. Von dort aus hatte sie freie Sicht auf die alte Halle. Zu ihrem eigenen Schutz und um unbeobachtet zu bleiben, suchte sie sich ihren Weg zwischen den Bäumen zu ihrem Aussichtspunkt.

Der Parkplatz war leer. Auch sonst konnte sie weder Fahrzeuge noch Personen entdecken. Nate und Steve mussten aber hier sein, weshalb sie vermutete, dass sie sich hinter der Halle aufhielten.

Sie rannte über den Parkplatz und schlug sich ein Stück durch den Wald, ehe sie einen geschotterten Weg überquerte und den schwarzen *Escalade*, wie erwartet, hinter der Halle entdeckte.

Nate und Steve standen am Wagen und redeten mit einem Mann im Anzug, den Lilly nicht kannte. Wen sie allerdings wiedererkannte, war einer der Männer, der neben dem Fremden stand. Es war einer der Rocker, die damals im *Junction* in die Schlägerei verwickelt waren. Die anderen beiden Typen in ihrer Motorradkluft kannte Lilly hingegen nicht. Sie hatte die Kerle noch nie zuvor gesehen. Wäre sie ihnen je begegnet, hätte sie die muskelbepackten Hünen sicherlich nicht so schnell vergessen.

Sie hatte hinter einem Baum Schutz gesucht und lehnte sich ein Stück nach vorne, um die Szenerie besser zu umreißen, als direkt neben ihrem Ohr ein metallisches Klicken zu hören war. Lilly blieb regungslos stehen und vergaß zu atmen. Sie wusste genau, was dieses Geräusch bedeutete, und konnte nicht glauben, dass sie sich erneut in dieser Situation befand. Erst wenige Tage zuvor hatte Richard eine Waffe gegen sie gerichtet. Wer hatte es diesmal auf sie abgesehen?

Kapitel 18

»Mr. Brooks. Schön, Sie wiederzusehen. Wie ich sehe, haben Sie Verstärkung mitgebracht. Trauen Sie mir womöglich nicht?«

»Sie sind von unserer ursprünglichen Vereinbarung abgewichen, Mr. Stanton. Deshalb sehen Sie es mir bitte nach, dass ich ein wenig misstrauisch geworden bin.« Nate deutete zu Steve. »Mr. Grantson ist ein guter Freund von mir und …«

»Und Ihr Sicherheitschef«, ergänzte Joe Stanton. »Es freut mich im Übrigen, dass Sie meinen Namen in Erfahrung bringen konnten. Aber wie Sie sehen, sind Sie nicht der Einzige, der gute Quellen besitzt.«

Was Nate im Vorfeld bereits befürchtet hatte, wurde ihm nun bestätigt. Joe Stanton war ein schlauer Mann. Er würde nie ein Risiko eingehen und sich stets in alle Richtungen absichern. Ob er jedoch von Steves Männern wusste, die im umliegenden Wald Stellung bezogen hatten, um im Ernstfall eingreifen zu können, bezweifelte er. Oder hoffte er mehr darauf?

Was genau wusste er schon von dem Kerl, außer dass er das Talent besaß, Kleinkriminelle und Banden um sich zu scharen und sie sich hörig zu machen.

»Ich wäre enttäuscht, hätten Sie keine weiteren Erkundigungen eingeholt.« Nate sah sich um. »Verraten Sie mir, weshalb Sie unser Treffen vorverlegt haben? Ist Mr. Benning doch noch mit Ihrem Geld untergetaucht?«

»Das würde er sich nicht trauen«, gab Stanton großspurig von sich.

»Sie scheinen sich sehr sicher zu sein.«

»Ich bin mir nicht *sicher*, Mr. Brooks. Gehen Sie davon aus, dass ich es weiß. Und weshalb ich es weiß, hinterfragen Sie zu Ihrem eigenen Wohl besser nicht.«

Nate sah Stanton in die Augen und entdeckte eine Eiseskälte in dessen Blick. Sein unbewegtes Lächeln irritierte ihn dabei.

»Ich habe das Treffen vorverlegt, um die Observierung Ihrer Männer ein wenig durcheinanderzubringen.«

Verdammt, dachte Nate.

»Meine Männer machen hier nur ihren Job. Genauso wie Ihre«, mischte sich Steve mit ruhigem Ton in das Gespräch ein.

»Das weiß ich, Mr. Grantson. Doch wenn ich nicht wachsam bin und bleibe, könnte das irgendwann einmal fatal für mich enden. Ich …«

Steve hob seine Hand, um ihn zu unterbrechen. Dann drückte er zwei Finger gegen sein Ohr und Nate wusste, dass sein Team ihm über einen kleinen Sender etwas mitzuteilen versuchte.

»Wir haben ein Problem«, sagte Steve ernst.

Nate bemerkte seine angespannte Haltung und fragte sich, was geschehen war. War Benning aufgetaucht? Oder waren sie in einen Hinterhalt geraten? Wie oft hatte er sich schon die Frage gestellt, ob er sich richtig entschieden hatte. Ob er Stanton und seinem Wort trauen konnte. Nun befürchtete er, dass er die Antworten dafür schneller bekam, als ihm lieb war.

»Was ist los?«, wollte Nate von ihm wissen.

»Benning ist hier.«

Nate sah Steve verständnislos an, denn er wusste nicht, was genau sein Freund ihm damit zu sagen versuchte. Genau das war doch ihr Ziel. Sie wollten ihn sich hier schnappen und der Justiz übergeben.

»Und er ist nicht allein«, fuhr Steve fort.

»Wer ist bei ihm?«, fragte Stanton nach.

Steve sah Nate betroffen an. »Es ist Lilly.«

»Nein«, hörte Nate seine eigene Stimme ganz leise und in weiter Ferne sagen. Das Blut rauschte in seinen Ohren und sein Adrenalinpegel stieg ins Unermessliche.

»Mr. Brooks, ich frage Sie nur einmal: Was hat Ms. Sanders hier zu suchen.«

Auch Joe Stanton stand die Anspannung plötzlich ins Gesicht geschrieben, wenngleich er eher die komplette Polizei des ganzen Countys hinter Lillys Auftauchen vermutete.

»Das weiß ich nicht. Sie muss uns hierher gefolgt sein. Ms. Sanders weiß nichts von diesem Treffen, geschweige denn von unserer Vereinbarung.«

»Wenn Sie mich anlügen …«

Stanton beendete den Satz nicht, doch Nate verstand die Drohung auch so.

»Verdammt, Steve, was tun wir jetzt?«

»Beruhige dich zuerst. Nur ein klarer Kopf trifft gute Entscheidungen.« Er sah zu den Bäumen. »Lilly wird nichts passieren. Vertrau den Jungs. Benning hat keine Chance.«

Nate konnte kaum noch atmen. Die Angst um Lilly schnürte ihm die Kehle zu.

Wenn dieser Mistkerl ihr etwas antun würde …

»Da kommt er ja«, verkündete Stanton und deutete zur Westseite des Geländes.

Nate drehte den Kopf und entdeckte die beiden, wie sie auf sie zukamen. Bennings linker Arm hatte sich wie eine Schlinge um Lillys Hals gelegt, während seine rechte Hand eine Pistole in ihre Taille presste. Sein Gesicht war zu einer schmerzverzerrten Fratze verzogen und erst bei genauerer Betrachtung war ein großer roter Fleck auf Bennings grauem Hoodie zu erkennen.

Nate hatte unmenschliche Angst. Dabei fürchtete er weder Benning noch Stanton oder irgendeinen der muskelbepackten Kerle. Seine Angst galt einzig und allein Lilly. Würde ihr etwas geschehen, könnte er für nichts mehr garantieren.

Doch anstatt die gleiche Angst in ihren Augen zu entdecken, erkannte er wilde Entschlossenheit in ihrem Blick. Entschlossenheit und Wut. Ob das eine gute Mischung war?

ೞ❖ೞ

»Hör gefälligst auf, mich zu schubsen«, raunzte Lilly Richard wütend an.

»Dann hör du gefälligst auf, dich zu wehren.«

Lilly hörte die Anspannung und den Schmerz in Richards Stimme. Doch im Gegensatz zu ihrem letzten Aufeinandertreffen hatte sie bei dieser Konfrontation nicht die geringste Angst, dass er ihr etwas antun könnte. Dennoch fand sie es äußerst merkwürdig, dass er tatsächlich noch in Heartwell war. Bei ihrer letzten Auseinandersetzung hatte sie vielmehr den Eindruck gewonnen, er könnte gar nicht schnell genug seine Schulden begleichen und sich ins Ausland absetzen.

Was hatte er hier noch zu suchen? Weshalb verschanzte er

sich auf dem Firmengelände der Armstrongs? Warum waren Nate und Steve hier? Und mit wem redeten sie da nur?

»Benning«, rief der Fremde und kam ihnen ein paar Schritte entgegen. »Sie sehen schrecklich aus. Außerdem bringen Sie mir das falsche Paket.«

Aha. Das war also der Kerl, mit dem Richard Geschäfte gemacht hatte! Er hatte seine Schuld demnach noch nicht beglichen und ausgerechnet sie war nun in die Übergabe geplatzt. Die Übergabe, bei der er sich mit ihren Firmengeldern freikaufte. Aber wie passten Nate und Steve in das Bild? Was hatten die beiden hier verloren?

In Lillys Kopf explodierten förmlich ihre Gedanken um eine Verschwörung. Hatte Nate sie von Beginn an angelogen? Steckte er mit diesen Ganoven unter einer Decke? War die Entführung von Nate und Ryan am Ende von ihnen selbst inszeniert worden? War er auch nur hinter dem Geld her?

Sie sah zu ihm und verwarf ihre absurden Hirngespinste sofort wieder. Nate hatte mit seiner Firma genügend Geld verdient, da bräuchte er sicher nicht ausgerechnet auf *Sanders* warten. Der Betrag musste für ihn wie ein Tropfen auf den heißen Stein wirken. Außerdem hatte sie ihn in den letzten Wochen so gut kennengelernt, dass sie wusste, dass er zwar ein gerissener Geschäftsmann war, aber niemals ein Verbrecher.

Niemals!

Sein Blick war so starr und angespannt, dass es ihr einmal mehr bestätigte, dass sie so viel mehr verband als nur eine Geschäftsbeziehung. Sie sah ihm an, dass er Angst um sie hatte, was ihr Herz umgehend in Aufruhr versetzte.

Ohne zu antworten, zog Richard sie weiter mit sich, bis sie den Mann erreichten. Er war weder groß noch muskulös. Doch seine Aura wirkte einschüchternd.

»Ms. Sanders, nehme ich an.« Er kam lächelnd auf sie zu, wobei das Lachen seine Augen nicht erreichte. »Es freut mich sehr, Sie endlich einmal kennenzulernen, wo ich doch schon so viel von Ihnen gehört habe.« Seine Worte klangen sonor und zuckersüß, bis er sich bestimmend an Richard wandte. »Nehmen Sie die Hand von der Dame, Benning. Sofort.«

Richard lockerte seinen Griff und trat hinter sie. Lilly fühlte, dass die Waffe noch immer auf sie gerichtet war.

»Bitte.« Der Fremde bat sie mit einer einladenden Geste, weiterzugehen. »Werden Sie doch Teil unserer illustren Runde. Mr. Brooks und Mr. Grantson sind auch eben erst eingetroffen. Aber das wissen Sie ja sicherlich.«

Als sie die anderen erreichten, drehte sich ihr der Mann erwartungsvoll zu. »Verraten Sie mir doch bitte, was Sie hierherführt, so ganz alleine.«

Daher wehte also der Wind. Er wollte von ihr wissen, ob jemand über ihren Ausflug Bescheid wusste.

»Wie kommen Sie darauf, dass ich allein hier bin, Mr. … ähm. Wenn ich mich recht erinnere, haben Sie versäumt, sich mir vorzustellen.«

Stanton lachte. »Mein Name ist Joe, Ms. Sanders. Und wenn ich gleich einmal anmerken darf: Sie verstehen es, zu pokern. Das gefällt mir.«

»Verdammt. Was tun wir, wenn sie die Polizei verständigt hat?« Richards Stimme klang nervös und er machte keinen Hehl daraus, dass ihn das Geplänkel zwischen Lilly und Stanton nervte. »Lilly, ich frage dich jetzt ein letztes Mal«, Richard presste die Waffe in ihren Rücken. »Weiß die Polizei Bescheid?«

Lilly bemerkte, wie Nate erschüttert die Augen aufriss und Steve ihn mit einer kleinen Geste gerade noch davon abhalten konnte, auf Richard loszustürmen.

»Benning, Sie sind so ein Idiot. Nehmen Sie endlich die Waffe runter und zeigen Sie sich gefälligst ein bisschen respektvoller Ms. Sanders gegenüber. Immerhin waren Sie beide noch bis vor Kurzem ein Paar.«

Lilly schnaubte verächtlich. Allein der Gedanke ... Nein! Das war vorbei. Endgültig.

»Sie hat mich schon einmal verraten«, fuhr Richard Stanton an. »Ich kann nicht riskieren, dass sich mich ein zweites Mal ausliefert.«

Sie drehte sich zu Richard um und sah ihm furchtlos in die Augen. »Dann erschieß mich«, flüsterte sie ihm leise zu.

Er würde ihr nichts antun, dessen war sie sich absolut sicher, auch wenn er sie betrogen hatte. Er war vielleicht ein Betrüger, aber kein Mörder.

Wie erwartet, konnte Richard ihrem Blick nicht lange standhalten und ließ die Waffe sinken.

»Sie sind eine außergewöhnlich mutige Frau, Ms. Sanders.«

Lilly drehte sich um und sah Stanton an. »Das war nicht mutig, Joe. Das war dumm«, antwortete sie ihm. »Und jetzt möchte ich endlich wissen, was hier los ist.«

Stanton lachte. »Sie gefallen mir immer besser, Sie ...«

»Kommen Sie auf den Punkt«, unterbrach sie ihn. »Was wird hier gespielt?«

Das Lächeln in Stantons Gesicht erstarb und Stück für Stück fiel seine Maske. Vermutlich war er es nicht gewohnt, dass man so harsch mit ihm umging. »Da Sie nun schon einmal hier sind, weshalb soll ich Ihnen nicht die Wahrheit sagen.« Er deutete auf Benning. »Mr. Benning und ich haben einen Deal abzuschließen, wie Sie sicherlich schon ahnen.«

Aber weshalb sind Nate und Steve hier?

Sag es mir endlich, du schmieriger Idiot!

»Ebenso gilt es noch, einen weiteren Deal mit Mr. Brooks abzuschließen.«

Nate hatte also doch einen Deal mit dem Kerl?

Lilly fühlte sich, als wollte ihr jemand den Boden unter den Füßen wegziehen.

»Sie sehen plötzlich so blass aus, meine Liebe. Bekommen Ihnen die Neuigkeiten am Ende nicht gut?«

»Lilly, ich …« Nate wandte sich aufgewühlt an sie. »Bitte geh. Bitte.«

Er wollte sie loswerden. Doch warum? Jetzt war es eh schon zu spät. Sie wusste, dass er Geschäfte mit Verbrechern machte. »Das könnte dir so passen«, zischte sie. Sie sah in die Gesichter der umherstehenden Männer und unbändige Wut keimte in ihr auf. »Das könnte euch allen so passen«, brüllte sie. »Was seid ihr nur für Verbrecher, spielt mit der Existenz meiner Familie und meiner Mitarbeiter. Nehmt euch unser hart verdientes Geld und verzockt es und ich soll jetzt einfach so gehen? Ich soll alles einfach hinnehmen? Was denkt ihr eigentlich, wer ihr seid?«

Alle starrten sie an. Für einen endlos scheinenden Moment sagte keiner etwas.

»Sie haben recht, Ms. Sanders.« Stanton wandte sich an Richard. »Benning, holen Sie das Geld und geben Sie es Ihrer Ex-Verlobten zurück.«

»Was?« Richard riss ungläubig die Augen auf. »Das ist doch nicht Ihr Ernst.«

Lilly sah den Ganovenboss ebenfalls irritiert an. Was hatte der Kerl vor? Bezweckte er damit etwas Bestimmtes? So selbstsicher Lilly bis zu diesem Augenblick gewesen war, jetzt fiel ihr Kartenhaus zusammen und sie bekam es mit der Angst zu tun. Alle Männer um sie herum waren bis unter die Zähne bewaffnet – und sie vermutete, Nate ebenso. Was hatte sie sich also nur dabei gedacht, so einen Auftritt hinzulegen. Reichte es nicht, dass man *Sanders* um das ganze Geld beraubte? Musste sie am Ende doch noch um ihr Leben fürchten?

»Holen Sie endlich das Geld.« Die Stimme von Stanton wurde härter, lauter und unnachgiebiger.

»Ich soll ihr das Geld zurückgeben? Ausgerechnet ihr?« Richard schnaubte verächtlich. »Ich wollte sie heiraten und sie hat mich hinter Gitter gebracht.«

»Wage es ja nicht«, platzte es aus Lilly heraus. »Du wolltest mich nicht heiraten. Du wolltest nur an das Firmenvermögen rankommen. Und wie wir sehen, ist es dir ja auch geglückt. Also wage es nicht, mich zu verurteilen, weil ich deinen dreisten Diebstahl – der unser aller Existenzen bedroht hat – nicht durchgehen ließ.«

»Wir hätten das Geld locker wieder hereingeholt, wenn du nur …«

»Halt die Klappe«, brüllte Lilly los. Sie spürte, wie ihr Tränen in die Augen schossen. »Halt die Klappe, du elendiger Mistkerl. Du Betrüger.«

»Lilly …«

»Nein. Jetzt ist ein für alle Mal Schluss. Ich hab genug davon. Genug von euch allen.« Sie sah zu Nate und schloss ihn und Steve mit ein. Was immer die beiden hier zu suchen hatten, es hatte mit dem Betrug an *Sanders* und an ihr zu tun. Und das konnte sie nicht länger ignorieren. »Ich will nichts mehr hören.«

»Benning, holen Sie das Geld«, forderte Stanton Richard noch einmal auf und ließ keinen Zweifel daran, dass es sonst Konsequenzen nach sich ziehen würde.

»Behaltet das Geld und erstickt daran.« Lilly hatte endgültig genug. Sie konnte nicht mehr. Was bezweckte der Kerl mit seiner Samariternummer? Er würde ihr doch niemals ihr Geld zurückgeben. Lilly nahm all ihren verbliebenen Mut zusammen, um dem Ganzen ein Ende zu bereiten. Dass sie dabei um ihr Leben fürchten musste, blendete sie gänzlich aus. Sie sah nur eine Möglichkeit, diesem Zusammentreffen zu entfliehen: mit einem Vorstoß.

»Ich werde jetzt zu meinem Wagen gehen und in die Stadt zurückfahren. Dann werde ich den Sheriff verständigen und ihn über dieses Zusammentreffen informieren.« Sie schluckte. »Es bleiben euch ungefähr zehn Minuten, um von hier zu verschwinden. Bringt also eure Geschäfte zu Ende und fahrt zur Hölle. Ihr alle.«

Sie drehte auf dem Absatz um und wollte ihre Drohung in die Tat umsetzen. Nichts würde sie daran hindern.

»Einen Teufel wirst du tun. Ich werde nicht wieder ins Gefängnis gehen«, schrie Richard und riss sie mit einem schmerzerfüllten Stöhnen am Arm zurück.

Lilly geriet daraufhin ins Stolpern. Sie strauchelte, und da sie keinen Halt fand, fiel sie rücklings zu Boden. Ehe ihr Kopf hart auf dem Boden aufschlug, hörte sie noch einen Schuss.

Und wieder einmal wurde alles dunkel um sie herum.

»Lilly?«

Lilly hörte ihren Vater wie durch einen dichten Nebel. Seine Stimme klang besorgt und sie fragte sich, was ihm wohl so großen Kummer bereitete.

»Lilly, mein Schatz. Öffne die Augen.«

Seine Stimme drang immer klarer zu ihr durch.

»Bitte, Liebes, sieh mich an.«

Lilly kam seiner Bitte nach, die so flehentlich in ihren Ohren klang. Sie öffnete die Augen und spürte sogleich einen dumpfen Schmerz an ihrem Hinterkopf.

Ihr Vater stand über sie gebeugt und Tränen brannten in seinen Augen. »Endlich«, hörte sie ihn erleichtert sagen.

»Dad, was ist los? Ist alles in Ordnung mit dir?«

Hal Sanders lachte auf. »Mit mir? Liebling, du bist es, um die ich mir Sorgen mache.« Er strich ihr eine Locke aus der Stirn. »Wie geht es dir?«

»Ich habe höllische Kopfschmerzen.« Lilly fasste sich an die Schläfe und sah sich um. Sie befand sich in einem Krankenzimmer. Die Wände waren weiß und kahl. Die einzigen Geräusche, die zu hören waren, waren die der Geräte, mit denen sie über Schläuche verbunden war. »Wo zur Hölle bin ich?«

»Du bist in *Elberton* im Krankenhaus.«

»Im Krankenhaus? Aber ich …« Ihre Erinnerungen kehrten langsam zurück. »Warum bin ich im Krankenhaus und wer hat mich hierhergebracht?«

»Ich habe dich hergebracht.«

Sie zuckte erschrocken zusammen, als sie Nates Stimme hörte. Ihr Blick glitt zur anderen Seite des Raumes, wo der Großunternehmer mit gesenktem Haupt stand und einem Häufchen Elend glich.

»Du?«, fragte sie ihn überrascht.

»Ach, Süße«, schmunzelte ihr Vater. »Du brauchst uns doch nichts mehr vorzumachen. Wir wissen alle, dass du dich heimlich mit Nate zum Rendezvous verabredet hast. Ihr habt mich ganz schön hinters Licht geführt«, tadelte er sie wenig vorwurfsvoll.

Lilly kniff argwöhnisch die Augen zusammen. Wie kam ihr

Vater darauf, dass sie ein Date mit Nate gehabt hatte? »Wie kommst du darauf?«, erkundigte sie sich bei ihrem Vater.

Hal tätschelte ihre Hand. »Nate hat uns alles erzählt. Gott sei Dank war er dabei, als du gestürzt bist. Wer weiß, wann wir dich sonst gefunden hätten. Nicht auszumalen, wenn …«

Gestürzt? Aber der Schuss?

»Dad?«

»Ja«, schluchzte Hal.

»Lässt du Nate und mich bitte für einen kurzen Augenblick allein. Ich würde gerne etwas mit ihm besprechen.«

Hal lächelte erleichtert. »Verstehe schon.« Er küsste sie auf die Wange und klopfte Nate auf die Schulter, bevor er das Krankenzimmer verließ.

Die Tür fiel ins Schloss und Lilly war mit Nate allein. Sie hatte keine Ahnung, was tatsächlich geschehen war, und hoffte darauf, er würde ein wenig Licht ins Dunkel bringen.

»Ich will wissen, was passiert ist. Steckst du mit diesen Verbrechern unter einer Decke?«, fragte sie ihn ohne Umschweife und geradeheraus. Sie hatte nichts mehr zu verlieren – mit einer Ausnahme: ihr Herz. Doch das schien nach all den Ereignissen sowieso in tausend Teile zerbrochen. »Wenn nicht, bist du mir eine Erklärung schuldig. Falls ja, dann scher dich zum Teufel, Nathan Brooks.«

ೞ✤ೞ

Nate konnte sich nicht erinnern, je in seinem Leben so aufgeregt gewesen zu sein, wie in dem Augenblick, in dem er der Frau, die er aus tiefstem Herzen liebte, erzählen musste, was es mit dem Deal mit einem Verbrecher auf sich hatte.

Er selbst hatte gerade die schrecklichsten Stunden seines

Lebens erlebt. Zu sehen, wie Benning in seiner Verzweiflung ein weiteres Mal seine Pistole gegen Lilly richtete und sie im gleichen Moment stürzen zu sehen, in dem sich ein Schuss löste, hatte das Blut in seinen Adern gefrieren lassen. Er hatte noch nie in seinem Leben so viel Angst gehabt wie in dieser Sekunde.

»Was hast du dir nur dabei gedacht, Steve und mir zu folgen? Du hättest tot sein können, Lilly.« Wo kam denn das plötzlich her? Er wollte sie doch nicht anklagen, vielmehr hätte er sie einfach nur gerne in seine Arme gezogen und ihr gesagt, wie groß seine Angst gewesen war, die er um sie gehabt hatte.

»Nate, ich frage dich nur noch ein einziges Mal: Steckst du mit den Verbrechern unter einer Decke?«

Er sah sie an. Sie war so blass und schwach und gleichzeitig die stärkste Persönlichkeit, die er kannte.

»Nein«, er schüttelte den Kopf.

»Was hattest du dann mit den Kerlen zu schaffen?«

Er trat näher und setzte sich auf die Bettkante am unteren Teil des Bettes. Er legte erschöpft seinen Kopf in den Nacken und schloss die Augen.

»Anstatt die *Pistols* der Polizei auszuliefern, habe ich damals einen Deal mit Joe Stanton ausgehandelt.«

»Wie lautete der Deal?«, wollte Lilly wissen.

Er sah sie an. »Keine Polizei und eine kleine Entschädigung und sie würden uns alle – einschließlich Heartwell – für immer in Ruhe lassen.«

»Du hast also einen Deal abgeschlossen, während Richard mich mit einer Waffe bedrohte und mich erschießen wollte?«

In Lillys Blick lag so viel Enttäuschung und Verachtung, dass Nate das Herz zu brechen drohte.

Wenn ich ihr doch nur die ganze Geschichte erzählen könnte. Wenn ich ihr nur sagen könnte, dass ich es für sie getan habe …

»Steve und einige seiner Männer haben sich sofort auf den Weg zu dir gemacht. Doch als sie ankamen, wimmelte es dort schon vor Polizei. Joy hat uns die ganze Zeit über auf dem Laufenden gehalten, doch wir – also Steve konnte nicht mehr eingreifen. Und Benning war erneut geflohen.«

»Was war das für ein Schuss, den ich hörte, kurz bevor ich auf dem Boden aufschlug?«

Er wusste, sie würde diese Frage stellen. Doch er konnte ihr nicht antworten. Sie durfte unter keinen Umständen wissen, dass Benning bei seinem dämlichen Manöver selbst gestürzt war und sich ein Schuss aus seinem Revolver gelöst hatte. Der Idiot hatte sich selbst erschossen. Auch der Geldkoffer von Benning war schnell gefunden. Und um den Rest kümmerte sich Joe Stanton. Mehr wusste er zu seinem eigenen Wohl auch nicht. »Du musst dich täuschen. Es gab keinen …«

»Lüg mich nicht an! Was war das für ein Schuss? Was ist da draußen passiert? Ist Richard davongekommen? Ist er wieder auf der Flucht? Bitte, ich muss es wissen. Wurde jemand verletzt? Wo ist Steve?«

Sie sah ihn flehentlich an und er verstand ihren Durst nach der Wahrheit. Doch er konnte ihr unmöglich sagen, was geschehen war. Er durfte es nicht zu ihrem eigenen Schutz. Je weniger sie wusste, desto besser. »Lilly, du brauchst keine Angst mehr vor Benning zu haben. Aber bitte verstehe mich, wenn ich dir nicht mehr sagen kann. Es dient zu deinem eigenen Schutz. Niemand darf wissen, dass du da draußen warst.«

»Habt ihr ihn etwa umgebracht?«, hakte sie erschrocken nach.

»Wir haben niemanden umgebracht. Du wirst sehen, es wird sich alles ganz schnell klären. Wichtig ist nur, dass du O'Leary nichts von dem Treffen erzählst. Ich habe allen gesagt, dass wir spazieren waren und du unglücklich gestürzt bist.

Bitte, Lilly, belasse es vorerst dabei.«

Sie schüttelte enttäuscht den Kopf und verzog sofort schmerzerfüllt ihr Gesicht. Sie hatte sich eine Platzwunde am Kopf zugezogen und musste schreckliche Kopfschmerzen haben, aber es war nichts, das nicht mit ein paar Tagen Bettruhe wieder auskuriert werden konnte.

»Schon wieder eine Lüge«, entgegnete sie ihm vorwurfsvoll. »Ich habe es langsam satt.«

»Aber, Lilly …«

»Geh, Nate. Bitte, geh einfach.« Mit diesen Worten drehte sie sich zur Seite und starrte aus dem Fenster.

Nate konnte in der Spiegelung erkennen, dass sie die Augen schloss und ihr Tränen übers Gesicht rannen. Wie gerne hätte er sie getröstet und ihr alles erzählt, doch wenn er bleiben würde, würde er alles noch viel schlimmer machen. Er stand auf und spürte plötzlich, wie müde und erschöpft er war. Dabei hoffte er selbst inständig, dass diese ganzen Lügengeschichten endlich ein Ende finden würden.

Kapitel 19

»Selbstmord?« Lilly starrte Brian verblüfft an und richtete sich von der Couch auf. Die Ärzte in *Elberton* hatten Lilly noch einen weiteren Tag in der Klinik behalten wollen, doch sie hatte ihnen versprochen, sich auch zu Hause ausreichend zu schonen und sich auszuruhen. Peter durfte sie deshalb am frühen Morgen im Hospital abholen und sie nach Hause bringen. »Du meinst, Richard hat sich umgebracht?«

»Ja.« Brian nickte. »Seine Leiche wurde heute Morgen ein Stück außerhalb von *Lavonia* gefunden. Er hatte zwei Schussverletzungen. Eine etwas ältere, die wir nicht zuordnen konnten, die er sich aber vermutlich bei der Flucht zugezogen hat. Und die, die ihn getötet hat. Die Schmauchspuren beweisen eindeutig, dass er sich selbst umgebracht hat. Es gab zwar keinen Abschiedsbrief, aber alles deutet auf einen Selbstmord hin.« Brian setzte sich in einen der Sessel und beugte sich verschwörerisch zu Lilly. »Also ich glaube ja, er bereute seine Tat und wollte dir alles wieder zurückgeben, denn er hatte einen Koffer mit Bargeld bei sich. Und in seiner Verzweiflung sah er für sich keinen anderen Ausweg …«

Lilly schwirrte der Kopf. Richard war also tatsächlich tot? Und das Geld hatte er immer noch bei sich gehabt? War ihm tatsächlich eine Flucht vor diesen Verbrechern gelungen?

Da er die Summe immer noch bei sich hatte, konnte er unmöglich erschossen worden sein. Der Täter hätte niemals das Geld zurückgelassen. Aber weshalb sollte er sich umbringen? Das ergab doch alles keinen Sinn.

»Falls du dich fragst, bis wann es wieder auf eurem Konto ist«, Brian nahm seinen Hut ab und fuhr sich durchs Haar. »Es wurde erst einmal als Beweis gesichert. Aber ich vermute, ihr werdet es in den nächsten Tagen zurückbekommen. Klingt das nicht großartig?«

Sie würden tatsächlich alles wiederbekommen? Als Joe Stanton ihr in Aussicht gestellt hatte, sie würde den ganzen Betrag zurückerhalten, hatte sie ihm nicht geglaubt und es als grausamen Scherz von ihm abgetan. Aber jetzt, wo Brian es zu ihr sagte … »Wir bekommen tatsächlich unsere Firmengelder zurück?«, fragte sie zur Sicherheit noch einmal nach.

»Ja, natürlich. Vielleicht hast du ja Glück und wirst dadurch auch diesen reichen Schnösel aus Atlanta wieder los. Immerhin will er heute noch abreisen.«

»Er will abreisen?« Nate wollte weg und Brian wusste es noch vor ihr?

»Ich habe ihn in der Stadt getroffen, als ich zu dir unterwegs war, und habe ihn über die neuesten Entwicklungen unterrichtet. Er schien ein wenig geknickt und ich glaube, er befürchtet bereits, dass er nicht mehr länger gebraucht wird – jetzt, da das Geld wieder da ist. Dieser Brooks sagte zwar, dass er sich für euch freuen würde, aber so ganz traue ich seiner Freude nicht.«

Lillys Kopf schmerzte und die vielen Gedanken, die unaufhaltsam darin herumschwirrten, trugen ihres dazu bei.

Ebenso wie Brians Geschwätz.

Sie rieb sich müde die Schläfen und bat ihn, das Gespräch ein anderes Mal fortzusetzen. »Ich fühle mich wirklich nicht gut. Am besten, wir verschieben unser Gespräch auf einen anderen Tag.«

»Natürlich«, Brian stand auf. »Und du bist dir ganz sicher, dass dich Nathan Brooks nicht gestoßen hat?«

Lilly nickte. »Ja, ich bin mir ganz sicher. Er hat mich nicht gestoßen. Wirklich.«

»Der Wagen deines Dads steht übrigens noch auf dem Parkplatz beim Staudamm.«

»Danke für den Hinweis, Brian. Peter und Dad werden ihn sicherlich heute noch abholen.« *Geh endlich,* betete Lilly unentwegt. Sie konnte den Sheriff und sein Waschweibergeschwätz kaum noch ertragen. Sie wollte einfach nur allein sein und erst einmal alles verdauen, was er ihr erzählt hatte.

»Ich werde euch auf dem Laufenden halten, was die Ermittlungen anbelangt, und gebe euch dann Bescheid, wenn die Sache mit dem Geld geklärt ist.«

»Danke.«

Brian setzte seinen Hut auf und nickte ihr kurz zu. Er verließ das Haus der Sanders mit einem zufriedenen Lächeln, ganz so, als hätte er den Bösewicht geschnappt und damit die Existenz der Firma gerettet.

Lilly bettete ihren Kopf zurück auf das Sofakissen und starrte zur Decke. Das alles ergab überhaupt keinen Sinn. Sie hatte so viele Fragen und nur Nate konnte sie ihr beantworten. Doch er weigerte sich. Sagte, er wolle sie schützen und könne sich ihr deshalb nicht anvertrauen.

Richard war tot, das Geld bekämen sie zurück und die Wahrscheinlichkeit, dass sie mit diesen Rücklagen *Brooks Corp.*

aus der Firma hinausmanövrieren konnte, stand nicht zum Schlechtesten. Weshalb ging es ihr also nicht besser?

Wenn sie ehrlich zu sich war, konnte sie sich diese Frage durchaus selbst beantworten: Es fühlte sich falsch an.

Der Mann, von dem sie geglaubt hatte, sie hätte ihn einmal geliebt, hatte sie schamlos ausgenutzt, sie bedroht, sie angelogen und sich angeblich das Leben genommen – ohne für seine Taten zu büßen. Der andere Mann, von dem sie wusste, dass sie ihn liebte, spielte nicht mit offenen Karten und ließ sie in einem Scherbenhaufen aus ungeklärten Fragen, unerwiderten Gefühlen und einem Chaos in ihrem Herzen zurück. Dennoch hatte er ihr geschäftlich stets loyal zur Seite gestanden. War es also richtig, den Deal platzen zu lassen? Warum sagte er ihr nicht einfach, was er mit diesem Stanton zu schaffen hatte?

Es gab nur noch eine Möglichkeit, mehr zu erfahren. Da Steve unmöglich seinem Chef und Freund in den Rücken fallen würde, hoffte sie darauf, wenigstens in Ryan einen Verbündeten zu finden, der ein wenig Licht in das Dunkel bringen könnte. Wenn er ebenfalls schwieg, wüsste sie jedenfalls, was sie zu tun hätte.

Ihre Hand tastete nach ihrem Smartphone auf dem Wohnzimmertisch. Sie sah, dass sowohl Sue als auch Sam ihr eine Nachricht geschickt hatten und sich nach ihr erkundigten. Die beiden waren wirklich lieb. Sie standen ihr immer treu zur Seite und kümmerten sich um sie, wie es beste Freundinnen nun einmal taten. Sobald sie mit Ryan gesprochen hatte, würde sie sich bei ihnen melden.

Ihr Finger strich über das Display. Ryans Nummer fand sie in ihren Favoriten, wo sie ihn abgespeichert hatte, als sie in Atlanta zusammengearbeitet hatten.

Es klingelte kaum zweimal, als er sich bereits meldete.

»Hey, meine Kleine. Wie geht es dir?«

Ryans Stimme hörte sich verändert an. So, als ob er den Mund beim Sprechen nicht richtig öffnen würde. Lilly wollte sich gar nicht ausmalen, wie ihn diese Schlägertypen zugerichtet hatten. Dennoch beruhigte es sie ungemein, dass sich ihr Verdacht, die *Pistols* hätten ihn erneut in ihre Gewalt gebracht, um Nate zu erpressen, nicht bewahrheitet hatte.

»Ryan, du hörst dich schrecklich an. Was haben die Kerle dir nur angetan?«

»Mir geht es gut. Mach dir bitte keine Sorgen. Aber wenn ich es richtig mitbekommen habe, bist du selbst ziemlich schmerzhaft gestürzt. Ich hoffe, dein süßes Köpfchen hat keinen Schaden genommen.«

Lilly lächelte gequält. »Nichts, was sich nicht mit einer Kopfschmerztablette und ein bisschen Ruhe wieder auskurieren ließe.«

»Das freut mich. Nate sagte schon, dass du hart im Nehmen bist und dich, wider besseren Wissens, heute selbst aus dem Krankenhaus entlassen hast.«

Nate hatte also schon mit ihm gesprochen. Dann wusste Ryan bereits über alles Bescheid.

»Lilly, gehe ich richtig in der Annahme, dass du mich nicht nur angerufen hast, um mit mir über meinen Genesungszustand zu sprechen?«

»Bitte, Ryan.« Ihre Stimme klang genauso flehentlich, wie sich ihr Herz anfühlte. »Sag mir, was da los war. Warum erzählt mir Nate nicht die Wahrheit? Ich muss es wissen. Diese Ungewissheit bringt mich sonst noch um den Verstand.«

»Lil, er will dich doch nur schützen.«

»Ich muss nicht beschützt werden.« Sie erschrak selbst über die Vehemenz und Lautstärke ihres Einwandes. »Entschuldige bitte«, bat sie ihn umgehend um Verzeihung.

»Du bist wütend und aufgebracht, das verstehe ich. Aber bitte glaub mir, wenn ich dir sage, Nate ist ein guter Kerl. Nichts, was er getan hat, sollte dir schaden.« Er machte eine Pause, als ob er darüber nachdachte, ob es sinnvoll wäre, weiterzusprechen. »Im Gegenteil.«

»Ryan, du sprichst in Rätseln.«

»Ach ja? Tu ich das wirklich?« Er lachte.

Tat er das wirklich? Oder ergab alles einen Sinn bei genauerer Betrachtung? Was wusste sie denn schon? Nate und Ryan waren entführt worden. Joe Stanton forderte ihre Zugänge im Gegenzug für die Freilassung. Die Zugänge, die die Zahlung von Richard an ihn sicherstellten. Steve vereitelte jedoch den Plan. Die *Pistols* wurden überwältigt, doch Richard konnte fliehen. Er hatte sie überfallen und sich die Zugänge geholt, während Nate mit den Verbrechern einen Deal abschloss. Aber welchen Grund hatte er gehabt, mit den Verbrechern noch zu verhandeln, wenn sie sie schon übermannt hatten und nur noch hätten der Polizei übergeben müssen?

Langsam schenkte sie Nates Aussage immer mehr Glauben. Diese Rockergang, einschließlich Joe Stanton, hätte ihn, Ryan und ganz Heartwell nie in Ruhe gelassen, wäre es zu diesem Eklat gekommen. Vermutlich hatte Nate nicht nur sich und seinen Bruder vor der Rache dieser Kriminellen geschützt, sondern auch die ganze Stadt.

Die Summe, die Nate Joe gezahlt hatte, musste exorbitant hoch gewesen sein, ansonsten hätte sich dieser Ganove niemals darauf eingelassen. Doch wie passte dann die neuerliche Flucht von Richard mit den Ereignissen ins Bild? Wie hatte er gestern nur entkommen können? Und weshalb hatte er noch das Geld bei sich? Die *Pistols* hätten doch alles unternommen,

Richard und das Geld ausfindig zu machen. Denn so bekam sie es nun zurück, ohne dass …

Lilly überkam eine Ahnung. Waren die Firmengelder von *Sanders* womöglich ebenfalls Bestandteil von Nates Deal?

Er konnte das doch nicht ernsthaft getan haben? Er war doch Geschäftsmann. Nate hätte sich damit um seine eigene Investition betrogen, und warum sollte er das tun? Jetzt, wo sie den ganzen Betrag zurückbekommen würde, hätte er ja … Er hätte ihr das Geld zurückbezahlt in dem Wissen, dass der Deal – ihr Deal – dadurch platzen würde.

»Ich … Er …«, begann sie zu stottern. »Das hat er nicht getan! Oder?«

»Du weißt, ich darf dir nicht antworten. Aber ich hoffe, du verstehst, was es bedeutet.«

Lilly schloss die Augen und hörte das aufgeregte Pochen ihres Herzens. Sie spürte die Tränen der Rührung, die in ihren Augen brannten, und konnte einen Augenblick lang nicht atmen. Sie wusste, was es bedeutete.

»Ryan, heißt das, Nate …«

»Das heißt, Nate bringt mich um, wenn er erfährt, dass ich mit dir gesprochen habe«, unterbrach er sie. »Also, tu mir den Gefallen und erzähle ihm nichts von unserem Gespräch. Und, Lilly?«

»Ja.«

»Nimm bitte an, was er dir zu schenken bereit ist.«

Ryan beendete das Gespräch und Lilly sah das schwarze Display an.

War es tatsächlich möglich, dass Nate das alles aus Liebe für sie getan hatte? Liebte sie dieser Kerl wirklich? Womöglich genauso sehr wie sie ihn?

Sie stand langsam auf und kämpfte gegen den leichten

Schwindel in ihrem Kopf an. Vorsichtig ging sie zur Terrassentür und blickte versonnen in den Garten.

Wenn Nate bereit war, so etwas Großes für sie zu tun, dann sollte sie ebenfalls bereit sein, ein Opfer zu bringen.

»Und du bist dir ganz sicher, dass du das möchtest?« Hal griff über den Esszimmertisch hinweg nach Lillys Hand.

»Ja, Dad. Ich bin mir sicher. Es sei denn, du hast Einwände.« Sie hielt den Atem an. Es war viel, was sie von ihrem Vater verlangte, doch sie konnte nicht anders, als ihn darum zu bitten, *Brooks Corp.* auch weiterhin die Teilhaberschaft an *Sanders* anzubieten.

»Ich bin ehrlich gesagt ein wenig überrascht. Noch vor wenigen Wochen hättest du Nate am liebsten den Kopf dafür abgerissen, dass er Firmenanteile aufkauft, und jetzt, wo du die Chance hast, den Rückkauf zu finanzieren und alle Anteile damit wieder zurückzuführen, hältst du weiterhin an der Partnerschaft fest?«

»Mit *Brooks Corp.* als Geschäftspartner könnten wir unsere eigene Entwicklungsabteilung ausbauen. Wir könnten nachhaltiger werden und unsere Produktion ausweiten. Aus dieser Kooperation entstehen großartige Möglichkeiten für *Sanders*.« Lillys Wangen glühten. Aus ihrem ursprünglichen Plan, die Zusammenarbeit mit *Brooks Corp.* wie bisher fortzuführen, hatten sich aus ihren Überlegungen heraus unglaubliche Potenziale ergeben, die sich realisieren lassen würden.

Hal sah sie bekümmert an. »Das hört sich großartig an. Doch so, wie ich Nate verstanden habe, hat er seinen Anwalt bereits verständigt, die Aufhebungsverträge zu erstellen.«

Peter räusperte sich und sah seine Schwester ernst an.

»Vielleicht solltest du am besten selbst mit Nate sprechen,

ehe er die Stadt verlässt.«

»Das ist zu spät«, mischte sich Hal ein. »Er ist vor über einer Stunde nach Atlanta aufgebrochen. Er wollte unbedingt nach Ryan schauen und da du ja zwischenzeitlich das Krankenhaus verlassen hattest und die Sache mit *Sanders* für ihn soweit klar war, ist er losgefahren.«

Lilly ließ den Kopf sinken.

»Ich dachte, du magst Nate. Bist du etwa böse auf ihn wegen des Sturzes? Er sah so traurig aus, als er gegangen ist, und ich denke, er macht sich schwere Vorwürfe, dass er dich nicht beschützen konnte.«

»Aber er hat mich beschützt, Dad. Das ist es ja. Er hat mich beschützt.«

»Ihr beide müsst endlich miteinander sprechen«, entfuhr es Peter. »Es bringt doch nichts, wie die Katze um den heißen Brei herumzuschleichen. Bekommt eure Gefühle und *Sanders* geregelt. Ansonsten enden wir noch im Chaos.«

Sie musste schmunzeln. Ihr sonst eher zurückhaltender Bruder wurde nicht oft aufbrausend, aber wenn er die Notwendigkeit sah, dann brachte er es auf den Punkt. So auch dieses Mal.

»Du hast recht, Peter. Ich werde mit ihm reden.«

Peter schob ihr Smartphone über die Tischplatte. »Was du heute kannst besorgen …«

»Nein, das will ich nicht am Telefon mit ihm besprechen. Aber für heute war der Tag schon aufregend genug.« Sie sah ihren Bruder erwartungsvoll an. »Würdest du mich morgen nach Atlanta fahren?«

»Worauf du dich verlassen kannst.«

Nate betrat seine Küche und rieb sich verschlafen die Augen. Wäre er nicht so müde und erschöpft gewesen, hätte er die Situation durchaus belustigt kommentiert. Doch selbst der Anblick von Ryan, der Luises Kochschürze umgebunden hatte und versuchte, Spiegeleier anzubraten, vermochte es nicht, ihn aufzumuntern. Zu allem Überfluss hatte sein Bruder die Eier anbrennen lassen und der Qualm zog durchs ganze Haus.

»Kann ich dir irgendwie helfen?«, erkundigte sich Nate, der in eine Eierschale getreten war, die auf dem Boden lag.

»Nein. Alles bestens. Ich habe alles im Griff. In ein paar Minuten gibt es Frühstück.« Ryan, dessen linker Arm in einer Schlinge lag, schob mit der rechten Hand die Pfanne vom Kochfeld und sah das Ergebnis seiner Kochaktion skeptisch an. »Hast du vielleicht noch etwas Müsli im Haus? Nur zur Sicherheit.«

Nate seufzte und ging in den Vorratsraum. Er wusste, dass Luise sein Früchte Müsli hier aufbewahrte, nur wusste er nicht, in welcher der vielen Boxen sie es versteckt hatte. Für gewöhnlich fand er seinen Frühstückstisch jeden Morgen bereits gedeckt vor. Er sah auf seine Uhr. Es war schon nach neun.

»Wie wäre es, wenn wir zum Brunch in die Stadt fahren? In *Jimmy's Kitchen* ist bestimmt noch ein Platz für uns frei.«

»Aber ich wollte doch Frühstück für uns machen«, gab Ryan entrüstet von sich.

Nate kam wieder aus dem Vorratsraum und schloss die Tür hinter sich. »Ryan, das ist kein Frühstück, das ist ein Anschlag auf mein Haus und meine Einrichtung. Hoffen wir, dass die Rauchmelder nicht anspringen.« Er deutete zum Herd. »Du schuldest mir im Übrigen eine neue Pfanne, denn die, die du benutzt hast, ist ruiniert. Selbst Luise wird sie nicht mehr sauber bekommen.« Und Luise bekam für gewöhnlich alles sauber!

»In Ordnung.« Ryan hob eingeschnappt seine rechte Hand. Dann löste er die Schlaufe an der Schürze und zog sie sich über den Kopf. »Ich werde mich rasch umziehen und dann können wir los. Aber du bezahlst. Immerhin wollte ich das Frühstück für uns machen.«

»Wann kommt deine Pflegerin vorbei, um die Wunden zu versorgen?«

»Erst heute Nachmittag.« Ryan bemerkte Nates prüfenden Blick. »Mir geht es gut. Es sind nur noch ein paar kleine Schrammen. Ich brauche keine Glucke, die mich bemuttert.«

»Dennoch hättest du sie nicht gleich wegschicken müssen. Als ich gestern aus Heartwell zurückkam, hast du elendig ausgesehen.«

»Dann hatten wir ja was gemein.«

Nate verstand Ryans Andeutung, ging jedoch geflissentlich darüber hinweg. »Zieh dich um, wir treffen uns in ein paar Minuten wieder und fahren dann zu Jimmy.«

Während Nate seinem Bruder hinterhersah, der humpelnd zum Gästezimmer marschierte, brannte Kummer und Schmerz auf seiner Seele. Er selbst war bei dem Überfall verletzt worden und er wusste genau, wie ihn seine Prellungen und Hämatome schmerzten. Wie musste es da erst Ryan gehen. Sein Bruder trug die Schmerzen jedenfalls mit hoch erhobenem Haupt und hatte darüber hinaus seinen Humor nicht verloren – dafür liebte er ihn.

Nate ging zurück in sein Schlafzimmer, wo er seinen Pyjama auszog und sich eine verwaschene Jeans und ein dunkles T-Shirt aus dem Schrank nahm. In *Jimmy's Kitchen* ging es leger zu und das kam ihm an diesem Tag sehr gelegen. Er wollte einfach nur er selbst sein. Nicht mehr und nicht weniger. Nur

Nate Brooks, der einmal nicht an Geschäfte denken musste und an verpasste Gelegenheiten. Nicht an Deals und an keinen lockigen Wirbelwind, den sein Herz schon jetzt schmerzhaft vermisste.

»Hey, wo bleibst du?«, hörte er Ryan nach ihm rufen.

Er war so in seine Gedanken vertieft, dass er trödelte, und das, obwohl sein Bauch schon lautstark nach einem Frühstück zu rufen begann.

»Ich bin gleich da.«

Strümpfe. Schuhe. Was fehlte denn sonst noch? Ach ja, eine Rasur. Aber darauf konnte er heute auch getrost verzichten. Er streifte sich nur die Haare aus dem Gesicht und entschied, dass er für mehr Styling heute nicht bereit war. Dann griff er nach seinem Portemonnaie auf der Kommode, verstaute es in seiner Gesäßtasche und ging die Treppen wieder nach unten.

»Ich bin so weit«, verkündete er lautstark. »Von mir aus können wir los. Hast du bei …«

»Hi.«

Als Nate Lillys Stimme hörte, erstarrte er. Er war so überrascht, ihr gegenüberzustehen, dass er kein Wort herausbekam.

»Lilly wollte etwas Geschäftliches mit dir besprechen«, Ryan grinste amüsiert, »weshalb ich sie und Peter eingeladen habe, uns zum Frühstück zu begleiten.«

»Äh ha.« Er hatte doch nicht ernstlich gerade *äh ha* gesagt? Hatte er gerade einen Schlaganfall? *Konzentrier dich, Mann,* ermahnte er sich selbst. »Ja, natürlich«, er räusperte sich. »Begleitet uns doch bitte.«

»Nein, danke. Wir wollen euch keine Umstände bereiten«, wandte Lilly sofort ein.

»Ihr macht uns keine Umstände. Es wäre schön, wenn ihr

uns zum Frühstück begleitet. Ihr müsst schon früh aufgebrochen sein und könnt sicherlich einen Kaffee vertragen.«

Sein Herz wollte vor Freude zerspringen, als er sah, wie sie verlegen lächelte. Wenn sie auch nur annähernd bereit war, ihm noch eine Chance zu geben, würde er sie nicht verstreichen lassen. Niemals.

»Ich … Es geht wirklich ganz schnell.«

Wenn es doch so schnell ging, weshalb war sie dann extra mit Peter hergefahren und hatte ihn nicht einfach angerufen?

»In Ordnung.« Er konnte selbst die Enttäuschung in seiner Stimme hören. »Kommt rein. Lasst uns reden.«

»Ich warte draußen«, warf Peter ein. »Mit diesem ganzen Geschäftskram will ich nichts am Hut haben.«

Nate nickte und die Enttäuschung wuchs weiter. Lilly war wirklich nur hier, um etwas Geschäftliches mit ihm zu bereden. Wahrscheinlich wollte sie es sich nicht nehmen lassen, ihm persönlich mitzuteilen, dass sich *Sanders* aus ihrer Partnerschaft zurückziehen würde. Jetzt, da das Geld wieder aufgetaucht war.

Ryan ging zur Tür und öffnete sie.

»Komm, Peter, ich werde dir Gesellschaft leisten, bis die beiden endlich alles geklärt haben.«

Ryan und Peter verschwanden durch die Eingangstür und Nate blieb mit Lilly allein zurück. Er beobachtete sie dabei, wie sie sich im Eingangsbereich umsah und schon beinahe nüchtern feststellte: »Schönes Haus.«

»Danke.« Ihrem Gesichtsausdruck nach zu schließen, war er sich nicht sicher, ob ihr das Haus wirklich gefiel oder ob sie es als freundliche Floskel einbrachte, um die Stille zu unterbrechen. Er hob einladend den Arm und bat sie, ihr zu folgen.

»Darf ich dir etwas anbieten? Kaffee? Oder Tee?«

»Nein, danke. Ich möchte nichts.« Sie zog die Nase kraus. »Es riecht ein wenig angebrannt. Habt ihr etwas auf dem Herd vergessen?«

»Ryan wollte Frühstück für uns machen.«

Lilly lachte. »Das scheint nicht funktioniert zu haben.«

»Nein«, kommentierte er kopfschüttelnd die Kochversuche seines Bruders. »Wie geht es dir? Solltest du dich nicht noch schonen? Das war 'ne ganz schön große Beule.« Er musterte sie von der Seite und entdeckte einen Streifen des Verbandmulls unter ihren Locken.

»Mir geht es gut. Es war alles halb so wild.«

Er führte sie in den Wohnbereich, wo er sie bat, am großen Esszimmertisch Platz zu nehmen. Wieder beobachtete er sie dabei, wie sie sich umsah und sich sichtlich unwohl zu fühlen begann. Gefiel ihr sein Haus etwa nicht?

»Verdammt, Nate. Bist du eigentlich Rockefeller?«

Daher wehte also der Wind.

Sie blickte in den Garten, wo sie den Pool und die Loggia, mit der Außenküche entdeckte.

»Ich wusste ja, dass du viel Geld hast – aber das hier ...? So lebst du also?«

»Was willst du mir damit sagen?«, fragte Nate sie irritiert. Er hatte doch nie ein Geheimnis daraus gemacht, dass er wohlhabend war. Immerhin gehörte ihm eines der erfolgreichsten Investmentunternehmen des Landes. Dachte sie, er würde in einer Hütte im Wald hausen?

»Ich ... ähm«, räusperte sie sich. »Nichts. Ich will nichts damit sagen. Dein Haus ist wirklich traumhaft schön. Doch jetzt sollten wir besser über den Grund meines Besuches sprechen.«

Sie wirkte plötzlich eigenartig distanziert und Nate befürchtete das Schlimmste. Wobei er diesem Fall bereits vorgebeugt hatte, indem er Logan darum gebeten hatte, einen Aufhebungsvertrag zu erstellen.

»Ich kann das, was geschehen ist, einfach nicht vergessen«, begann sie ihre Ansprache. »Ich wurde hintergangen, betrogen, angelogen und mit einer Waffe bedroht. Meine Frage nach deinem Deal mit Joe Stanton hast du zwar beantwortet, aber ich befürchte, dass du mir nicht die ganze Wahrheit darüber gesagt hast.«

»Lilly, ich …« Nate wollte einwenden, dass er dies nur zu ihrem Schutz getan hatte, doch sie unterbrach ihn.

»Die vielen Ungereimtheiten lassen für mich nur einen Schluss zu.«

Nate schluckte. War sie ihm auf die Schliche gekommen?

»Du bist in allen Lebenslagen ein fairer Geschäftsmann. Du wolltest mich beschützen und hast noch dazu Heartwell vor viel Unheil bewahrt. Du stehst zu deinem Wort, egal, mit wem du verhandelst. Ein Deal ist ein Deal. Und auch wenn die verschwundenen Firmengelder wie durch Zauberhand wieder aufgetaucht sind, ich während meines Sturzes einen Schuss hörte und Richard auf mysteriöse Weise zu Tode kam, möchte ich ebenfalls klarstellen: Ein Deal ist ein Deal. Und genau deshalb biete ich dir auch weiterhin die Partnerschaft zwischen *Brooks Corp.* und *Sanders* an.« Sie streckte ihm auffordernd ihre Hand entgegen.

Nate war nicht blöd. Lilly hatte das Konstrukt durchschaut und wusste, dass auch die Firmengelder ein Teil seiner Verhandlungen mit Joe Stanton waren. Dass sie ihm mit dieser Geste entgegenkam, wertete er deshalb als Schuldbegleichung, die er niemals zulassen würde.

»Die Situation hat sich geändert, Lilly. Der Aufhebungsvertrag wird bereits erstellt und ich …«

Wieder unterbrach sie ihn.

»Das ist mir egal. Wir haben einen Deal. Ich werde mich an unseren Deal halten und erwarte dies ebenso von dir.«

»Aber das ergibt doch überhaupt keinen Sinn. Wir hätten beide nichts davon«, wandte er ein und fuhr sich aufgebracht durch seine Haare. Weshalb pochte sie nur so darauf? Es hatte ihn ein Vermögen gekostet, diese Situation herbeizuführen, und jetzt sollte alles so weiterlaufen? Wollte sie die Firmengelder womöglich gar nicht ins Unternehmen zurückführen? Sollte er die Finanzspritze sein, die die Firma weiterhin finanziert? Sie würde ihn doch niemals so dreist hintergehen. Oder doch?

»Wir hätten sehr wohl etwas davon. Denn ich habe einen Plan …«

ෆ✤ණ

»Wenn wir also das neue Versandzentrum bis Ende November fertigstellen können und danach die Entwicklungsabteilung zum Ostflügel hin erweitern, könnten wir im Frühjahr die Umrüstung der Produktionsanlagen vornehmen.«

Lillys Wangen glühten, als sie ihren Vortrag beendete. Sie hoffte sehr, dass sie Nate mit ihren Ausführungen überzeugen konnte, seine Investitionsgelder in die Entwicklungsabteilung und die Umrüstung der Produktionsstraßen umzulenken.

»Dein Vorhaben klingt wagemutig«, konstatierte er, »aber auch durchaus überzeugend.«

»Dann bist du also auch weiterhin mit dabei? Also auch dann, wenn wir *Sanders* wieder mehrheitlich übernehmen?« Ihr Herz pochte aufgeregt bei dieser Frage. Würde Nate das Angebot ablehnen, würden sie sich vermutlich nicht wiedersehen. Andererseits musste sie sich fragen, ob es klug war, ausgerechnet ihn – dem ihr Herz so bedingungslos gehörte – weiterhin als Geschäftspartner an sich zu binden. Sie wusste, dass er sie gern mochte. Doch wäre sie für ihn je mehr als nur eine Affäre? Ein Vorwand, Geschäft und Vergnügen zu verbinden?

Wenn sie sich in seinem Haus umsah, kamen ihr Zweifel, ob sie wirklich gut zueinander passten. Sein Lebensstil und seine Lebensart – das war nicht das, was sie aus Heartwell kannte. Natürlich war sein Haus ein absoluter Traum. Sie war schon beinahe entsetzt, dass man sich in einer so großen Immobilie tatsächlich wohl und behaglich fühlen konnte. Doch sie konnte über den Luxus nicht einfach hinwegsehen. Nate spielte eindeutig in einer anderen Liga als sie. Und sie wusste, dass sie ihn zwischenzeitlich so sehr liebte, dass sich ihr Herz nach mehr als nur einem Abenteuer sehnte. Deshalb gab es nur zwei Möglichkeiten: ganz oder gar nicht. Denn ihr Herz würde die Ungewissheit nicht verkraften.

»Wenn ich dich richtig verstanden habe, lässt du mir ja keine andere Wahl.« Er lächelte. »Da sich deine Pläne zudem unglaublich reizvoll und lukrativ anhören, wäre ich ein schlechter Geschäftsmann, wenn ich gerade jetzt aussteigen würde. Also ja. Ich bin dabei.«

Lilly schoss überglücklich von ihrem Stuhl hoch. Und da Nate ebenfalls aufgestanden war, fiel sie ihm freudestrahlend um den Hals. »Das wird großartig. Ich bin dir so unendlich dankbar.«

Sein Bartschatten kratzte sie an der Wange und sie hörte sich selbst seufzen. Nate zu berühren, fühlte sich überwältigend an. Von ihm berührt zu werden, noch viel besser. Sie spürte seine Hände auf ihrem Rücken, die sie an ihn pressten und seinen warmen Atem an ihrem Ohr.

»Seid ihr endlich fertig? Ich habe Hunger wie ein Bär. Ihr könnt auch später noch weiterschmusen.«

Ryans Stimme hallte durch den Raum und ließ Lilly erschrocken zusammenzucken. Sie wollte sich aus Nates Armen befreien, doch er dachte nicht daran, seinen Griff zu lockern.

»Geh weg«, schimpfte er seinen Bruder an. »Oder nimm dir ein Taxi.«

Wäre Lilly die Situation nicht derart peinlich gewesen, hätte sie Nates Vehemenz durchaus als süß bezeichnet. »Nate, bitte«, flüsterte sie mit flehendem Unterton. Es war ihr unangenehm, von ihren Brüdern in der Situation ertappt worden zu sein.

Murrend ließ er von ihr ab.

»Was ist jetzt mit Frühstück?«, bohrte Ryan weiter.

»Kommt ihr mit?«, fragte Nate Lilly noch einmal und sein erwartungsvoller Blick hätte sie beinahe überzeugt.

»Nein. Wir fahren zurück nach Heartwell. Jetzt, wo alles geklärt ist, gibt es viel zu tun.«

Sie spürte, wie sich Nate neben ihr versteifte.

Mit einer kurzen Kopfbewegung gab er Ryan zu verstehen, dass er noch einmal allein mit Lilly sprechen wollte, woraufhin sein Bruder missmutig davonstapfte und Peter aufforderte, ihm zu folgen.

Sie trat einen Schritt zurück, um wieder Abstand zwischen sie und Nate zu bringen.

»Was ist mit uns?«, fragte er sie ungeniert und sein Blick war so durchdringend und hoffnungsvoll, dass sich ein Schwarm Schmetterlinge in ihrem Bauch aufmachte und ihr damit erneut bestätigte, wie sehr sie ihn liebte.

Doch sie hatte schon einmal Privates mit Geschäftlichem vermischt. Wo sie dies hinbrachte, war ihr in den letzten Tagen immer wieder vor Augen geführt worden.

»Herz und Geschäft harmonisieren nicht sonderlich gut«, sie lachte bitter auf.

Er trat auf sie zu und legte seine Hände an ihre Wangen. »Dann stellst du mich also vor die Wahl: Deal oder Liebe?«

»Deal oder … oder Liebe?«, krächzte Lilly. »Ich meine … ähm.«

Nate lächelte. »Ich verstehe, dass du in den letzten Wochen und Monaten viel durchgemacht hast und jetzt erst einmal Zeit brauchst, um dein Leben wieder zu ordnen. Die Zeit steht dir zu und die Zeit werde ich dir geben. Aber glaub mir, Lilly, der Augenblick wird kommen, an dem wir neu verhandeln werden, und dann wirst du erkennen, dass das eine das andere nicht ausschließen wird.«

Er sah sie fest an, neigte den Kopf und besiegelte sein Versprechen mit einem wundervollen und verheißungsvollen Kuss.

Kapitel 20

Ryan formte seine Hände zu einem Trichter und brüllte quer über den Hof der *Sanders*-Firmenzentrale. »Lil, der Catering-Service ist hier. Sie wollen wissen, wo genau sie aufbauen sollen. Ich sagte ihnen, in meinem Büro.«

Lilly lachte fröhlich und schüttelte den Kopf. Ryan war einfach ... Ryan war einfach Ryan. Er war ebenso lebensfroh und witzig wie clever und strebsam. Sie hatte die letzten Monate genossen, in denen er ihr immer wieder zur Seite gestanden und sie mit den Umbaumaßnahmen und den Finanzierungen bei *Sanders* unterstützt hatte. Die Partnerschaft zwischen *Brooks Corp.* und *Sanders* wuchs dadurch, doch Mr. Brooks selbst ließ sich hier nur selten blicken. Umso mehr freute sie sich auf diesen Abend und die bevorstehende *Sanders*-Thanksgiving-Feier.

Als Ryan ihr von Nates Vorschlag berichtete, für die Mitarbeiter eine kleine Feier zu veranstalten, war sie begeistert gewesen. Nach den Unsicherheiten im laufenden Jahr, dem Brand und der konzeptionellen Neuentwicklung des Unternehmens dachte der Großinvestor, dass es eine schöne Geste wäre, die Mitarbeiter und ihre Familien zu einem köstlichen Essen einzuladen. Und da konnte sie ihm nur beipflichten.

Doch am meisten freute sie sich, ihn endlich wiederzusehen. Sie vermisste ihn und seit Tagen brachte sie kaum mehr einen Bissen hinunter – so aufgeregt war sie. Nate hatte ihr vor ein paar Monaten eine große und wichtige Entscheidung abgenommen. Eine Entscheidung, zu der sie selbst womöglich nicht in der Lage gewesen wäre. Er hatte ihr Zeit gegeben.

Er gab ihr ausreichend Zeit, um die Ereignisse zu verkraften, die über sie hereingebrochen waren. Und die Zeit, zu erkennen, dass ihre Liebe groß genug sein würde, um Herz und Geschäft unter einen Hut zu bringen. Sie war bereit. Mehr noch. Sie konnte es nicht mehr erwarten, mit ihm in Verhandlungen zu treten.

Lilly staunte nicht schlecht, als am frühen Morgen zwei Transporter angefahren kamen, die kleine Hütten und Herbst-Dekorationen ausluden. Sie hatte eigentlich eher eine kleine Feier im neuen Versandzentrum im Sinn gehabt. Doch Nate wollte anscheinend größere Brötchen backen. Das neue Gebäude wurde innerhalb weniger Stunden in eine wunderschöne Herbstlandschaft verzaubert. Unzählige Tische waren aufgebaut und zu langen Tafeln hergerichtet worden. Nichts wirkte kitschig oder übertrieben. Alles hatte Stil und Charme.

»Ich komme sofort«, rief sie Ryan zu und zog ihren Schal ein wenig enger. Es war November und für die vorherrschenden Klimaverhältnisse in Heartwell relativ kalt. Sie überquerte den Parkplatz und beobachtete die Helfer beim Entladen ihres Wagens. Als eine ältere Frau nach einer großen und allem Anschein nach auch schweren Kiste griff, sputete sich Lilly, um ihr beim Tragen zu helfen.

»Warten Sie. Ich helfe Ihnen.«

»Ich mach das schon«, hörte sie plötzlich eine sehr vertraute Stimme, die ihr einen wohligen Schauer über den Rücken laufen ließ.

»Nate. Du bist schon da?«, fragte sie ihn verwundert und unterzog ihn einer ausführlichen Musterung. Er trug einen schwarzen Mantel über seinem grauen Anzug. Seine anthrazitfarbene Krawatte blitzte am Kragen hervor und seine Brille beschlug leicht, als er die Kiste hochhob. Er war frisch rasiert und auch sein letzter Haarschnitt war noch nicht lange her. Zudem roch er verführerisch. Allein sein Aftershave vermochte es, ein Kribbeln in ihrem Bauch hervorzurufen.

»Hallo Lilly. Ja, ich konnte mich schon früher in Atlanta frei machen.« Er sah die Mitarbeiterin des Catering-Unternehmens an, auf deren Namensschild *Doreen* stand. »Wo soll ich die Kiste hinbringen?«

»Folgen Sie mir«, sie lächelte dankbar.

Sie betraten die große Halle, wo er erst einmal stehen blieb und sich umsah. »Das ist sehr schön geworden. Ich hoffe, dass es den Mitarbeitern gefallen wird. Wenn jetzt das Essen genauso köstlich ist, wie die Dekoration aussieht …«, er hob fragend die Augenbrauen und sah zu Doreen.

»Ich kann Ihnen versichern, dass Mr. Chapman ein hervorragender Koch ist. Er hat sogar schon Preise gewonnen.« Sie deutete zu dem Bereich, wo das Büfett aufgebaut werden sollte.

»Dann freue ich mich umso mehr, Doreen«, Nate lächelte und stellte die Kiste am angedeuteten Platz ab.

»Vielen Dank für Ihre Hilfe.«

»Sehr gerne. Sie sollten nicht so schwer tragen. Es gibt genügend starke Männer hier, die Ihnen sicherlich gerne zur Hand gehen. Allen voran der Kerl da hinten.« Nate deutete auf Ryan, der sich im hinteren Teil des Gebäudes befand und ungeniert mit der Dekorateurin flirtete. »Hey Ryan, wir brauchen hier deine Hilfe«, rief er seinen Bruder zu sich.

»Nate. Du bist schon hier?«, kam Ryans verblüffte Antwort, während er sich schweren Herzens von der Frau trennte und durch die Halle schlenderte.

»Weshalb seid ihr alle so verwundert, dass ich schon hier bin.« Er sah auf seine Uhr, die zwölf anzeigte. »Die Party geht in weniger als sechs Stunden los und wir haben zuvor noch ein paar Dinge zu besprechen.«

»Wir haben etwas zu besprechen?«, hakte Lilly alarmiert nach. Ihr Herz begann zu rasen. Wollte er etwa heute *verhandeln?*

»Ja, natürlich. Ich bin nicht oft hier in Heartwell und würde die Zeit deshalb nutzen, auf den neuesten Stand der Dinge gebracht zu werden.«

Seine Antwort kam so nüchtern und er verzog dabei keine Miene, dass Lillys Hoffnung im Keim erstickt wurde. Sie war bereit für mehr, weshalb erkannte er das nicht? Sollte sie es ihm deutlicher signalisieren? »Das trifft sich gut. Ich würde nämlich auch gerne etwas mit dir besprechen.«

Als sich ihre Blicke unvermittelt trafen, befürchtete sie, er könnte das laute Pochen ihres Herzens hören. Doch wieder einmal zeigte er keine Gefühlsregung.

»Hey, was gibt es mit ihm zu besprechen, was du nicht auch mir sagen könntest?«, mischte sich Ryan ein, der die beiden erreichte und seinem Bruder zur Begrüßung auf die Schulter klopfte.

Erwischt. Lillys Blick huschte verlegen zwischen den beiden Brüdern hin und her.

»Vermutlich genügend. Du könntest dich zur Abwechslung aber mal nützlich machen. Doreen«, er deutete auf die ältere Frau, die eine schwarze Hose und eine gestärkte weiße Bluse trug, »bräuchte ein wenig Unterstützung mit den Kisten.«

»Und weshalb hilfst du ihr nicht?«

»Weil ich jetzt ins Hotel fahren werde, wo ich mich mit Deborah zum Mittagessen verabredet habe. Ich denke, ich werde bis in zwei Stunden wieder hier sein.«

»In Ordnung. Grüß sie von mir und sag ihr, dass ich mich schon auf den Tanz freue, den sie mir …«

Das war zu viel für Lilly. Sie machte auf dem Absatz kehrt und stapfte wütend davon. Nate besaß wirklich die Dreistigkeit, Deborah Lee hierher mitzubringen? Nach Heartwell? Zur *Sanders*-Thanksgiving-Party?

Datete er etwa das Film-Starlet? Dass sie sich kannten, wusste sie ja. Aber dass da mehr zwischen ihnen lief …?

Wenn er schon kein Interesse mehr an ihr hatte, hätte er es ihr auf subtilere Art und Weise beibringen können. Aber er bevorzugte es, ihr mit einem beiläufigen Nebensatz das Herz herauszureißen. Was glaubte er eigentlich, wer er war? Sein Verhalten war weit mehr als unverzeihlich. Es war … Business.

Ihr Brustkorb brannte ebenso wie die Tränen in ihren Augen. Sie hörte, dass ihr jemand folgte, weshalb sie ihre Schritte beschleunigte. Sie hatte die Halle bereits verlassen und lief den Pfad entlang zum Verwaltungsgebäude, als sie hörte, wie ihr Name gerufen wurde.

»Lilly, warte.«

Es war Nates Stimme und er war der allerletzte Mensch, mit dem sie reden wollte.

»Lass mich in Ruhe«, brüllte sie und ging unbeirrt weiter.

Die dumpfen Geräusche von Nates Halbschuhen ließen darauf schließen, dass er zu einem kleinen Spurt angesetzt hatte. Er erreichte sie vor dem Haupteingang und griff nach ihrem Arm, den sie ihm entriss.

Sie wollte sich nicht umdrehen, denn dann hätte er gesehen, dass ihr unaufhaltsam Tränen übers Gesicht liefen. Dennoch wehrte sie sich nicht, als er genau das tat. Ihren Blick hatte sie auf den Asphaltboden gerichtet, denn sie konnte ihm unmöglich in die Augen schauen. Er hob seine Hand und wollte allem Anschein nach ihre Wange streicheln. Doch Lilly drehte ihren Kopf zur Seite, woraufhin er seine Hand wieder sinken ließ.

»Deborah und ich, wir sind …«

Sie blickte zu ihm auf und wollte, dass er ihr in ihre verheulten Augen sah, wenn er ihr sagte, dass es zwischenzeitlich eine andere Frau in seinem Leben gab.

»… wir sind nur Freunde, Lilly.«

Er lächelte und sie spürte, wie ihre Knie weich wurden. Mehr sagte er nicht, sondern ging einfach davon.

Zwei Stunden später saß Nate im großen Besprechungsraum des Verwaltungsgebäudes und spielte nervös an seinem *Montblanc*-Federhalter. Er hatte mittlerweile ernstlich Zweifel, ob diese Aktion gut gehen würde oder ob der Schuss womöglich nach hinten losgehen könnte. Vielleicht war er in seinem Vorhaben auch zu egoistisch, doch er wusste, er konnte und wollte nicht länger auf Lilly warten. Er liebte sie und vermisste sie jeden Tag noch mehr.

Die letzten Monate waren für ihn die Hölle gewesen. Da er Ryan abkommandiert hatte, sich um *Sanders* und die geplanten Neu- und Umbaumaßnahmen zu kümmern, fristete er ein einsames Dasein in Atlanta. Aber die Distanz zu Lilly, die er sich selbst auferlegt hatte, war richtig und gut. Sie brauchte die Zeit, um ihr Leben zu ordnen und die Ereignisse des Sommers zu verkraften. Ihre Reaktion auf Deborah bestätigte ihm nun endlich, dass auch sie bereit war, den nächsten Schritt zu wagen.

Deborahs Besuch in Heartwell war nicht geplant gewesen. Es hatte sich vielmehr aus einem Telefonat am frühen Morgen ergeben. Wie Nate in den vergangenen Monaten herausgefunden hatte, war Deborah Lee zwar ein großer Star auf der Leinwand und auch die Medien liebten sie, doch er war selten einer Person begegnet, die so einsam war wie sie. Und dabei war sie nett, freundlich und unglaublich hilfsbereit.

Einen Großteil ihres geerbten Vermögens hatte sie in humanitäre Hilfsorganisationen investiert. Ebenso achtete sie bei ihren anderen Investitionen darauf, dass es nicht ausschließlich um Geldvermehrung ging, sondern vielmehr um die Unterstützung von nachhaltigen Zukunftsvisionen.

Er konnte nicht abstreiten, dass er sie gerne hatte. Aber er liebte sie nicht. Er mochte sie einfach nur sehr, und als er erfuhr, dass sie Thanksgiving allein verbringen würde, hatte er sie kurzerhand eingeladen, ihn nach Heartwell zu begleiten.

Doch da gab es etwas, das ihm größere Sorgen bereitete. Was würde Lilly sagen, wenn er ihr plötzlich John vor die Nase setzen würde? Ihren lieben Cousin, der bis vor zwei Tagen noch als CEO in Schanghai die Interessen eines internationalen Konzerns vertreten hatte.

Er musste zugeben, Hal hatte ihm hier sehr weitergeholfen. Ihn in seine Pläne einzuweihen, war eine der besten Entscheidungen seines Lebens gewesen. Noch dazu war ihm von Beginn an bewusst, wie sehr Nate seine Tochter liebte. Und wie er vermutete: sie auch ihn.

Obwohl Hal sich aus dem Tagesgeschäft zurückgezogen hatte, stand er Lilly in den letzten Monaten treu zur Seite. Er war es, der die Idee gehabt hatte, seinem Neffen – John Foster –

die Stelle des stellvertretenden Geschäftsführers schmackhaft zu machen. Ihm war sofort klar gewesen, dass Nate Lilly in seiner Nähe wissen wollte und sie über kurz oder lang unmöglich beides unter einen Hut bringen könnten.

Fernbeziehungen funktionierten zwar, aber nicht auf Dauer. Sein Unternehmen zwang ihn, in Atlanta zu bleiben. Weshalb er jetzt schon einen Plan brauchte, Lilly zu entlasten. Je früher John hier wäre, desto eher konnte er sich mit dem Unternehmen vertraut machen. Und umso früher könnte er mit Lilly zusammen sein. Doch eins nach dem anderen.

Wieder einmal sah er ungeduldig zur Uhr. Er hatte mit Ryan vereinbart, dass sie sich um 14.30 Uhr treffen wollten. Er sollte Lilly Bescheid geben. Hal würde mit John ein paar Minuten später dazustoßen.

Sein Bruder betrat fünf Minuten vor der vereinbarten Zeit den Besprechungsraum. Er setzte sich an Nates rechte Seite und lächelte.

»Lilly war ganz schön eifersüchtig. Hattest du das geplant? Oder weshalb hast du Deborah mitgebracht?«

Nate atmete tief durch. Er wusste, dass auch Ryan die Schauspielerin inzwischen sehr gerne mochte. Deborah, Ryan und er hatten in der letzten Zeit auch privat viel miteinander unternommen. Erst in der vergangenen Woche hatten sie gemeinsam ein Spiel der Atlanta *Falcons* besucht, wobei Nate vermutete, dass sich Deborah weniger für das Football-Spiel interessierte, sondern vielmehr die Chance nutzte, nicht wieder einen Sonntag allein verbringen zu müssen.

»Sie sagte mir heute Morgen, dass sie Thanksgiving allein sein würde. Als sie mir viel Spaß in Heartwell wünschte, konnte ich einfach nicht anders, als sie einzuladen. Wofür sind Freunde denn sonst da? Wenn nicht, um an den Feiertagen …«

Ryan hatte die Tür nur angelehnt, weshalb Lilly beinahe geräuschlos den Raum betrat. Nate konnte nur ahnen, wie viel sie vom Gespräch mit angehört hatte, und hoffte, dass es nur seine letzten Worte über Freundschaft waren.

»… nicht allein sein zu müssen.«

Lilly nahm ohne einen Kommentar am anderen Ende des Tisches Platz. Sie schaute weder Nate noch Ryan an. Ihr Blick galt einzig und allein der tristen Tischplatte und ihrer roten Mappe, die sie anstarrte.

Das konnte ja heiter werden! Er war im Begriff, ihr in Kürze seine Liebe zu gestehen, und sie war bockig. Nichtsdestotrotz musste er darüber schmunzeln. Sie würde es ihm bei Gott nicht leicht machen.

»Weshalb grinst du so?«, wollte Ryan von ihm wissen.

Nate schüttelte nur den Kopf und winkte ab. »Ach, nicht so wichtig. Am besten, wir beginnen einfach.«

»Aber Dad ist noch nicht da«, wandte Lilly ein.

Seit sie den Raum betreten hatte, sah sie ihn das erste Mal an und nun konnte auch er seine Nervosität nicht länger verleugnen. In seinem Bauch kribbelte es gewaltig. Aber wieder einmal galt: eins nach dem anderen.

»Hal verspätet sich vermutlich ein paar Minuten.«

»Oh. In Ordnung.«

Lilly schien überrascht, öffnete aber zeitgleich ihre Unterlagenmappe. Sie richtete sich auf, legte einen Stift zurecht und schenkte Nate einen disziplinierten Blick, von dem er nicht wusste, wie er ihn zu deuten hatte.

»Sollen wir vielleicht mit der Entwicklung der Quartalszahlen anfangen?« Er sah die beiden fragend an.

»Nate, du hast um dieses Gespräch gebeten. Solltest du dir dann nicht über den Inhalt und den Ablauf im Klaren sein?«, konterte Lilly. »Du kennst die Zahlen in- und auswendig. Also komm auf den Punkt. Um was geht es hier?«

Er war selbst schuld, dass sie ihn so leicht durchschaute. Während der ganzen Zeit ihrer Zusammenarbeit hatte er immer genauestens über die Zahlen und die aktuellen Themen bei *Sanders* Bescheid gewusst. Schließlich war er Geschäftsmann. Dass er ausgerechnet jetzt nach Zahlen fragte, machte das Vorhaben daher äußerst verdächtig.

»Nun gut, wenn du es genau wissen willst, möchte ich in nächster Zeit ein paar weitere, weitreichende Veränderungen vornehmen. Ich plane …«

Hal riss die Tür zum Besprechungszimmer auf und trat freudestrahlend ein. »Hallo zusammen. Entschuldigt bitte meine Verspätung, aber seht nur, wen ich mitgebracht habe.«

Nate sah, wie John seinem Onkel folgte und Lilly ihre Augen weit aufriss, als hätte sie den Weihnachtsmann gesehen.

»John«, rief sie erfreut, schob den Stuhl zurück und stürzte sich in die Arme ihres Cousins. »Oh mein Gott, ich wusste gar nicht, dass du zu Thanksgiving nach Hause kommst. Tante Maggy und Onkel Paul haben nichts gesagt. Oder wissen es die beiden etwa noch gar nicht?«

John erwiderte ihre Umarmung und küsste sie auf die Wange. »Sie ahnen wirklich nicht, dass ich nach Hause komme. Es soll eine Überraschung werden.«

»Wie lange bleibst du?« Lilly lehnte sich zurück und sah zu ihm auf. »Wir sehen uns doch noch in den nächsten Tagen? Ich habe dir so viel zu erzählen.«

»Ich bleibe tatsächlich länger in Heartwell.« John löste seine Hand von Lillys Rücken und begrüßte Nate und Ryan, indem er die Hand kurz hob. »Nate. Ryan. Schön, euch zu sehen. Es freut mich, dass wir uns jetzt endlich persönlich kennenlernen.«

Nate, der Lilly die ganze Zeit über nicht aus den Augen gelassen hatte, bemerkte, wie ihre Gesichtszüge langsam entgleisten. Die Euphorie war verebbt. Stattdessen hielt Argwohn in ihren Augen Einzug.

»Ihr kennt euch?«, hakte sie nach, noch ehe Nate oder Ryan den Gruß erwidern konnten.

»Nun ja …« John sah sich hilfesuchend um, doch die schuldigen Mienen der Brooks-Brüder sorgten schnell für Ernüchterung. »Sie weiß es noch nicht, oder?«

»Was weiß ich noch nicht?«, zischte Lilly und ihrer Stimme war anzuhören, dass sie nicht nur verärgert war.

Sie war wütend.

»Wir dachten, jetzt, wo dein Dad …«

Lilly ließ Ryan nicht aussprechen, sondern unterbrach ihn rüde. »Ist das euer verdammter Ernst? Ich fasse es nicht. Ihr setzt mir John vor die Nase, ohne mir ein Sterbenswörtchen davon zu sagen?«

»Aber wir setzen dir doch John nicht vor die Nase. Er soll dich unterstützen, Liebes.« Hal war anzusehen, wir sehr ihn der Gefühlsausbruch seiner Tochter überraschte.

»Und was kommt als Nächstes? Werde ich wegrationalisiert und ihr sagt es mir nicht einmal?« Sie hob ihre Hände fragend in die Höhe, unterbrach sich aber gleichzeitig selbst. »Ach nein, das geht ja gar nicht. Denn ich«, zwischenzeitlich brüllte sie, »bin immer noch die Mehrheitseignerin und Geschäftsführerin dieses Unternehmens. Ihr könnt mich nicht einfach so übergehen. Ich werde …«

»Du wirst jetzt erst einmal ruhig sein«, fiel ihr Nate ins Wort, der langsam genug hatte. Ja, es war vielleicht nicht die feine, englische Art, die sie gewählt hatten, um ihr mitzuteilen, dass John fortan auch für *Sanders* arbeiten würde. Aber was unterstellte sie ihnen da bloß?

»Lasst mich bitte mit Lilly allein«, bat Nate.

Mit gesenkten Häuptern verließen Ryan, Hal und John daraufhin den Raum.

Nate stand auf und ging ans Fenster, während Lilly mit verschränkten Armen stehen blieb.

»Lilly, was soll das? Du tust gerade so, als ob wir dir etwas Böses wollten. Dein Vater musste richtig um John kämpfen. Er ist ein guter Mann und perfekt, um *Sanders* auf das nächste Level zu heben. Es tut mir leid, dass wir dich nicht früher eingeweiht haben. Aber genau diese Reaktion von dir haben wir vorausgesehen. Leider.«

Ja, leider. Nates wagemutiger Plan war am Ende zu riskant. Und in den nächsten Augenblicken würde sich entscheiden, ob Lilly begriff, um was es genau ging und was für sie beide auf dem Spiel stand, oder ob sich ihr Dickkopf durchsetzen würde und er sie mit Worten nicht mehr erreichen konnte.

»Wie kannst du es wagen, mich hier an den Pranger zu stellen. Meine Reaktion ist nicht übertrieben. Ich lasse mir *Sanders* nicht von dir wegnehmen. Ich treffe hier die Entscheidungen. Wir hatten einen Deal.«

Nate ging zurück zum Besprechungstisch. Sein Herz hämmerte schmerzhaft in seiner Brust, als er entschied, alles auf eine Karte zu setzen. Er nahm einen Umschlag vom Tisch und ging zu Lilly.

»Ich möchte dich nicht übervorteilen. Keiner von uns will das. Denn wir wissen alle, du bist die Beste für den Job. Keine wird *Sanders* je mit so viel Leidenschaft und Hingabe führen wie du.«

Bevor Lilly etwas erwidern konnte, sprach er weiter.

»Ich würde dir die Firma nie wegnehmen oder übernehmen und das solltest du eigentlich wissen. Dein Dad machte den

Vorschlag, auf John zuzugehen. John gehört zur Familie. Er vertraut ihm. Und John besitzt das nötige Wissen und die Fähigkeiten, um für dich«, er räusperte sich kurz, »für uns, zu arbeiten.«

Er legte den Umschlag vor ihr auf den Tisch.

»Ja, wir hatten einen Deal, Lilly, und ich werde ihn sicher nicht brechen. Aber ich bin bereit, nachzuverhandeln, und John ist mein Joker. Überleg es dir: alles oder nichts. Mit weniger werde ich mich nicht mehr zufriedengeben. Und du solltest das auch nicht.«

Er verließ den Raum und traf im Korridor auf seinen Bruder, Hal und John.

»Hat sie sich wieder beruhigt?«, fragte Ryan nach.

»Es tut mir so leid, Nate. Ich hätte nie gedacht, dass Lilly derart aus der Haut fährt. Die Dinge, die sie dir da unterstellt hat, also …«

»Es ist alles gut«, antwortete Nate. »Was jetzt passiert, liegt allein in Lillys Hand.« Er wandte sich ab und ging zur großen Fensterfront am Ende des Flurs, wo eine quälende Minute nach der nächsten verstrich.

Lilly hatte sich noch immer nicht gerührt und er wusste in seiner Verzweiflung langsam nicht mehr, was er tun oder denken sollte. Fakt war jedoch, dass, wenn sie sein Angebot ausschlagen würde, er sich nicht länger Hoffnung auf sie machen bräuchte.

Als Lilly die Tür endlich öffnete, schoss sein Adrenalinspiegel so schnell in die Höhe, dass er nur noch ein Rauschen hören konnte. Und als er sah, wie sie wegrannte, zersprang sein Herz in tausend Teile.

Kapitel 21

»Das hat er nicht getan.« Sue ließ sich atemlos auf einen ihrer Hocker vor den Umkleidekabinen ihrer Boutique fallen und sah Lilly entgeistert an. »Das ist … Das ist …«

»Das ist das Hirnrissigste, Kindischste und absolut Romantischste, das ich je gehört habe«, warf Sam ein und setzte sich neben ihre Schwester.

»Nicht wahr!« Lilly strahlte übers ganze Gesicht. »Ich kann es noch gar nicht glauben.«

Als Lilly eine halbe Stunde zuvor Nates Umschlag in ihre zittrigen Hände genommen und ihn geöffnet hatte, wusste sie nicht, was sie erwarten würde. Sie befürchtete das Schlimmste und fand darin die wohl süßeste Liebeserklärung, die sie sich vorstellen konnte.

Da begriff sie allmählich, dass ihre Reaktion völlig unangebracht gewesen war. Nate liebte sie – und er gab es ihr sogar schriftlich.

Sie hatte die Zeilen so oft gelesen, dass sie sie auswendig kannte …

Vertrag über die unendliche Liebe von Nathan Brooks und der
zauberhaften Elisabeth Sanders:
Lilly, nur dir allein gehört mein Herz.
Ich liebe dich.
Liebst du mich auch?

Darunter fand sie ein aufgezeichnetes Kästchen, über dem in großen Buchstaben *Ja* stand. Ein *Nein* hatte er ihr erst gar nicht zur Wahl gestellt.

»Warum um alles in der Welt bist du davongerannt?« Sam hob fragend die Schultern.

»Ich … Ich weiß auch nicht. Ich … Vermutlich hatte ich Panik. Ich wünsche mir das schon so lange und … und dann ist da ja noch die Sache mit Deborah Lee. Er sagte zwar, sie seien nur Freunde, aber …« Sie fuhr sich hektisch durch die Haare. »Was, wenn da doch mehr war?«

Sue räusperte sich und imitierte eine Männerstimme. »Was gewesen, ist gewesen.« Sie lachte. »Das sagte unser Großvater immer und er hatte recht damit. Wichtig ist doch nur, dass er dir eine Liebeserklärung gemacht hat.«

»Ja, genau«, wandte Sam ein. »Die hirnrissigste, kindischste und …«

»… und romantischste Liebeserklärung, die du je gehört hast.« Auch Lilly musste grinsen. Sam hatte es nicht so mit Liebesbekundungen, deshalb sah sie ihrer Freundin die Abneigung nach, wenngleich sie ihr bestätigte, dass es unglaublich romantisch war, was Nate da gemacht hatte.

Eine Kundin von Sue trat hinter einem Kleiderständer hervor und räusperte sich. Sie trug einen modernen schwarzen Hut, dessen breite Krempe ihr ins Gesicht hing.

»Entschuldigen Sie bitte, wenn ich Ihr Gespräch unabsichtlich mit angehört habe, aber das klingt wirklich sehr romantisch.«

Die Frau kam näher und setzte den Hut ab. Dann fuhr sie sich durch ihre langen, blonden Haare und Lilly blieb der Mund offen stehen.

»Oh mein Gott«, entwich es Sue. »Sie sind Deborah Lee.«

Deborah lächelte. »Das ist nicht ganz richtig.« Sie legte Lilly ihre Hand auf den Arm. »Ich bin Deborah Lee, die mit Nathan Brooks eine wundervolle Freundschaft verbindet und nicht mehr.«

»Mrs. Lee, ich …«, stotterte Lilly.

»Sie sind also Lilly«, stellte Deborah fest. »Nate hat mir von Ihnen erzählt. Und bitte glauben Sie mir, wenn ich sage: Nathan Brooks liebt Sie wirklich aus tiefstem Herzen.«

»Er hat mit Ihnen über mich gesprochen?«, fragte Lilly irritiert nach.

»Geschwärmt bringt es wohl eher auf den Punkt«, sie lachte. »Aber es war ein schwacher Moment. Normalerweise lässt er sich nicht so gerne in die Karte schauen.«

»Wem sagen Sie das.«

»Es tut mir übrigens sehr leid, wenn ich durch meine Anwesenheit dieses Durcheinander verursacht habe. Das lag mir fern. Es ist nur … Wissen Sie, ich hätte Thanksgiving allein verbringen müssen. Deshalb hat mich Nate eingeladen.«

Lilly bemerkte, wie bekümmert Deborah plötzlich klang. »Das ist schon in Ordnung. Es ist schön, dass Sie hier sind.«

Als Deborah erleichtert ausatmete und wieder lächelte, hätte Lilly sie am liebsten in ihre Arme gezogen. Vielleicht war sie ja eine gute Schauspielerin, aber vielleicht war sie auch einfach nur dankbar für ein paar freundliche Menschen in ihrem Leben.

»Und dennoch sind Sie wegen mir vor Nate weggerannt. Das tut mir leid.«

»Ich bin nicht wegen Ihnen weggerannt, Deborah. Also nicht nur wegen Ihnen. Ich glaube, ich war einfach nur überwältigt. Kennen Sie das Gefühl, vor Glück und Freude schreien zu können? Sie bekommen keinen geraden Satz raus und alle Welt würde sie für gehirnamputiert halten? Ich befürchte, ich war noch nicht bereit, Nate gegenüberzutreten, weil mir die richtigen Worte fehlten. Wie lässt sich eine solche Liebeserklärung übertrumpfen?«

»Lilly, er will doch nicht, dass Sie ihn übertrumpfen«, lachte Deborah.

»Er vielleicht nicht.« Lilly grinste. »Aber ich …«

ೞ❖ೠ

Das neue Versandzentrum von *Sanders* war auf Hochglanz poliert und die Herbstdekoration verlieh dem sterilen Gebäude den Charakter eines Festsaals. Im Bereich der festlich geschmückten Tische waren die Decken abgehängt worden und dezente Beleuchtungselemente sorgten für eine angenehme Atmosphäre.

Es duftete bereits köstlich nach Harrison Chapmans Thanksgiving-Menü und eine Zwei-Mann-Kapelle verstand es außerordentlich gut, mit harmonischen Melodien für dezente Hintergrundmusik zu sorgen.

Die Mitarbeiter und ihre Familien hatten sich schick angezogen und zeigten sich beeindruckt und fasziniert vom festlichen Ambiente. Sie alle begrüßten Hal, Nate und Ryan und bedankten sich für die Einladung.

Die Halle füllte sich rasch.

Während die Kinder in einer der Hütten Bastelmaterial fanden, um sich die Zeit bis zum Abendessen zu vertreiben, ge-

nossen es ihre Eltern, bei einem Glas Champagner zusammen-
zustehen und sich in Ruhe zu unterhalten.

Nate sah sich um. Er war zufrieden. Genauso hatte er sich
diese Aufmerksamkeit für die Mitarbeiter vorgestellt. Nicht zu
schick und nicht zu leger. Jeder sollte sich wohlfühlen. Einschließlich ihm. Weshalb er sich für dunkle Jeans, ein weißes
Hemd und ein schlichtes Sakko entschieden hatte.

Doch Wehmut raubte ihm beinahe den Atem. Seit Lilly aus
dem Besprechungsraum gerannt war, lief er wie paralysiert
durch die Gegend. Er konnte sich weder auf ein Gespräch noch
auf seine bevorstehende Rede konzentrieren. Und letztlich
wünschte er sich einzig, der Abend wäre bald vorüber.

Wie erwartet, hatte das Erscheinen von Deborah für einigen
Trubel gesorgt. Doch nachdem seine Freundin jedem Mitarbeiter ein gemeinsames Foto und ein Autogramm versprochen
hatte, beruhigte sich das Durcheinander schnell wieder. Mit einer Engelsgeduld platzierte sie sich vor einer der dekorierten
Hütten und wurde es zu keinem Zeitpunkt leid, zu lächeln. Sie
fand für jeden freundliche Worte und schenkte jedem ein
strahlendes Lachen.

Er sah zu seinem Bruder, der an diesem Abend nur Augen
für Sam hatte und dem es allem Anschein nach überhaupt
nicht gefiel, dass sich seine Auserwählte so angeregt mit John
unterhielt. Anscheinend waren sie beide dazu verdammt, an
diesem Abend das gleiche Schicksal zu teilen. Doch während
Ryan seine Angebetete ständig anstarrte, war Lilly noch nicht
einmal aufgetaucht. Er wusste auch nicht, ob sie nach dem Eklat am Nachmittag erscheinen würde. Andererseits veranstal-
tete ihre Firma diese Feier. Sie würde sicherlich noch kommen.
Ob sein Herz dieses Aufeinandertreffen überstehen würde,
stand allerdings auf einem anderen Blatt.

Er hatte seinen Gedanken kaum beendet, als ein Raunen durch die Menge ging. Deborah konnte nicht der Auslöser sein, denn sie stand am gegenüberliegenden Ende der Halle und lächelte tapfer in die Kamera. Was war also der Grund für die Aufmerksamkeit?

Der Grund war schnell ausgemacht. Es war Lilly. Ihr Anblick verschlug ihm den Atem. Sie sah einfach bezaubernd aus in ihrem karamellfarbenen Kurzmantel und mit den hochgesteckten, blonden Locken. Sie trug Make-up. Zu viel, um es nicht zu bemerken. Zu wenig, um sie zu entfremden. Ihre Lippen glänzten unter zartroséfarbenem Lipgloss und ihre Augen hatte sie dunkler geschminkt als gewöhnlich. Sein Herz stand in Flammen und brannte gleichzeitig vor Schmerz und Sehnsucht.

»Oh, sieht sie nicht fabelhaft aus, meine Kleine? Sie …« Hal unterbrach sich, als er bemerkte, dass er mit seinen Worten in Nates Wunde bohrte. »Tut mir leid.«

»Schon gut, Hal. Du hast recht. Sie sieht wunderschön aus.« Sowohl Trauer als auch Bewunderung schwangen in seinen Worten mit.

»Nach heute Nachmittag habe ich sie leider nicht mehr gesehen. Ansonsten hätte ich mit ihr geredet.«

»Ist schon in Ordnung.« Nate prostete Hal bedrückt mit einem Champagnerglas zu und drehte dem Geschehen den Rücken zu. Er trank einen großen Schluck des goldgelben, prickelnden Getränks. »Sie hat ihren Standpunkt klargemacht und das habe ich zu akzeptieren.«

Hal stieß ihn leicht in die Seite. »Sie kommt.«

Nate schnaubte. »Ich bin mir ziemlich sicher, dass sie nicht zu mir will.« Er leerte sein Glas mit einem großen Schluck und stellte es auf der improvisierten Bar ab.

Die Sekunden zogen sich in quälende Länge, ehe er ihre Stimme zu hören bekam.

»Hi Dad.«

Aus den Augenwinkeln heraus erkannte er, wie sie ihren Vater zur Begrüßung umarmte.

»Nate.«

Das war alles, was sie für ihn übrig hatte? Nate. Nun, wenigstens klang ihre Stimme gefasst und freundlich. Und obwohl er sich nicht zu ihr umdrehte, war er es ihr doch wenigstens schuldig, kurz zu nicken.

»Hallo Schönheit«, hörte er Ryan sagen. »Du siehst unglaublich aus.«

»Das finde ich aber auch«, mischte sich Sam ein. »Lass dich mal anschauen.«

»Ich wusste, der Mantel würde dir ausgezeichnet stehen.« Anscheinend war Sue jetzt auch noch zu der kleinen Gruppe dazugestoßen.

So langsam reichte es Nate. Er konnte und wollte sich nicht länger verstellen. Lilly hatte ihm das Herz herausgerissen und sobald diese Ansprache vorbei war, würde er von hier verschwinden.

»Lass mich dir den Mantel abnehmen«, bot nun Peter seine Dienste an.

»Danke«, hörte er Lilly aufgeregt flüstern.

Nate konnte nicht länger der Versuchung widerstehen und drehte sich ein wenig ein, um wenigstens einen kurzen Blick auf Lilly zu erhaschen.

Peter streifte ihr den Mantel von den Schultern und legte ihn zur Seite. Sie trug passend dazu einen karamellfarbenen Tüllrock, der mit schwarzen Blüten bestickt war, und dazu eine eng anliegende schwarze Bluse mit Stehkragen.

Nate konnte zwar nur ihre Rückenpartie bewundern, aber allein der Anblick verschlug ihm den Atem. Und allem Anschein nach ging es den anderen ebenso.

Während Sam Lilly verschmitzt anlächelte und Sue vor Freude auf und ab hüpfte, hörte er seinen Bruder »Oh – mein – Gott« sagen. Hal schüttelte grinsend den Kopf und Peter küsste seine Schwester liebevoll auf die Wange.

Aber klar, wenn ihre Rückenpartie mit den hochgesteckten Haaren schon so umwerfend aussah, welches Bild würde sie erst von vorn abgeben? Vielleicht ergab sich für ihn ja noch die Gelegenheit, sie ausführlich zu … *Idiot!*, schalt er sich selbst. *Sie hat dich abblitzen lassen.*

»Ich denke, es ist langsam an der Zeit, ein paar Worte an die Mitarbeiter zu richten. Findet ihr nicht auch?« Hal klopfte Nate aufmunternd auf die Schulter und drehte sich mit Lilly ein.

»Ja, sicher.« Je eher er es hinter sich hatte, umso eher konnte er verschwinden. Zielstrebig steuerte Nate durch die Menschenmenge zu dem kleinen Podium, ohne auf Lilly zu warten. Er zog einen Notizzettel aus der Tasche seines Sakkos, auf dem er ein paar Stichpunkte notiert hatte, und legte es auf dem Pult ab. Er griff nach dem Mikrofon und wartete darauf, dass Lilly sich zu ihm stellte. Wie vereinbart würde er den ersten Teil der Ansprache übernehmen und über die Geschäftsentwicklung sprechen und sie würde den zweiten Teil – die Neuerungen im Unternehmen – vorstellen.

Doch Lilly ließ auf sich warten.

Seltsamerweise setzte Beifall ein und die jubelnden Rufe der Mitarbeiter begleiteten sie auf ihrem Weg zum Podium. Er wusste, wie beliebt sie war, aber das Szenario war schon beinahe grotesk, weshalb er es ignorierte. Doch selbst als sie den Platz neben ihm einnahm, verstummten weder der Applaus noch die begeisterten Rufe.

Wenn er zu reden begann, würden sie schon verstummen, sagte er sich und schaltete das Mikrofon ein.

»Guten Abend, liebe Mitarbeiter der …«

Die Rufe wurden immer lauter und Nate sah sich gezwungen, noch einmal mit seiner Rede zu beginnen.

»Guten Abend, liebe *Sanders*-Mitarbeiter. Heute wollen wir …«

Es wurde noch lauter. Die Menge schien angestachelt und mittendrin stand sein Bruder und grölte mit. Was war hier nur los? Hatte er einen Popel im Gesicht, über den sich alle lustig machten? Nervös strich er sich über die Nase. Nein. Es war alles in Ordnung.

Er sah in die Menge und beugte sich zu Lilly.

»Lilly, was ist hier los? Habe ich etwas verpasst? Ich …«

☙❖❧

Lilly hielt den Atem an. Genau jetzt war der Augenblick gekommen, um ihre Karten auf den Tisch zu legen und Nate zu sagen – oder vielmehr zu zeigen –, wie sie für ihn empfand. Das Lächeln auf ihrem Gesicht war einer unsicheren Miene gewichen. Nate hatte sie noch kein einziges Mal angesehen, seit sie gekommen war, und wenn er ihr auch dieses Mal wieder ausweichen würde, wäre ihr Plan dahin.

Jetzt musste sie doch lächeln, denn egal, was gleich passieren würde, nichts auf der Welt könnte sie davon abhalten, ihm innerhalb der nächsten Sekunden ihre Liebe zu gestehen.

Sie schluckte hart und atmete noch einmal tief durch. Sie nahm all ihren Mut zusammen und drehte sich zu ihm.

»Ich befürchte, ich weiß, was los ist.«

Dann kam der Augenblick, dem sie so sehr entgegenfieberte. Nate drehte sich zu ihr um und entdeckte den großen weißen Button, den sie über ihrer linken Brust befestigt hatte. Direkt über ihrem Herzen. Es war ein Kästchen draufgemalt, das gleiche, das auch er aufgezeichnet hatte. Doch anstatt es ein weiteres Mal leer zu lassen, hatte sie mit einem roten Stift Ja reingeschrieben und darunter *Ich liebe Nate* notiert.

Er blinzelte irritiert und wandte den Blick ab.

Entweder er hatte es sich zwischenzeitlich anders überlegt. Oder er stand genauso unter Schock wie sie, als sie seinen Vertrag gesehen hatte. Lilly bangte und hoffte auf Letzteres.

»So 'ne Nachricht kann einen ziemlich umhauen, findest du nicht auch?«

Er sah sie noch immer nicht an, sondern starrte auf das Papier auf dem Rednerpult.

Sie bemerkte, wie sich sein Brustkorb aufgeregt hob und senkte, und wertete es als ein gutes Zeichen.

Lilly lachte verlegen, als einige Mitarbeiter zu rufen begannen: »Küssen. Küssen. Küssen!«

»Ich kann es dir nicht verdenken, wenn du Panik bekommst und wegrennst, schließlich habe ich es dir vorgemacht. Aber vielleicht überlegst du es dir ja doch noch anders …«

»Ich schwöre dir, Nate, wenn du sie nicht küsst, werde ich es tun«, war Ryans Stimme durch die Menschenmenge zu hören.

Nate sah auf und deutete mit ausgestrecktem Zeigefinger auf seinen Bruder. Als er laut »Niemals!« rief, grölte die Menge.

Niemals? Niemals! Das war doch ein gutes Zeichen? War es ein gutes Zeichen? Die Gedanken in Lillys Kopf explodierten.

Er sah sie an und lächelte. »Ich bin der Einzige, der Lilly von jetzt an küssen wird«, sagte er leise und sie wusste, dass nur sie ihn hören konnte. »Wenn du es willst.«

So sehr sich Lilly danach sehnte, von Nate geküsst zu werden, kam ihre Ungeduld zum Vorschein. Und so war es am Ende sie, die ihm um den Hals fiel und der Forderung der Zurufe und ihrer eigenen Sehnsucht nachkam. Sie küsste Nate mit all ihrer Liebe und schenkte ihm ihr Herz – bedingungslos und ohne nachzuverhandeln.

Epilog

»Du siehst so traurig aus, Liebling. Ist alles in Ordnung?« Nate öffnete Lilly die Tür des schwarzen *Escalades* und reichte ihr die Hand.

»Ja, natürlich. Es ist alles in Ordnung.« Sie lächelte und stahl ihm einen zärtlichen Kuss. Dann sah sie sich um und atmete tief die klare Februarluft ein.

Sie liebte das Haus am See. Zu dieser Jahreszeit war sie noch nie hier gewesen. Die Bäume hatten ihre Blätter verloren, weshalb man ungehindert bis zum See blicken konnte, der in eisigem Blau durch die Äste schimmerte. Sie mochte die kleinen Trampelpfade, die durch den Wald führten und sie an ihre erste gemeinsame Nacht mit Nate erinnerten. Ebenso das Gebäude mit seinem unverwechselbaren rustikalen Charme. Hier zu sein, fühlte sich beinahe so an, wie nach Hause zu kommen. Nur war es nicht ihr Zuhause. Allem Anschein nach würde es bald Johns neue Heimat werden.

Sie gönnte ihrem Cousin zwar die Immobilie, doch konnte sie ein wenig Neid nicht unterdrücken. Aber wenigstens fiel das Haus so nicht an irgendwelche Fremde.

Sie blickte den schmalen Weg entlang, der zum See führte. »Kannst du dich noch erinnern?«, fragte sie Nate und lächelte, als er von hinten die Arme um ihre Taille schlang.

Er küsste ihren Nacken und flüsterte an ihr Ohr: »Hier hat alles angefangen.«

Sie erschauderte wohlig beim Klang seiner rauen Stimme und erinnerte sich an den Tag zurück, an dem sie Nate zum ersten Mal begegnet war. Es war ein heißer Sommertag gewesen und ihr Leben war von Sorgen geprägt. Seitdem war viel passiert. Sehr viel.

Hatte sie es sich vor ein paar Monaten nicht vorstellen können, *Sanders* in andere Hände zu geben, war sie nun froh, dass sie John an ihrer Seite hatte. Und so schwer es ihr fiel, musste sie sich eingestehen, dass Nate recht behalten hatte. John war das Beste, was ihnen passieren konnte. Er war klug, loyal und verschaffte ihr genügend freie Zeit, um diese mit ihm zu verbringen.

Sie mussten zwar pendeln, doch sie sahen sich beinahe jedes Wochenende. Meist war es sie, die nach Atlanta fuhr, doch in Hinblick darauf, dass sie mehr oder weniger im Kinderzimmer ihres Elternhauses lebte, störte es sie nicht. Bei Nate hatten sie viel mehr Privatsphäre – auch wenn sie sich an seinen Lebensstandard erst noch gewöhnen musste. Und mit *Brooks Corp.* hatte er zudem genug um die Ohren, da wollte sie ihm das Pendeln weitestgehend ersparen.

Die Feiertage hatten sie in Heartwell verbracht. Sie beide hatten neben Ryan auch seine Mutter Lydia und ihren Lebensgefährten Hank eingeladen.

Sie mochte seine Mutter vom ersten Augenblick an. Sie war eine lebensfrohe und attraktive Frau, die sie mit ihrem sympathischen Lächeln sofort einzunehmen wusste.

»Danke übrigens, dass du John bei der Suche nach einem passenden Haus unterstützt hast. Er sagte mir bereits, wie sehr er sich darauf freut, endlich seine eigenen vier Wände zu haben.«

»Das habe ich gerne getan.« Nate griff nach ihrer Hand und zog sie mit sich. »Wollen wir reingehen? Hier draußen ist es bitterkalt.«

»Aber John ist doch noch gar nicht hier«, wandte sie ein. »Sollen wir nicht auf ihn warten?«

»Das macht nichts. Ich habe einen Schlüssel.«

»Du hast einen Schlüssel?«, fragte sie nach. Dann riss sie freudestrahlend die Augen auf. »Hat er uns womöglich das Haus noch fürs Wochenende überlassen?«

»Gewissermaßen.« Nate schmunzelte und zwinkerte ihr zu.

Lilly konnte es nicht fassen, dass John ihnen noch ein Wochenende in diesem für sie so besonderen Haus am See ermöglichen wollte. Denn so sehr er seine Mom liebte, Tante Maggy konnte eine ganz schöne Glucke sein. Und nachdem John so lange Zeit im Ausland gewesen war, hatte die Gute erheblichen Nachholbedarf, was die Fürsorge einer Mutter für ihren Sohn anbelangte.

Sie gingen gemeinsam die Stufen der Außenveranda hoch und Lilly strich wehmütig über das Holzgeländer. Nate steckte den Schlüssel ins Schloss und die Tür sprang auf. Mit einer einladenden Geste bat er sie, einzutreten.

»Home sweet home.«

»Lass das mal John besser nicht hören. Am Ende befürchtet er noch, uns nicht mehr loszuwerden.« Lilly trat ein und spürte die wohlige Wärme im Haus. Es roch ein wenig nach Farbe und sie bemerkte, dass ein Teil der Wände frisch gestrichen worden war. Auch die rustikale Wandvertäfelung schien einen neuen Anstrich erhalten zu haben. Das Haus wirkte moderner als noch vor ein paar Monaten, auch wenn ein Teil der Möbel zur alten Einrichtung gehörte.

Sie öffnete ihren Mantel und ging zum Wohnzimmer durch. Im Kamin brannte ein Feuer und auf dem Wohnzimmertisch standen eine Flasche Wein und zwei Gläser.

»Das ist ja total süß. Du hast wirklich an alles gedacht. Ich erwäge, mich dafür erkenntlich zu zeigen.« Lachend drehte sie sich zu ihm um und sah, wie angespannt und nervös er war. »Nate, ist alles in Ordnung?«, fragte sie ihn besorgt und bemerkte den Umschlag, den er plötzlich in den Händen hielt.

Er kam mit bedrückter Miene auf sie zu und reichte ihr das weiße Kuvert. »Lilly, ich muss dir etwas sagen.«

Was war hier los? Was führte er im Schilde? Weshalb war er so ernst? Bis gerade eben war doch alles in Ordnung gewesen. Sie wollten doch hier ein romantisches Wochenende verbringen.

»Wir müssen unseren Deal neu verhandeln.«

Sie nahm den Umschlag an sich, während er weitersprach.

»Die letzten Wochen und Monate haben mir gezeigt, dass es so nicht weitergehen kann mit uns.«

Oh mein Gott. Hatte er etwa die Absicht, mit ihr Schluss zu machen?

»Nate«, flüsterte sie weinerlich und sah ihn entsetzt an.

◌❖◌

»Scheiße. Nein, Lilly.« Nate schüttelte hektisch den Kopf. »Nicht … Ich wollte doch nicht …« Er wurde leicht panisch, als ihm bewusst wurde, wie ungeschickt er sein Vorhaben in die Tat umgesetzt hatte. Durch seine eigene Angst, Lilly könnte böse mit ihm sein oder sich überrumpelt fühlen, wenn sie den Umschlag öffnete, musste er wohl verunsichert gewirkt haben.

Und dann auch noch seine dämliche Wortwahl.

»Ich liebe dich, hörst du? Lilly, ich liebe dich so sehr. Die letzten Wochen und Monate waren die glücklichsten meines Lebens. Als ich sagte, dir gehört mein Herz für immer, meinte ich es auch so.«

Lilly schluchzte. »Aber du sagtest gerade, dass es so nicht weitergehen kann.«

Nate streichelte ihre Wange und küsste sie. »Öffne den Umschlag«, forderte er sie auf. Er bemerkte ihren skeptischen Blick und deutete erneut auf das Kuvert. »Vertrau mir. Öffne ihn.«

Lilly setzte sich auf die Couch und löste den Klebestreifen der Hülle. Sie zog ein Stück Papier heraus und sah es sich in Ruhe an.

»Bevor du etwas sagst: Jeder müsste die Hälfte des Kaufpreises aufbringen und das Haus hier würde uns zu gleichen Teilen gehören.«

Nate fiel es besonders schwer, von Lilly die Hälfte des Kaufpreises einzufordern. Aber er wusste, sie würde sich sonst niemals darauf einlassen und das Haus nie als ihr gemeinsames Zuhause betrachten, wenn er allein dafür aufkommen würde.

»Du hast das Haus gekauft? Nicht John?«

»John hat auch ein Haus gekauft, aber nicht dieses. Und ich habe lediglich die Vorverträge unterzeichnet. Für den Kauf fehlt noch deine Unterschrift.«

»Ich soll also die Hälfte des Hauses bezahlen?«

Er kniete sich vor sie und griff nach ihren Händen.

»Ja. Ich möchte, dass du die Hälfte unseres neuen Zuhauses bezahlst.«

»Was, wenn ich nicht genügend Geld habe?«

Sie hakte zwar nach, Nate bemerkte jedoch, wie ihre Mundwinkel bereits zu zucken begannen.

»Ich habe ziemlich gut verhandelt. Es müsste also reichen«, stellte er fest.

»Aber was, wenn nicht?«

»Dann wirst du dir einen Zweitjob suchen müssen.«

»Ist das dein Ernst?«, ihre Stimme klang amüsiert.

»Ja, ich meine es todernst. Gleichberechtigte Partner: Ohne Wenn und Aber.«

Mit dem Dokument in der Hand fiel sie ihm um den Hals und küsste ihn so überschwänglich, dass sie gemeinsam nach hinten umfielen.

Lilly lag auf ihm und strahlte. Zärtlich schob Nate ihr ein paar ihrer wilden Locken aus dem Gesicht. Er fühlte sich glücklich, verliebt und angekommen.

»Du weißt hoffentlich, dass alles andere nicht zur Diskussion gestanden hätte.«

»Ich weiß«, lachte er und küsste sie.

Vertrag über ein gemeinsames Zuhause für die zauberhafte
Elisabeth Sanders und Nathan Brooks:
Lilly, bei dir ist mein Zuhause.
Ich liebe dich.

Du und ich – und unser Haus am See?
Ja
☒

Danke

Am Ende dieses unterhaltsamen Abenteuers, möchte ich nicht versäumen, mich bei ein paar Menschen zu bedanken, die mich bei diesem Projekt begleitet und unterstützt haben.

Vielen Dank meiner Lektorin, Dorothea Kenneweg, für ihre konstruktive Unterstützung, ihren wachsamen Augen denen nichts entgeht und ihre hilfreichen Tipps und Randkommentare.

Ein ganz großes »Dankeschön« möchte ich Torsten Sohrmann von Buchgewand sagen. Das Cover ist wunderschön geworden. Ich liebe es und es passt perfekt zu »Heartwell Tales«.

Herzlichen Dank an Claudia Heinen für die Korrektur meines Manuskriptes.

In meiner Schwester habe ich meinen treuesten und ehrlichsten Fan gefunden. Sie unterstützt mich bei jedem Projekt mit unglaublich viel Geduld und dafür bin ich ihr von ganzem Herzen dankbar. – Sisters forever –

Meine ganze Familie stärkt mir den Rücken, indem sie mich bei meiner Entscheidung, meinen Traum vom Schreiben zu verwirklichen, unterstützt und hinter mir steht. Vielen Dank, ihr seid die Besten!

Am Ende gilt mein größter Dank meinen lieben LeserInnen: »Ihr seid einfach großartig! Lasst uns auch weiterhin gemeinsam lachen, weinen, dem Alltag entfliehen und von der ganz großen Liebe träumen. Vielen Dank & bitte bleibt auch weiterhin so hoffnungslos romantisch …«

Mehr von Finny Ludwig

Wenn du mehr von mir, meinen Büchern und meinen neuesten Projekten erfahren möchtest, lade ich dich herzlich ein, mich auf meiner Website zu besuchen: **www.finny-ludwig.de**.

Melde dich auf meiner Website für meinen **Newsletter** an und verpasse zukünftig keine Neuigkeiten mehr von mir.

Du möchtest mir schreiben? Du hast Fragen an mich? Melde dich bei mir: **finny.ludwig@web.de**

Bleib immer »up to date« – Social Media
Facebook: Finny Ludwig Autorin
Instagram: @FinnyLudwig
Lovelybooks: Finny Ludwig

Dir hat die Geschichte gefallen? Dann freue ich mich, wenn du dir einen Augenblick Zeit nimmst und mein Buch bewertest. Love, Finny

Romane von Finny Ludwig

Baustelle: Liebe! Ein Tor auf Umwegen
ISBN: 978-3-74948-255-9

Single Hike – Ein Hinterwäldler zum Küssen
ISBN: 978-3-75197-866-8

Kekse Küsse Mühlenzauber (Sweet Kiss 1)
ISBN: 978-3-75042-346-6

Freunde Küsse Liebeszauber (Sweet Kiss 2)
ISBN: 978-3-75260-550-1

Heartwell Tales – Deal oder Liebe
ISBN: 978-3-75-340501-8

Baustelle: Liebe!
Ein Tor auf Umwegen

Eine charmante, witzige und turbulente Liebesgeschichte

Stefan Behrens gilt nicht nur als Deutschlands Fußballgott Nummer 1 – nein: Er ist groß, muskulös und noch dazu unverschämt gutaussehend. Kein Wunder also, dass ihm die Frauenherzen reihenweise zu Füßen liegen. Doch welchem (Tor-) Jäger macht das Jagen noch Spaß, wenn sich ihm das Wild freiwillig vor die Füße wirft? Die Begegnung mit der kurvenreichen Architektin Anna Binder, die ihm mit offener Feindseligkeit, einem frechen Mundwerk und unbändiger Streitlust begegnet, verspricht daher endlich ein wenig Abwechslung in sein abgestumpftes Leben zu bringen.

Anna hat hingegen ganz andere Sorgen, als ihre Gedanken an einen überheblichen, arroganten und überaus attraktiven Fußballstar zu verschwenden. »Marienhort«, ein Waisenhaus, das ihr sehr am Herzen liegt, soll geschlossen werden. Zu dumm nur, dass sich der rettende Engel in der Not ausgerechnet als Stefan Behrens entpuppt und das Schicksal sie für eine Hilfsaktion unweigerlich aneinanderbindet. Konfrontiert mit seiner permanenten Gegenwart, stellen Anna die ständigen Streitereien vor eine Zerreißprobe …vor allem, seit sie weiß, wie gut er küssen kann.

Single Hike
Ein Hinterwäldler zum Küssen

Ein turbulentes, humorvolles und romantisches Liebesabenteuer

Charlotte Schönberg wollte schon immer hoch hinaus: sowohl beruflich, als auch bei der Wahl ihrer Schuhe. Dass ihr Chefredakteur dies einmal wörtlich nehmen könnte und sie zur Berichterstattung in die Berge strafversetzt, damit hatte die smarte Reporterin jedoch keinen Augenblick gerechnet. Wandern in den Bergen! Einen größeren Albtraum kann sich Charlotte nicht vorstellen. Zu allem Überfluss durchkreuzt auch noch einer der Wanderführer sämtliche ihrer Versuche, sich aus der Affäre zu ziehen. Apropos Affäre: So schlecht sieht dieser Hinterwäldler eigentlich gar nicht aus …

Für Mark Leitner und seinen Geschäftspartner steht mit der Berichterstattung im hippen Daily Trends Magazin einiges auf dem Spiel. Doch zunächst taucht der angekündigte Reporter nicht auf, und dann konfrontiert ihn das Schicksal auch noch mit einer überheblichen und arroganten Großstadtprinzessin, die in ihrer ganz eigenen Welt lebt. Dass ausgerechnet diese Frau den Reporter vertreten muss und er obendrein auch noch den Aufpasser für sie spielen soll, passt so gar nicht in Marks Konzept. Sein Plan, sich ihr in dieser Woche von seiner besten Seite zu präsentieren, scheitert grandios – zumal es ihm nicht gelingen will, sich ihrem ganz besonderen Charme zu entziehen.

Kekse
Küsse
Mühlenzauber
- SWEET KISS 1 -

Ein winterlicher, romantischer und kalorienreicher Liebesroman

Viktoria Beck träumt schon viele Jahre davon: ein eigenes Café. Schließlich ist Backen nicht nur ihr Beruf, sondern auch ihre Leidenschaft. Dem Zauber der alten Mühle kann sich die sympathische Konditorin daher nicht entziehen, denn es ist der perfekte Ort, an dem sie ihre Träume wahr werden lassen kann. Sie wagt den großen Schritt und fühlt sogleich, dass das alte Gemäuer ihr eine neue Heimat ist und ein neuer Lebensabschnitt begonnen hat. Mit neugewonnenen Freunden an ihrer Seite und einem florierenden Geschäft scheint ihr Glück perfekt – bis sie an einem Abend längst verdrängte Erinnerungen einholen.

Leonard Hofer ist skeptisch. Seine Familie vertraut einer unbedarften, kleinen Konditorin ihre alte Mühle an. Werden sie mit dieser Entscheidung das Vermächtnis seiner Großmutter weiterhin bewahren können? Als er selbst in den Genuss von Viktoria Becks Backkünsten kommt, legen sich seine anfänglichen Zweifel. Die süße Versuchung lockt ihn immer wieder in die alte Mühle, bis er einer Versuchung zu viel nachgibt – und einen Korb von Vicky erhält. Gibt es einen anderen Mann? Wer ist es? Etwa sein Bruder David? Leonard ist sich sicher, dass es noch mehr gibt, was sie vor ihm verbirgt.

Freunde Küsse Liebeszauber
– SWEET KISS 2 –

Ein warmherziger, unterhaltsamer und romantischer Liebesroman

Online Dating? Niemals! Kann es etwas Schlimmeres geben, als per Mausklick »Mr. Right« zu suchen? Einen Mann zum Verlieben, verloben und heiraten? Es gibt etwas Schlimmeres! Das wird Leni schlagartig bewusst, als sie aus einer Feierlaune heraus, ihren besten Freund küsst. Ausgerechnet ihn: David.

Übersteht ihre Freundschaft diesen Zwischenfall? Verliert Leni ihren engsten Vertrauten? Ist ›Online Dating‹ am Ende womöglich doch nicht so schrecklich, wie sie befürchtet? Und weshalb fühlt sich dieser Kuss viel zu gut an?